TU SERAS PRINCESSE DE TARRAGONE

De la même autrice

Le Vent d'Écorchevel – premier prix catégorie roman historique de la Société centrale d'agriculture de la Seine-Maritime, 2019
Tome 1, *Enguerrand, seigneur de Corbin*, Orep, 2012
Tome 2, *La Vengeance de Thybaudin*, Orep, 2013
Tome 3, *Thomassin de Malaurty*, Orep, 2014
Le Serment de Compostelle, Ouest-France, 2016
La Poupée catalane, La Gronde, 2016
– prix du Rotary-Club du Pays de Caux, 2017
Sous le signe du jaguar, Sutton, 2017
L'Argentine de Cabourg, La Gronde, 2018
Le Roman d'amour d'Héloïse et Abélard,
Les Éditions de l'Histoire, 2021
Deux Grains de sucre, un soupçon de secret, Calmann-Lévy, 2022
– Prix Lire sous les étoiles de Triel-sur-Seine, 2022
– Prix du roman de La Saussaye, 2023

En collaboration :

Les Douze Sales Polars, La Gronde, 2017
Les Douze Sales Polars récidivent, La Gronde, 2018
Les Douze Sales Polars débarquent, La Gronde, 2019
Les Douze Sales Polars se mettent à table, La Gronde, 2020
Les Douze Sales Polars s'attaquent au pôle « Arts », La Gronde, 2021

Brigite Piedfert

TU SERAS PRINCESSE DE TARRAGONE

CALMANN LEVY
territoires

Couverture
Maquette : Le Petit Atelier
Photographie : © Magdalena Russocka/Trevillion Images

ISBN 978-2-7021-8885-9

À celui dont je suis la princesse

Jamais pays ne trouveront
Ni terre ici-bas ne verront
Où ils puissent vivre sans peur
Ou sans efforts ou sans douleur.

Marie de France,
Des lièvres è des raines

1

L'enfant inspira profondément. Tel un oiseau s'apprêtant à prendre son essor, il écarta lentement les bras. Une brise saline agita les plumes des armatures en bois accrochées à ses membres chétifs, leur conférant ainsi une allure de grandes ailes. Juché sur la passerelle adossée à la maison forte de Guillaume Capra, son maître, il observait ses pieds déchaussés surplombant l'abîme qui s'ouvrait sous lui. Depuis ce perchoir incongru, il contemplait l'impressionnant vide qui dominait l'esplanade rocailleuse se déployant au bas du logis seigneurial. Il lui parut soudainement abyssal.

— Tu n'as pas peur de tomber, Galtier ? s'inquiéta ingénument une adolescente d'une douzaine d'années.

Un peu en retrait, Sibylle, sa compagne de jeu, s'alarmait de son audace. De toutes ses forces, elle cramponnait une grosse corde de chanvre que le jeune garçon de dix ans avait enroulée à sa taille. Grisé par son audace, Galtier redressa résolument la tête et bomba le torse ; la gibbosité disgracieuse de son dos s'en trouva gommée. Il imprima de grands cercles majestueux à l'assemblage de plumes et, à l'idée de s'élancer dans le vide, frissonna d'un plaisir inédit. Il porta alors fièrement le regard vers la lande broussailleuse de Sidmouth et affirma haut et fort :

— Je ne peux pas tomber. Je vais voler !

Il fléchit les genoux. Juste au moment où il allait pousser sur ses jambes pour se propulser dans les airs, deux poignes puissantes lui ceignirent la taille et l'élevèrent au-dessus de l'abîme, lui coupant brutalement son élan. Sibylle sursauta, terrifiée. Elle avait reconnu son père. Elle recula d'un pas, épouvantée, mais ne lâcha pas la corde qui la reliait à son compagnon de jeu. Sans se préoccuper des cris d'orfraie de Galtier ni de ses jambes pédalant cocassement dans le vide, Guillaume Capra maintint fermement l'enfant. Galtier cria en se débattant :

— Lâchez-moi, mais lâchez-moi !

Une des armatures de ses bras, brusquement détachée de son épaule, alla se fracasser en mille morceaux en contrebas, sous les yeux des serviteurs de Guillaume Capra, accourus aux cris de Galtier. Tous levèrent le nez dans leur direction et concentrèrent leurs regards inquiets sur eux ; ils guettaient, anxieux, l'issue de l'incident. Guillaume reposa énergiquement le garçon sur le plancher de la galerie, lui administra brutalement une taloche, puis, tout en lui plaquant la main sur la nuque, le força à regarder les débris de l'aile postiche.

— C'est ça que tu veux, vermine ? hurla-t-il en affublant le gamin du surnom qu'il lui donnait habituellement.

Pris dans l'étau des poignes vigoureuses de son maître, l'enfant, impuissant maintenant à réaliser tout mouvement, contemplait l'abîme, terrorisé. Sibylle s'agrippa désespérément au bras de son père. Les colères paternelles étaient effroyables, les sanctions imprévisibles. Tout manquement à la discipline était sévèrement réprimé. Le pire était à craindre.

— Père, je vous en supplie ! implora-t-elle.

Guillaume repoussa sa fille sans ménagement, et desserrant son étreinte, libéra le garçonnet d'un geste brusque. Puis il ordonna :

— Je vous attends dans la grande salle ! Ne vous avisez pas de traîner ! les prévint-il en se dirigeant à grandes enjambées vers l'escalier menant au logis.

2

Quand les deux enfants, transis de peur, pénétrèrent dans la vaste pièce principale de la maison forte de Guillaume Capra, le molosse allongé aux pieds de ce dernier se leva d'un bond, le poil hérissé, tous crocs dehors, et gronda férocement. À proximité du maître, Lesceline, une servante voûtée et chenue, se penchait sur le feu de l'âtre, un tisonnier à la main, pour en raviver les flammes. Alertée par le bruit, elle se redressa avec difficulté, une main sur les reins, et jeta un coup d'œil alarmé en direction de Galtier et Sibylle.

Les deux enfants avaient grandi ensemble. La jeune maîtresse et le petit serviteur contrefait étaient coutumiers des bêtises des enfants de leur âge, et malgré les punitions réitérées, les multipliaient avec inconscience. Depuis que la mère de la fillette était morte en couches, la vieille femme avait montré une attitude toute maternelle envers Sibylle. Chaque fois qu'elle le pouvait, elle adoucissait de son mieux la rigueur de l'éducation stricte à laquelle Guillaume Capra soumettait l'enfant. Mais comme elle le craignait, le calme apparent du maître n'augurait rien de bon.

Guillaume Capra, robuste géant à la tignasse rousse, les attendait, hiératique, assis dans une cathèdre devant la cheminée. Il aimait s'installer à cette place, que nul autre dans la maisonnée n'aurait songé à occuper. Derrière son siège, sur la poutre du manteau de la cheminée, trônait une épée rutilante, souvenir prestigieux de l'héroïque participation de son père à la bataille de Hastings. Pour l'heure, il serrait dans ses poings un faisceau de lanières en cuir posé sur ses cuisses musculeuses. La haute stature de cet ancien compagnon de Guillaume le Conquérant en imposait à tous les membres de sa ménie. Il exerçait son autorité sur chacun de ses gens d'une main de fer ; aucun parmi eux ne se serait hasardé à la contester. Guillaume Capra n'était pas homme à plaisanter. Galtier et Sibylle écoperaient plus que d'une simple réprimande.

Guillaume observait les deux enfants en silence. Collés l'un à l'autre, ils semblaient figés sur place, le nez baissé, ne sachant quelle attitude adopter devant l'impressionnant mutisme du seigneur des lieux. Celui-ci tourna la tête, et d'un mouvement sec du menton, sans lui dire un mot, fit signe à Lesceline d'aller refermer la porte par laquelle les deux enfants étaient entrés. Au bout d'un long moment, il rugit de rage :

— Qui ? Qui a eu cette idée saugrenue de prétendre voler ?

Sa voix tonitruante les fit sursauter de frayeur. Soudés par une solidarité inébranlable, les deux enfants répondirent à l'unisson :

— Moi.

— Moi, père.

Guillaume, insatisfait de la réponse, fronça les sourcils et fit rageusement claquer le fouet sur sa cuisse. Sibylle déglutit à grand-peine. Elle savait qu'il n'y avait pas d'échappatoire possible. Elle décida d'endosser la responsabilité de leur faute. La fillette prit sa respiration et, courageusement, enchaîna tout à trac :

— Galtier n'y est pour rien, père. Je suis la seule fautive. Vous vous rappelez cet homme venu de Malmesbury qui a fait halte chez nous cet hiver ?

Le père de Sibylle acquiesça d'un mouvement de la tête. La visite évoquée par sa fille lui revint immédiatement à la mémoire. La conversation avait été des plus étonnantes. L'hôte de passage auquel il avait offert l'hospitalité, en cet an de grâce 1113, leur avait expliqué qu'un certain Eilmer, un frère bénédictin de l'abbaye de Malmesbury, s'était mis en tête de reproduire le vol de Dédale et Icare. Affublé de fausses ailes aux pieds et aux mains, il s'était lancé du haut d'une des tours du monastère. Et chose incroyable, il avait réussi à parcourir plus d'un stade en planant ! Il y avait là de quoi surprendre ! Les détails de l'expérience qu'il leur avait relatée avaient provoqué une curiosité insatiable chez sa fille. Guillaume, lui-même intrigué par cet incroyable prodige, avait longuement interrogé leur invité.

— J'ai raconté son histoire à Galtier et…

— J'ai voulu essayer, l'interrompit le jeune garçon, un filet de son dans la voix.

— Je m'en souviens parfaitement, dit calmement Guillaume en hochant la tête. (Les veines de son cou se gonflèrent soudainement.) Mais ce que tu as oublié de dire, Sibylle, gronda-t-il, hors de lui, c'est que cet Eilmer s'est brisé les jambes !

Il fut sur pied d'un bond. Les deux enfants reculèrent simultanément d'un pas. Guillaume vociféra, le visage vultueux :

— Votre conduite est inqualifiable ! Toi, la vermine, tu as risqué ta maigre vie ! Et toi, Sibylle, tu as laissé un de nos gens exposer la sienne. Et ça, je ne le tolérerai pas !

Les deux enfants blêmirent et se rapprochèrent imperceptiblement l'un de l'autre. Guillaume leva les bras au ciel et, écumant de rage, continua de cracher ses invectives :

— Faut-il être stupide pour imaginer voler comme un oiseau ! Et orgueilleux ! Oui, orgueilleux ! poursuivit-il en gueulant de plus belle. Si Dieu n'a pas voulu donner des ailes à l'homme, quel homme serait assez prétentieux pour braver Sa divine décision ? « Ne t'élève point par orgueil[1] », a dit saint Paul ! Le fouet ! Le fouet vous fera mesurer toute votre inconséquence. Viens par là, toi, dit-il en saisissant violemment Galtier par un bras.

La voix chevrotante de Lesceline s'éleva dans son dos :

— Pitié, seigneur, implora-t-elle, ce ne sont que des enfants !

— Silence ! éructa Guillaume en faisant volte-face.

Bien qu'il eût brandi son fouet en direction de la vieille femme, il n'osa pas l'abaisser sur elle. Cet homme impétueux et brutal n'avait jamais eu un seul geste de violence envers celle qui avait assisté sa dame jusque dans ses derniers moments puis élevé Sibylle comme sa propre fille.

Cependant, sans différer davantage, le maître de céans traîna Galtier jusqu'à la cathèdre. Il lui arracha sa chemise et le força à empoigner les accotoirs. Et tandis que le jeune garçon, le dos voûté exposé au fouet, tremblait de frayeur de la tête aux pieds, Guillaume se tourna vers Sibylle et brailla :

1. Épître de saint Paul aux Romains, XI, 20.

— Dix coups de fouet ! C'est toi qui châtieras cet écervelé, avant de recevoir les tiens. Ne t'ai-je pas dit mille fois que mes terres, ma ménie, te reviendraient quand je ne serai plus de ce monde ? La survie de mes gens dépendra de toi. Et au mépris de sa vie, tu as laissé l'un des nôtres jouer avec la sienne. C'est à toi de redresser les errements de chacun. Et les tiens, termina-t-il en lui tendant brutalement les lanières de cuir.

Sidérée, Sibylle restait les bras ballants sans saisir l'instrument du châtiment, resté en suspension devant ses yeux. Elle savait déjà tout cela. Jour après jour, Guillaume Capra n'arrêtait pas de lui seriner qu'en l'absence du fils que Dieu ne lui avait pas accordé, Sibylle hériterait de tous ses biens obtenus de haute lutte. Ces terres du Devon battues par les vents de la côte étaient certes inhospitalières, la brume marine en bouchait obstinément l'horizon et la moindre parcelle cultivée devait être arrachée à une glèbe collante et improductive. Guillaume le Conquérant en avait autrefois récompensé son père. Elles faisaient sa fierté. Un jour, à défaut du fils qu'il n'avait pas eu, Sibylle en serait le seigneur. À cet effet, depuis sa plus tendre enfance, Guillaume la soumettait à un entraînement intensif : chevauchées dans la lande, maniement de l'épée, tir à l'arc étaient le lot quotidien de Sibylle, le tout assorti de semonces et de horions. Rien ne lui était épargné. Elle payait au prix fort de ne pas être le garçon que son père avait appelé de ses vœux.

Les seuls instants de joie de la fillette provenaient des brèves escapades et des jeux complices partagés avec Galtier. Leurs longues équipées les menaient le plus souvent dans la lande. Galtier enseignait à Sibylle le nom des oiseaux, lui apprenait à ne pas fouler les nids des vanneaux cachés dans les hautes herbes, gonflait la gorge et imitait le chant du courlis ; Sibylle l'entraînait à sa suite sur les bords de la Sid ; ils barbotaient dans l'eau glacée et y déjeunaient d'écrevisses grillées. Et le soir venu, ils rentraient à la maison forte, les genoux écorchés et le rire au cœur. Tous deux orphelins de mère, ils trouvaient une connivence réconfortante dans leur compagnie mutuelle.

La demande de son père l'indigna ; elle se cabra, bien déterminée à ne pas y accéder. Sans doute allait-elle regretter sa témérité, pensa-t-elle un court instant, mais elle se refusait à accomplir les exigences paternelles et à trahir son ami. Du plus loin qu'elle se souvînt, elle avait toujours défendu Galtier ! Elle s'était même battue pour lui quand les autres gamins des environs le provoquaient ou le rossaient après avoir saccagé les nids des oiseaux qu'il tentait d'apprivoiser. Elle ne frapperait pas Galtier. Jamais ! Peu lui importaient les conséquences.

Elle redressa fièrement le menton et planta ses yeux résolus dans ceux de son père :

— Non, le défia-t-elle, je ne punirai pas Galtier.

Un instant, Guillaume Capra resta interdit. Sa fille n'avait pas froid aux yeux. La drôlesse aurait-elle donc hérité de lui plus que de folles boucles rousses ? Ainsi elle aurait un caractère aussi trempé que le sien, songea-t-il. En d'autres circonstances, il en aurait ri. Mais ce jour-là, sa détermination farouche à bafouer son autorité l'inquiéta. Pour la première fois de son existence, sa fille osait lui tenir tête. À lui son père, pour défendre un gamin difforme et parfaitement négligeable ! Il broierait sa volonté ! Il agita frénétiquement le fouet sous son nez.

— Ne t'obstine pas dans l'erreur, rugit-il, furieux. À refuser, il pourrait bien t'en coûter le double !

Sibylle ne broncha pas et continua de le narguer du regard. D'une bourrade, Guillaume la poussa brutalement jusqu'à Galtier, qui gémissait de peur, vrillé à la cathèdre. Il colla le fouet dans la main de sa fille et commanda :

— Frappe !

— Non ! rétorqua fièrement Sibylle en le jetant à terre.

Alors, fou de colère, Guillaume appliqua sa paume sur le cou de Sibylle, ploya son corps jusqu'au sol et lui fit apposer la main sur les lanières de cuir. Il la força à ramasser le fouet, ses doigts enserrant puissamment les siens, et l'obligea à lever le bras.

— Frappe, te dis-je ! exigea-t-il de nouveau.

Et comme Sibylle résistait à son injonction et essayait de se dégager de son emprise, sans la lâcher, rageur, il abaissa l'instrument de la punition sur le dos de Galtier. Le premier coup arracha un cri de douleur à l'enfant cramponné à la cathèdre et des larmes d'impuissance à Sibylle. Guillaume Capra éleva et rabattit neuf autres fois le fouet, insensible aux suppliques de sa fille et aux hurlements de Galtier couverts par les aboiements du chien qu'excitait ce déchaînement de violence. Au dixième, il écarta vigoureusement Galtier qui s'effondra par terre, la peau du dos en sang. Guillaume lui substitua Sibylle. Vingt fois, le fouet entailla sa chair. Vingt fois, Sibylle serra les dents. Vingt fois elle retint ses cris. Pas une plainte ne sortit de ses lèvres. Quand elle retomba sur la cathèdre, rompue et à demi inconsciente, Guillaume beugla à la servante réfugiée dans un coin de la pièce, terrorisée et impuissante :

— Débarrasse-moi d'eux ! Et conduis Sibylle dans la chambre de ma dame. Elle y restera dix jours, à l'eau et au pain de pénitence.

À peine Guillaume Capra eut-il proféré ses ordres qu'il tourna le dos à Lesceline, et sans même jeter un coup d'œil à sa fille, quitta la pièce à grandes enjambées, le chien sur les talons.

Alors, Lesceline, le visage ravagé de pleurs à la vue des plaies sanguinolentes du dos de la jeune rebelle, s'élança vers Sibylle. Le plus délicatement qu'elle put, elle passa ses bras sous ceux de la fillette et l'aida à se mettre debout. Sibylle grimaça ; il lui sembla qu'on lui arrachait les chairs de tout son corps. Malgré le rictus de douleur qui contractait son visage, elle parvint à se redresser et, prenant appui sur le bras de sa nourrice, elle se laissa guider vers la chambre de l'étage.

Aussitôt franchis les premiers degrés de l'escalier, la porte que Lesceline avait fermée précédemment s'ouvrit avec fracas sur une servante, juste âgée de quelques années de plus que Sibylle. À travers un trou du loquet, la main crispée sur la poignée, et refrénant son indicible envie de voler au secours du garçon, elle avait observé toute la scène, se mordant les lèvres jusqu'au sang, de douleur et de rage contenues. Elle s'engouffra dans la pièce commune et se rua vers Galtier. Elle s'agenouilla près de l'enfant meurtri, écarta les mèches collées à son front baigné de sueur, et avec d'infinies précautions, l'attira à elle.

— Agnès, murmura Galtier dans un souffle rauque, le maître... ?

— Il est parti, le rassura-t-elle, les larmes aux yeux. Tu n'as plus rien à craindre, petit frère.

Elle le serra tendrement contre sa poitrine et commença à le bercer d'un mouvement doux et régulier. Galtier chercha la main de sa sœur et l'agrippa. Au prix d'un douloureux effort, il poursuivit, la voix brusquement affermie :

— Un jour, je volerai, Agnès.

3

Lesceline ôta avec précaution les tampons de charpie dont elle recouvrait les plaies de Sibylle quotidiennement. Celle-ci reposait, couchée sur le ventre, dans la pénombre de la chambre de la dame. La dame, sa mère, n'était plus, mais c'était ainsi que Guillaume Capra continuait d'appeler la pièce dans laquelle son épouse avait expiré entre ses bras, un an à peine après leurs épousailles, en donnant naissance à un bébé braillard, tenacement accroché à la vie. Sa seule héritière... Sibylle ne savait rien de plus de sa mère si ce n'est que Lesceline lui avait dispensé la même tendresse attentionnée. La fureur paternelle s'arrêtait à la porte de la chambre de sa dame, elle ne parvenait pas jusque-là. Sibylle en goûtait la quiétude.

Comme chaque jour depuis sa réclusion, elle s'en remettait aux mains expertes de sa vieille nourrice. Allongée sur le lit, le visage tourné de côté, Sibylle ne quittait pas des yeux le petit oratoire qu'éclairaient quelques chandelles réparties autour des statuettes de la Sainte Vierge et de sainte Thècle, dont Sibylle était dévote, comme sa mère l'avait été avant elle. Le premier jour, quand les morsures du fouet étaient si vives, elle avait supporté la douleur en gardant irréductiblement les yeux fixés sur la sainte martyre. Cette dernière avait enduré les flammes du bûcher avec un stoïcisme exemplaire ; Sibylle l'implora ardemment de bien vouloir lui accorder la même force d'âme. Ce jour-là encore, le septième de son enfermement, Sibylle ne détachait pas son regard de la sainte et la remerciait de son secours. Tandis que Lesceline répétait les mêmes gestes réguliers, l'adolescente priait.

Peu à peu, les plaies de son dos cinglé par les lanières de cuir se refermaient et s'asséchaient. La toile imbibée d'eau vinaigrée dont Lesceline avait tamponné ses chairs rougies à vif avait évité l'infection, et la cire d'abeille dont elle les avait enduites, accéléré la cicatrisation. Malgré la diète sévère à laquelle son père l'avait soumise, Sibylle recouvrait progressivement ses forces. La vitalité de sa jeunesse l'y aidait ; une pomme cotie, une maigre part de fromage, une ration de lard séché chapardées par Lesceline adoucissaient l'austère régime d'eau et de pain sec.

Le sourire aussi était revenu sur son visage quand, après s'être enquise du sort réservé à Galtier, sa nourrice l'avait rassurée sur l'état de santé de son camarade de jeu. Sa sœur Agnès lui avait prodigué les soins que Lesceline lui avait indiqués et la guérison de Galtier était également en bonne voie. Mais Guillaume Capra ne voulait plus le voir au logis. Il avait enfin trouvé le prétexte qu'il cherchait pour l'éloigner. Car de tout temps, il avait éprouvé une haine incommensurable pour cet enfant bossu et disgracieux. Que sa propre fille se fût entichée d'un petit compagnon tenant du gnome l'agaçait prodigieusement. Les rebuffades et les horions multipliés à l'égard de Galtier n'y avaient rien changé. L'affection mutuelle des deux enfants n'avait fait que croître et leur complicité redoubler.

Lorsque Lesceline avait aidé l'enfant à naître et que sa mère, quelques jours plus tard, avait quitté ce bas monde, elle avait suggéré à Guillaume de l'élever aux côtés de Sibylle, mais rien n'y fit. Cet être contrefait, à jamais inutilisable pour la guerre, n'était qu'une bouche à nourrir inutile ! avait rétorqué, inflexible, le maître des lieux. De plus, n'avait-il pas une sœur ? Il se trouva bien assez magnanime de consentir à les garder sous son toit, et Agnès, qui n'avait que sept ans, remplit bien involontairement l'office de maman pour son petit frère. Lesceline eut beau arguer que le Seigneur ne manquerait pas de condamner le rejet dont Galtier était la victime et qu'au jour du jugement dernier, il en demanderait des comptes à Guillaume, la décision de ce dernier ne varia jamais d'un pouce. Il était hors de question que le seigneur de Sidmouth s'attendrît sur un misérable bâtard !

Il condescendit à tolérer sa présence, mais l'ombre de l'expulsion continua de planer au-dessus de la tête de l'indésirable enfant chétif. Guillaume guettait la première occasion qui se présenterait pour exécuter son dessein ; la malheureuse expérience de vol la lui fournit. Puisque cet avorton aimait tant les plumes, qu'on déménageât sa paillasse dans le réduit attenant au poulailler ! s'était-il emporté à la suite de la déplorable tentative. Une seule plume manquante à une de ses poules ou de ses oies, avait-il encore vociféré, et il chasserait à tout jamais le petit bossu de son domaine ! Sa décision était irrévocable et n'avait fait qu'exacerber la rancœur d'Agnès ; dans l'intimité des fourneaux que le maître ne venait jamais troubler, elle avait laissé éclater sa révolte. Prise d'un accès de rage, elle avait laissé libre cours à sa hargne. Le molosse du maître était mieux traité, s'était-elle plainte à Lesceline.

Mais ni l'une ni l'autre n'étaient intervenues pour infléchir la volonté de Guillaume ; c'eût été peine perdue : le maître ne les aurait pas même écoutées.

Quant à Galtier, il se souciait de sa décision comme d'une guigne. Leur seigneur n'avait jamais montré le moindre intérêt à son égard ; son indifférence lui était coutumière. La tendresse d'Agnès, de Lesceline et de Sibylle lui suffisait. En ce qui concernait les poules de Guillaume Capra, il n'avait nullement l'intention d'y toucher. Ces plumages domestiqués n'avaient aucun attrait pour qui associait le dessein de voler à une suprême liberté. Les plumes bien plus nobles de busard et de goëland ne manquaient pas dans la lande, il les collecterait !

Sibylle souriait en songeant que chacun d'eux était obstiné à sa manière. Ensemble, ils avaient défié Guillaume Capra : elle, en refusant de porter la main sur son ami, lui, en ne trahissant pas ses aspirations. Son entêtement valait bien le sien ! La penne de pie blanc et noir aux reflets moirés qu'il avait glissée en catimini à Lesceline pour qu'elle la lui transmît témoignait de leur détermination mutuelle à braver les interdits paternels.

Sibylle l'avait dissimulée dans un des ais du *Livre des miracles de sainte Foy*. Elle pouvait être tranquille, son père n'inspecterait pas l'ouvrage. Le lourd recueil aux rustiques couvertures en bois ne quittait jamais la chambre de la dame dans laquelle son père n'avait plus remis les pieds depuis la mort de sa mère. Quand, au lendemain du châtiment de sa fille, Guillaume avait mandé le chapelain de Sidmouth pour qu'il entendît Sibylle en confession, le prêtre avait recommandé une lecture assidue du saint ouvrage. Lors de ses visites journalières, ce dernier interrogeait la fillette sur les pieux enseignements qu'elle en tirait et se félicitait de la sérénité que son étude lui apportait. Sibylle, apaisée, progressait sûrement sur le chemin de la repentance dont il lui avait montré la voie, s'enorgueillissait encore l'homme d'Église.

Pourtant, au fond de son cœur, les sentiments de Sibylle restaient partagés. Elle n'oubliait pas que son père l'avait forcée à frapper Galtier et elle n'arrivait pas à chasser la haine qui sourdait en elle à cette évocation. Elle persistait à ne pas regretter son geste – jamais elle ne lèverait la main sur Galtier ! – mais elle savait aussi reconnaître l'inconséquence de son attitude irréfléchie. À l'isolement dans la pénombre de la chambre de la dame, elle finissait par admettre que son père n'avait pas tout à fait tort ; en tant que futur seigneur des lieux, elle aurait la charge de leurs serviteurs. Elle ne pouvait les mettre en danger. L'idée que Galtier et elle avaient évité de justesse la catastrophe la tourmentait, et elle tremblait de terreur en imaginant le pire. Elle s'en voulait de ne pas avoir coupé court à son téméraire essai de vol. Elle s'en ouvrait fréquemment à son confesseur et ce dernier l'encourageait à puiser les forces nécessaires à sa contrition dans l'exemplarité de la conduite de la sainte.

Alors Sibylle mettait toute son application à lire le précieux livre pieux mais, à vrai dire, il ne lui en coûtait guère. Elle éprouvait pour sainte Foy une révération sans borne. Les guérisons miraculeuses dont le livre faisait écho la fascinaient. Elle aimait tout particulièrement évoquer celle de Godehilde, l'épouse de l'héroïque Normand Roger de Tosny, qui était allé porter la guerre sainte en Espagne en luttant contre les Sarrasins. Aux veillées, maintes fois elle avait entendu Guillaume faire allusion aux exploits de ce valeureux guerrier parti autrefois pour Tarragone ; lui-même n'était pas à Hastings, mais il se souvenait avec émotion que son père, qui y avait combattu, citait naguère son courage en exemple. C'était imprégnés du même esprit audacieux et intrépide que les Normands étaient partis à la conquête de l'Angleterre ! Son père racontait encore qu'au retour d'une expédition à Tarragone, Roger de Tosny, passant à Conques, en avait rapporté des reliques sacrées de la sainte pour son épouse gravement malade. Sibylle imaginait alors Godehilde demander avec ferveur tout à la fois le rétablissement de sa santé et la protection de son époux retourné guerroyer en Catalogne contre les Maures.

Elle partait en pensée vers ces contrées lointaines qu'elle se figurait baignées d'une lumière radieuse, auréolant les hardis combattants chrétiens lancés à la reconquête de terres peuplées d'infidèles. L'adolescente voyait en songe l'armée des nobles chevaliers investir le champ de bataille, s'exposant sans crainte au péril pour le triomphe de la Vraie Foi. Sibylle sentait le souffle chaud venu de la mer s'immiscer sous les casques brûlants de soleil ; elle entendait les lancinants roulements de tambour des hordes ennemies préparant leur attaque et anticipait les défis et les cris de guerre annonciateurs de mêlées sauvages où les combattants de Dieu invoquaient sainte Foy avant l'assaut final. Ces rêves éveillés émaillaient ses journées de solitude et l'aidaient à attendre le retour de Lesceline dans la chambre de la dame.

Quand celle-ci apparaissait, Sibylle la pressait de questions. Lesceline avait-elle vu Galtier ? Allait-il bien ? Son père relâchait-il sa surveillance à son égard ? Combien de temps encore devait-elle expier sa faute ? Lesceline l'aidait à se repérer dans cette succession de jours identiquement monotones dont elle perdait progressivement le décompte. Au septième soir de son enfermement, la vieille servante répondit à sa sempiternelle question en lui enjoignant la patience :

— Plus que trois jours et la punition sera levée, petite princesse !

C'était le mot doux que la vieille femme lui réservait dans l'intimité de la chambre, le seul endroit où elle pouvait lui prodiguer d'affectueuses caresses. Mais bien que Sibylle luttât de toutes ses forces pour ne pas fléchir, la perspective lui en parut trop lointaine. Ses yeux s'embuèrent de larmes. Alors, comme tous les soirs, avant de regagner son matelas de paille installé derrière une tenture à l'extérieur de la chambre de sa jeune maîtresse, Lesceline l'attira à elle et la prit dans ses bras. Sibylle se pelotonna contre elle et, pour un moment, oublia ses résolutions. Blottie dans son giron, elle redevint petite fille et se laissa bercer comme un nourrisson. Lesceline retrouva les tendres gestes de l'enfance, les doux mots consolateurs qui réconfortaient autrefois la fillette privée d'amour maternel. Et tandis que dans l'arceau de ses bras, elle imprimait au corps de Sibylle un balancement régulier, la vieille nourrice entonna une chanson :

Un vieux comte se lamentait
Et son épouse condamnait.
Sept filles ! Dure Malédiction !
Tu ne m'as fait aucun garçon !

Mon corps usé ploie sous les ans,
Qui ira pour moi à la guerre ?
Père, ne maudissez pas ma mère !
Je suis votre plus jeune enfant,
Fille, je n'en suis pas moins fière !
Donnez-moi glaive et cheval,
D'une ardeur toute mâle,
Je m'en irai à la guerre !

Les paupières de Sibylle se fermèrent peu à peu. Elle sombra bientôt dans un profond sommeil peuplé de rêves fabuleux. Montée sur un destrier immaculé, elle parcourait une vaste vallée fertile en brandissant bien haut le fouet de son père. Les lanières de cuir claquaient au-dessus de sa tête et répandaient autour d'elle de luminescentes étincelles crépitantes. Nimbée d'une lumière irradiante, elle chevauchait sous l'ardent soleil d'Espagne. Libre et conquérante.

4

Quand Sibylle s'éveilla le matin mettant fin à ses dix jours de pénitence, une curieuse sensation diffuse l'habitait. Elle était incapable d'en expliquer la raison, mais il lui semblait que cette longue période d'isolement l'avait conduite à une nouvelle étape de sa vie qui se révélerait décisive pour elle. Elle n'eut pas le loisir d'y réfléchir davantage car déjà Lesceline franchissait le seuil de la chambre de la dame, tenant à bout de bras chausses et haubert.

— Hâtez-vous, l'enjoignit sa nourrice, votre père vous attend dans la basse-cour.

Sibylle fut sur pied en un tournemain. Elle leva les bras au-dessus de sa tête pour permettre à Lesceline de lui passer la lourde tunique en mailles d'acier que son père lui faisait porter à chacun de leurs entraînements. À l'origine, ce harnois ne lui était pas destiné ; en apprenant la grossesse de sa dame, Guillaume Capra, tout à son illusion d'avoir un fils, l'avait fait confectionner pour son descendant. Il escomptait lui en faire le présent dès que celui-ci aurait atteint l'âge d'apprendre à se battre. Il avait échu à Sibylle qui avait dû endosser l'équipement et la place de fils tant espéré par son père. Pour achever de rendre le leurre parfait, elle disciplinait ses longues boucles rousses en les attachant et en les dissimulant sous le capuchon de son haubert. Les cheveux ainsi retenus par les mailles, la peau laiteuse de sa gorge naissante cachée par le gorgerin d'acier, nul n'aurait su dire que la pesante tunique abritait un corps de jouvencelle. Un damoiseau longiligne et imberbe aurait tout aussi bien pu se glisser à l'intérieur de la martiale protection. Artificiellement parés de cette robe guerrière, ses attributs féminins étaient gommés, le temps d'un exercice.

Lesceline lui présenta quelques ciboules et un chanteau de pain.

— Prenez des forces, ma toute petite, lui conseilla-t-elle. N'allez pas flancher devant votre père, il vous en tiendrait rigueur.

Et tandis que Sibylle dévorait à belles dents son pain et les oignons nouveaux, la vieille femme atteignit un cruchon de cidre dont elle lui servit un plein gobelet. Elle fouilla dans une besace qu'elle portait en bandoulière et en sortit une minuscule plume brune de pinson. Avant de la remettre à Sibylle, elle jeta un rapide coup d'œil apeuré derrière elle pour s'assurer qu'elles étaient bien seules.

— Galtier m'a donné ceci pour vous, ma petite princesse, s'empressa-t-elle de lui dire.

Sibylle caressa la plume duveteuse. Elle sourit de la connivence qui l'unissait à Galtier. Comme elle avait hâte de reprendre leurs jeux dans la lande ! Hélas, il lui faudrait patienter ! Une moue contrariée barra son visage. Son père n'allait pas l'entendre de cette oreille. Avant de quitter la chambre de la dame, elle alla déposer le délicat duvet au pied des statuettes de l'oratoire. Elle s'y agenouilla un bref instant et, bourrelée d'appréhension, adressa une courte supplique aux deux saintes. Elle craignait de retrouver l'irascible Guillaume Capra.

Quand Sibylle arriva dans la cour, la lumière crue du jour l'aveugla ; elle porta sa main en visière au-dessus de ses sourcils pour s'en protéger. L'adolescente cligna plusieurs fois des yeux et aperçut alors des armes et des boucliers disposés non loin d'elle sur une botte de paille. Puis à l'autre extrémité de l'esplanade détrempée par une fine pluie printanière, elle distingua son père. Sibylle ne put réprimer la rancœur qui jaillissait du tréfonds de son âme devant cet homme cruellement autoritaire, et la pensée du châtiment qu'il leur avait infligé à Galtier et elle revint, amère, tarauder son esprit faussement apaisé. Le sang afflua à ses tempes et les battements de son cœur s'accélérèrent. La haine serpentait, sournoisement tapie au creux des bonnes résolutions et des promesses d'obéissance que le chapelain et l'isolement lui avaient arrachées.

Guillaume Capra l'attendait, martialement monté sur son cheval de combat, la lance calée sous le bras, prêt à charger l'adversaire. Plus près d'elle, Galtier était là aussi, tenant d'une main la bride du roussin qui lui était réservé, et de l'autre, la longue hampe de bois ferré qu'il lui faudrait maîtriser au cours de l'affrontement avec son père. Les deux amis n'échangèrent pas le moindre sourire ; Guillaume Capra veillait. Seuls leurs regards pétillants de malice trahirent furtivement leur joie mutuelle de se retrouver. Sibylle agrippa fermement le pommeau de la selle à troussequin de sa monture et, d'une poussée résolue sur ses pieds, enfourcha l'animal. Elle flatta l'encolure du vieux cheval docile puis saisit la lance que Galtier lui tendait.

À peine le jeune garçon avait-il couru se mettre à l'écart derrière un muret que Guillaume Capra poussa un cri guerrier et cravacha la croupe de sa monture pour la lancer contre sa fille. Leurs forces étaient inégales et le roussin de Sibylle plus lourd, plus difficile à manœuvrer. Mais celle-ci, la hampe de bois coincée à l'horizontale sous le bras, n'hésita pas un instant et donna un coup de talon énergique aux flancs de la bête. Le roussin s'élança à son tour et Sibylle vit alors avec effroi son adversaire se rapprocher inexorablement, la lance pointée vers elle. Elle ne put se prémunir à temps contre le choc et perçut comme un grand bruit de tambour entre les côtes. Galtier, maintenant juché sur son muret, sursauta, inquiet, et dans un mouvement d'anticipation de la chute, tendit instinctivement le bras vers elle pour l'empêcher de tomber. Désarçonnée, Sibylle lâcha les rênes, rentra la tête dans sa poitrine et alla rouler à terre. Le destrier de Guillaume vint caracoler autour d'elle et pendant qu'elle se relevait, du haut de sa superbe, son père la nargua :

— C'est entre les pattes du cheval qu'on mesure le courage du cavalier.

Sibylle enragea, doublement humiliée. Pourtant, son père n'avait pas tout à fait tort, car tombé à bas de sa monture, un cavalier perdait la supériorité de l'offensive et il ne lui fallait plus compter que sur ses propres forces pour faire la démonstration de son art et sauver sa vie. Lorsque le corps à corps était inévitable, le courage ne suffisait plus, la ruse devait suppléer la force. Sibylle l'avait appris maintes fois à ses dépens quand, lors des leçons précédentes, Guillaume Capra, conjuguant puissance et rouerie, lui avait fait mordre la poussière. Jamais encore elle n'avait pu le vaincre. Tandis qu'elle se relevait, elle vit la massive silhouette paternelle se pencher au-dessus de la botte de paille et s'emparer d'une épée longue et plate puis d'un écu en bois allongé. L'entraînement continuait à pied. Juste au moment où elle le rejoignait, Guillaume s'empara de l'arme qui lui était destinée et la jeta en l'air dans sa direction :

— Attrape ! cria-t-il, croyant la surprendre.

Mue par un réflexe salutaire, Sibylle saisit l'épée au vol. Son père fonçait déjà sur elle en hurlant comme un barbare. Elle n'eut que le temps de se jeter sur le deuxième bouclier de la botte de paille pour parer l'offensive de son assaillant. Elle allait s'en protéger mais Guillaume Capra ne lui en laissa pas le temps. De son écu, il lui asséna traîtreusement un grand coup sur la poitrine. Sibylle chancela, happant l'air qui soudain lui manquait. Profitant alors de son déséquilibre, Guillaume lâcha son bouclier et, de ses deux mains, rabattit sournoisement le camail d'acier sur les yeux de sa fille avant de la faire tourner sur elle-même. Celle-ci, aveuglée et étourdie, chercha à se dépêtrer tant bien que mal de la capuche de métal, provoquant l'hilarité paternelle. Guillaume Capra se tapait les cuisses de rire, fort de son bon tour, mais il n'avait pas compté sur la farouche réactivité de sa fille, et encore moins sur son ressentiment accumulé, décuplé par les humiliations répétées. À peine avait-il récupéré son arme que Sibylle, plus leste et piquée au vif, bondit en un éclair sur lui, et effectua par surprise une plongée de son épée sous la sienne. Sa lame fut à deux doigts de toucher le visage paternel. La détermination obstinée que ce dernier lut dans les yeux de sa fille l'ébranla un court instant. Son regard pailleté d'éclats noisette semblait lancer des flammes ! Guillaume se ressaisit cependant immédiatement. Jamais un assaut ne l'avait encore désarçonné, songea-t-il, encore moins celui d'une jouvencelle maladroite ! Il fit une demi-volte de côté pour échapper à l'avancée de son assaillante, mais, dans sa précipitation, ne put éviter de glisser dans une flaque d'eau qu'il n'avait pas remarquée. Il dérapa et, propulsé en arrière, tomba en faisant dans l'air de grands moulinets de ses bras et pataugea, furieux, dans la mare. Sur son muret, Galtier trépignait de joie. Guillaume s'en aperçut et, se relevant d'un bond, tout dégouttant de boue, courut jusqu'à lui en le menaçant de sa lame. Il vociféra :

— Qu'est-ce que tu regardes, inutile ?

Galtier se jeta, tremblant de peur, de l'autre côté du mur tandis que Sibylle volait à son secours. Guillaume, qui l'avait entendue venir, se retourna prestement et, déchargeant sur elle sa hargne d'avoir été ridiculisé, abattit à l'aveugle le plat de son épée sur sa fille. Le tranchant entailla la chair de sa main. Bien qu'elle n'émît pas un seul cri de douleur, elle ne put retenir son arme, qui lui échappa. Elle s'apprêtait à la ramasser quand Guillaume Capra s'approcha d'elle et lui saisit brusquement les doigts. Il considéra la coupure et ordonna :

— Rentre au logis et demande à Lesceline de panser ta plaie. Nous reprendrons l'exercice demain.

Il fit brusquement demi-tour et sauta, rageur, sur sa monture puis partit au grand galop vers la lande.

Sibylle s'étonna de ce soudain semblant de mansuétude paternelle. Sa blessure était somme toute superficielle. Guillaume Capra n'avait pas dans ses habitudes d'éprouver la moindre compassion pour sa fille ni de reporter les exercices prévus au lendemain. Ce fut seulement à cet instant que Sibylle sentit une douleur inédite lui fouailler le ventre.

Elle regarda ses bas-de-chausses ; ils étaient souillés de sang. Son père n'avait fait preuve d'aucune indulgence à son égard. La cotte de mailles et le corps androgyne de Sibylle pouvaient laisser planer le doute sur son sexe, mais elle n'en était pas moins fille. Elle ne remplacerait jamais le viril successeur que Guillaume Capra avait appelé de ses vœux. La vue de ses premières menstrues avait cinglé à vif ses vaines velléités d'héritier.

5

Son destrier lancé au grand galop n'avait pas affaibli la rage de Guillaume. La prévisible transformation physique de Sibylle lui rappela cruellement qu'il avait échoué à engendrer un fils digne du nom des Capra. Combien de fois n'avait-il pas supplié le Seigneur, pendant les longues heures de gésine de sa dame, de lui donner un fils ! Un héritier ! Dieu ne l'avait pas voulu ainsi et lui avait envoyé une double épreuve : la mort de son épouse et une fillette inutile. Pourtant, après sa chevauchée dans la lande, le premier mouvement de fureur passé, il dut en convenir : cette gamine qu'il s'amusait à faire enrager la plupart du temps et qu'il n'avait jamais considérée que comme une enfant indisciplinée, montrait étonnamment une force de caractère toute virile. Elle avait bravé son autorité avec une fermeté surprenante, ne larmoyait jamais, quelles que fussent les vexations ou les brimades, et faisait preuve d'une bravoure étonnante. N'avait-elle pas planté sans sourciller sa lame sous son nez ? Il ne connaissait guère de représentantes de la gent féminine qui se comportaient de la sorte !

Dès lors, il considéra Sibylle d'un autre œil. À l'image d'une antienne ressassée mille fois, les paroles du Conquérant revinrent en écho à sa mémoire : *Cette terre, voilà que je l'ai saisie dans mes mains. Elle ne nous échappera plus!* Et la sienne, cette terre anglaise si chèrement acquise par son père autrefois dans le sillage du duc de Normandie, elle n'échapperait pas non plus aux Capra! Comment lui, petit cadet de famille normand désargenté, qui en serait encore à végéter à l'ombre d'un aîné resté là-bas en Normandie, aurait-il pu accepter que sa descendance en fût dépossédée? Sibylle en hériterait après lui. Elle en serait la farouche dépositaire. Son héritière.

L'entraînement reprit alors de plus belle. À l'apprentissage de la maîtrise de la monture, Guillaume Capra ajouta celui de techniques de combat défensives et offensives, et il surveilla également le fourbissage des armes de sa fille et les soins apportés à son cheval. Il voulait faire d'elle un guerrier accompli.

Le rythme soutenu des exercices s'intensifia tout au long de l'été de l'an de grâce 1114, détournant Sibylle des jeux passés en compagnie de Galtier. La plupart du temps, le jeune garçon et elle ne réussissaient qu'à grappiller de brefs instants d'intimité tant la surveillance de Guillaume Capra s'était resserrée. Ils devaient se contenter le plus souvent d'un discret signe de la main ou de rares mots échangés à la sauvette. La fraîcheur de l'enfance et les rires innocents étaient cependant toujours là et leur complicité n'en était que plus vive. Ils ne perdaient rien de leur esprit frondeur et rien ne les amusait davantage quand Galtier, au bruit annonciateur de la venue du maître, faisait mine de s'enfuir à tire-d'aile, en piaillant comme un moineau effarouché.

Lorsque, un matin d'automne, Guillaume Capra informa Sibylle qu'elle serait dispensée d'entraînement le jour suivant, celle-ci en fut tout étonnée.

— J'attends un visiteur. Nous reprendrons les exercices plus tard. Tu fourbiras tes armes dehors, je ne veux pas te voir à l'intérieur du logis, trancha-t-il autoritairement.

L'annonce ne préoccupa en rien Sibylle. Tout au contraire, elle se réjouit à l'idée que la venue inopinée de cet invité relâcherait la vigilance paternelle.

Le jour venu, elle roula un billot de bois de la cour jusqu'au poulailler de Galtier. Elle s'y assit et commença à nettoyer ses armes tandis que celui-ci, pourvu d'une fourche, entreprenait de remplacer la paille souillée des nichoirs. Profitant de l'opportunité inespérée qui leur était offerte, tout en continuant leurs activités, ils discouraient agréablement. Lorsque Galtier eut fini de mettre la paille sale en tas, il y ficha sa fourche et regarda Sibylle d'un air mutin. Il émit un curieux claquement de la langue, semblable au croassement rauque des choucas des falaises qui fit rire la jouvencelle. Elle n'eut pas le temps d'en être surprise qu'une splendide corneille d'un éblouissant noir lustré fendit l'air et vint se poser aux pieds de Galtier. Elle tournait sans cesse la tête de côté et observait les deux amis de ses yeux émerillonnés. Sibylle n'osa pas bouger de peur de l'effaroucher. De sa langue, Galtier reproduisit l'appel; le volatile sautilla gauchement puis vint se jucher familièrement sur son épaule sous le regard émerveillé de l'adolescente. Galtier fit les présentations :

— Dame Sibylle, voici notre nouvelle amie, dame Corneille.

— Comment as-tu fait pour l'apprivoiser ? demanda Sibylle, admirative.

Galtier mit les deux mains sur ses hanches, et faisant aller ses bras à la manière des ailes des poules, répondit, facétieux :

— C'est simple : quelques grains de blé volés aux poules du maître. Et le tour est joué !

Il sortit alors un morceau de pain sec d'une poche de ses braies et le tendit à l'oiseau qui picora avidement les miettes déposées sur sa paume ouverte. Subitement inquiète, sa corneille leva la tête en direction du porche d'entrée de l'enceinte en bois, et l'instant qui suivit prit son envol en craillant. Un fringant destrier noir faisait irruption dans la cour sous les aboiements hostiles du molosse de Guillaume Capra, bondissant entre les jambes du cheval alarmé. L'homme qui le chevauchait ne parut pas s'en soucier, et d'une main dextre, continua à maintenir fermement la bride de sa monture. L'inconnu avait le port des fiers guerriers normands : une solide cotte de mailles entrelacées couvrait entièrement son corps massif, et son visage carré était en partie dissimulé sous un casque à nasal. Un bouclier oblong et une longue épée battaient les flancs de son cheval. À peine eut-il mis pied à terre que Guillaume, alerté par les cris du chien, sortit de sa demeure pour l'accueillir. Il jeta un bref regard inquisiteur en direction de Sibylle et de Galtier, et comme le dogue continuait à tourner autour d'eux en jappant frénétiquement, agacé par la furie obstinée de l'animal, il lui décocha un coup de pied dans le flanc. Le chien s'enfuit alors en gueulant, la queue entre les pattes. Débarrassé des assauts du molosse, Guillaume put en toute quiétude étreindre l'étranger d'une embrassade amicale et franche que l'homme lui rendit dans un même élan de sincérité, laissant ainsi deviner leur estime mutuelle. Intriguée par cette effusion d'amitié réciproque, Sibylle adressa un regard étonné et curieux à Galtier qui haussa les épaules ; ni l'un ni l'autre ne pouvaient identifier l'ami de Guillaume. Sibylle tendit l'oreille.

— C'est un honneur, messire Hugh, entendit-elle dire son père.

Puis celui-ci, tout en s'inclinant vers le chevalier, l'invita d'un large geste du bras à le suivre dans sa demeure. Ils franchirent la porte du logis sans que la jeune fille pût capter plus d'éléments de leur conversation. Dès lors elle se désintéressa du visiteur et entreprit de reprendre l'entretien de son épée. Mais piqué par la curiosité, Galtier, qui n'avait pas détaché son regard des deux hommes, délaissa sa fourche, mit un index sur ses lèvres pour l'inviter au silence et détala en direction de la maison du maître. Il se colla contre le mur et se pencha par la porte entrebâillée pour épier les deux hommes. L'hôte de Guillaume Capra avait ôté son casque et le remettait à Agnès qui lui présentait un gobelet d'étain. Guillaume en prit un autre sur la table dressée pour recevoir son hôte et tous deux levèrent leur verre afin de trinquer avec un plaisir évident à leurs retrouvailles. Galtier introduisit un peu plus le buste dans l'entrebâillement de la porte mais il n'eut pas l'heur d'entendre ce qu'ils se disaient car Lesceline l'aperçut. Elle arriva sur lui en toute hâte, une toile à la main, l'agitant fébrilement comme pour se débarrasser d'un insecte importun. Galtier, obligé d'opérer un repli stratégique, repartit en courant vers Sibylle. Revenu près d'elle, il déclara, tout essoufflé :

— J'ai juste eu le temps de voir Agnès apporter un cruchon de vin et ton père trinquer avec l'inconnu. Je n'en ai pas vu plus. Lesceline m'a chassé, termina-t-il, dépité.

L'inconnu n'était autre que Hugh Burdet, valeureux compagnon d'armes de Guillaume Capra à la bataille de

Tinchebray. Les deux hommes avaient en commun des racines normandes et leur renommée de bravoure. Quand ils ne guerroyaient pas, ils exploitaient les terres anglaises héritées de leurs pères. Rien ne les rappelait plus vraiment en Normandie. Ils y avaient encore quelques attaches – les deux fils de Hugh, William, l'aîné établi avec lui en Angleterre, et Robert, son cadet resté à Culei[1], y étaient nés – mais l'un comme l'autre n'y faisaient plus que de rares voyages épisodiques. Désormais leur vie était en Angleterre.

Rien ne filtra de leur entretien.

1. Ville actuelle de Rabodanges, dans l'Orne.

6

L'automne touchait à sa fin quand, un jour de décembre de l'an 1114, Guillaume Capra quitta son logis de bon matin. Il n'avait pas jugé bon d'en avertir Sibylle, et celle-ci, se retrouvant soudainement désœuvrée, interrogea Lesceline affairée à la cuisine.

— Lesceline, où est mon père ? Je l'ai cherché dans la cour mais il n'y est pas.

La vieille servante avait reçu des consignes et hésitait à les enfreindre de peur d'encourir les foudres de son seigneur. Elle répondit à contrecœur :

— Vous ne le verrez pas. Il est parti tôt ce matin.

— Pour Sidmouth ?

Lesceline réfléchit un instant puis consentit à livrer la destination de son maître. Après tout, il ne lui avait pas interdit de la dire. Elle ignorait ce qu'il était allé y faire et cela n'était pas censé la concerner, mais il n'y avait rien de répréhensif, pensa-t-elle, à révéler le voyage que Guillaume avait décidé d'effectuer dans la journée.

— Non, pour Exeter, dit-elle laconiquement.

Sibylle s'en étonna. Elle se souvint qu'en décembre une foire se tenait à Exeter, mais son père ne s'était jamais rendu à aucune des sept manifestations commerciales qui s'y déroulaient chaque année. Il menait habituellement une existence fruste et se contentait des arrivages réguliers de nefs normandes au port de Sidmouth pour s'approvisionner en vins de Gascogne, en sel de Bretagne ou en blé de Normandie.

— Exeter ? renchérit Sibylle, qu'est-il allé faire à Exeter ? Ce n'est pas dans ses habitudes d'aller si loin.

Lesceline fit une moue ignorante qui mit ainsi fin aux questions de Sibylle. Cette dernière comprit qu'elle n'en apprendrait pas davantage. Elle laissa alors la servante à son ouvrage et se dirigea vers la cour pour y chercher Galtier.

Celui-ci, un gros maillet à la main, s'efforçait de consolider l'enclos des poules en rafistolant les planches qui les protégeaient des renards et devaient les empêcher de s'échapper. Il avait encore à l'esprit la menace toute récente du maître et veillait avec un soin extrême sur les volatiles du seigneur. Malgré le poids de l'outil qui lui causait des douleurs dans le dos, il tapait de toutes ses forces sur les pieux pour les ficher en terre. Sa corneille l'observait, perchée sur le faîte du poulailler. À chaque retombée du maillet, elle émettait un son criard et écartait les ailes comme pour montrer qu'elle n'appréciait guère que la paix de la lande fût troublée de la sorte. Sibylle s'approcha de Galtier, celui-ci n'interrompit pas sa tâche. La jeune fille le regarda, déconcertée par son mutisme et le peu d'attention qu'il manifestait à son égard. Décidément, ils étaient tous bien sérieux ce matin, pensa-t-elle. Elle entama cependant la conversation :

— Tu n'as pas vu mon père, Galtier ?

Sans mot dire, celui-ci se contenta de remuer négativement la tête. Il était bien peu bavard, songea encore Sibylle, cela ne lui ressemblait guère.

— Tu ne sais pas où il est ? Est-ce que tu l'as vu partir ?

Galtier arrêta son travail un instant. Il ne lui dit rien de plus que ce qu'elle savait déjà :

— Il est à Exeter, répondit-il sommairement. C'est Agnès qui me l'a dit.

Il éleva de nouveau son maillet dans les airs et le laissa retomber, assourdissant, sur un morceau de bois de la palissade de l'enclos. La corneille emplit l'air de ses cris rauques. Sibylle insista :

— Et c'est tout ? Agnès ne t'a rien dit d'autre ?

Sibylle comprit au regard furtif que Galtier lança en direction de la maison forte qu'il en savait plus qu'il n'en laissait paraître. Elle renouvela sa demande :

— Elle ne t'a rien dit d'autre ?

Galtier baissa la voix et la regarda, visiblement troublé :

— Agnès a dit... que tu allais te marier.

La réponse inattendue de Galtier lui fit l'effet d'une claque cinglante.

— Me marier ? s'exclama-t-elle, les yeux écarquillés de stupeur. Tu es sûr ? Tu as bien entendu ?

Galtier acquiesça d'un mouvement de tête et reprit sa tâche.

Se marier ! Sibylle en restait abasourdie. Voilà bien une chose à laquelle elle ne pensait pas ! Personne n'avait jamais abordé ce sujet en sa présence, réfléchit-elle encore. Galtier aurait mal compris, ce n'était pas possible... À moins que... Une pensée jaillit brutalement dans son esprit. Tout lui parut soudainement clair. Cet inconnu de passage chez son père à l'automne avait-il quelque chose à voir avec son mariage ? Était-ce lui l'époux que son père lui destinait ? L'aversion imprima une moue réprobatrice à son visage :

cet homme avait l'âge de son père ! La frayeur la saisit. Tout s'éclairait ! Son père était allé chercher ce chevalier à Exeter et il le ramènerait pour en faire son époux ! C'était donc cela qu'il était allé faire là-bas, songea-t-elle avec effroi. Ignorante comme elle l'était de toutes ces stratégies matrimoniales dont on l'avait jusque-là tenue écartée, elle échafaudait des hypothèses insensées. L'irraison les amplifiait.

Le fracas du maillet s'écrasant sur les pieux de bois et les piaillements répétés de la corneille tirèrent Sibylle de ses réflexions. Un besoin frénétique d'agir l'envahit. Il était encore trop tôt mais elle irait guetter le retour de son père sur la grande route ! Elle en aurait le cœur net ! Mue par un affolement fébrile, elle se dirigea vers l'écurie, alla seller son cheval puis l'enfourcha vivement, franchit la porte de l'enceinte en bois et imprima une folle allure à sa monture. Elle alla se poster un instant à une croisée des chemins et ne put que difficilement tempérer son impatience. Son père ne rentrerait que le soir venu. Alors, pour tromper l'attente, elle fit plusieurs fois le parcours qui menait du carrefour de la lande à la maison paternelle. Elle ne rentra pas manger. À chaque fois qu'elle s'approchait de la demeure de Guillaume Capra, une peur panique lui interdisait d'y pénétrer. Un mauvais pressentiment lui suggérait qu'une fois la porte refermée sur elle, elle ne serait plus maîtresse de ses actes et serait prise au piège d'une compromission matrimoniale qui lui échapperait.

Elle passa une partie de la journée à scruter, hagarde, la lande déserte. Sans jamais s'éloigner de la grande route, elle guetta le plus petit nuage de poussière, le plus léger hennissement annonciateur de voyageurs. Son corps malmené par l'inconfort prolongé de la selle s'endolorit, hérissé, sur le qui-vive, à chaque bruissement furtif échappé des buissons. Ses yeux s'abîmèrent à détecter le mouvement des lièvres détalant entre les bruyères desséchées et roussies, mais ils ne révélaient tout au plus que la présence d'oiseaux de proie prêts à fondre sur eux. Pas le moindre cheval à l'horizon ! Le jour déclina, les nuages automnaux s'effilochèrent en longs lambeaux rougis. Elle frissonna de froid sous la bise quand, enfin, elle aperçut la silhouette d'un cavalier se détachant dans le lointain. Son cœur bondit dans sa poitrine. Son père ! C'était son père ! Elle eut envie de cingler les flancs de sa monture pour galoper jusqu'à lui, mais elle maîtrisa sa première impulsion et se contint. La jeune fille observa attentivement encore un instant l'horizon. Il était seul ! Des larmes où s'entremêlaient la joie et le soulagement montèrent à ses yeux ; un sourire chassa son émoi. Guillaume Capra ne lui ramenait pas un mari ! Galtier s'était trompé ! se réjouit-elle en éperonnant son cheval pour reprendre la direction de la maison forte. Elle mit alors un point d'honneur à disparaître au plus vite ; inutile d'exposer à son père une faiblesse qu'il n'aurait pas comprise et encore moins tolérée. Il ne fallait surtout pas que Guillaume la surprît en flagrant délit de désarroi. Elle s'était fourvoyée, reconnut-elle ; il était inutile qu'il soupçonnât son égarement. Ses craintes avaient été ridicules, elle les lui cacherait ! Sibylle piqua des deux en direction du logis paternel et s'engouffra dans l'enceinte. Une fois son roussin débarrassé de sa selle et attaché au râtelier de l'écurie, elle brossa énergiquement ses vêtements de la main pour en ôter toute trace de poussière et pénétra à la hâte dans la maison.

Les rituels aboiements du chien bondissant entre les jambes du destrier saluèrent le retour de Guillaume Capra. Quand celui-ci entra, Sibylle, les traits détendus et recomposés, était assise sur un banc au coin de l'âtre. Elle avait retrouvé sa sérénité. Rien ne trahissait son trouble précédent. Son père n'eut pas un seul regard pour elle. Lesceline alla droit vers lui et l'accueillit, une écuelle de potage aux herbes brûlant entre les mains. Avant de se restaurer, Guillaume se rapprocha de la cheminée pour s'y réchauffer après sa longue chevauchée dans la froidure vespérale. Il se délesta d'un gros sac gonflé et pesant qu'il laissa choir à terre puis il tendit ses mains ouvertes vers la douce chaleur du feu. Lesceline attendait toujours, et quand son maître se retourna, elle lui approcha la jatte fumante. Guillaume lampa avidement le breuvage, s'essuya la bouche d'un revers de main puis s'adressa à sa servante :

— Tu trouveras dans ce sac une belle pièce de futaine. Tu y tailleras une robe de dessus pour Sibylle.

La jeune fille n'en crut pas ses oreilles. Elle ne se souvenait pas que son père eût jamais acheté une pièce de tissu pour qu'on lui confectionnât une robe ou une tunique. Elle portait généralement les vêtements qui avaient appartenu autrefois à sa mère et que Lesceline retaillait à ses mesures. C'était donc cela qui avait motivé le déplacement de son père à Exeter ? L'achat de ce tissu ? Cette dépense inattendue et inconsidérée la surprit et aiguillonna sa curiosité, mais elle n'y trouva pas d'explication. Cette attention soudaine pour sa personne l'intriguait. Tout en s'expliquant de la sorte le voyage paternel, elle observa Lesceline. Celle-ci sortit la toile du sac ; le tissu était d'un rouge profond et la beauté de l'étoffe sembla éblouir sa vieille nourrice autant que Sibylle l'était elle-même. Lesceline déplia la pièce de tissu, la soupesa et la laissa pendre sur son bras pour en étudier le drapé. Elle arrangea des plis harmonieux puis caressa le grain duveteux et soyeux de la futaine.

Alors seulement Guillaume Capra parut remarquer la présence de sa fille. Il se tourna vers elle et ordonna :

— Tu aideras Lesceline. Cette robe doit être finie pour la Nativité de Notre-Seigneur. Nous aurons un hôte, précisa-t-il. Tu la porteras pour le recevoir. Il s'appelle Robert Burdet. Il t'épousera en Normandie.

7

Les doigts fébriles de Sibylle avaient beau tenter d'arracher la toile rouge sang qui dessinait impudiquement ses courbes juvéniles, elle ne parvenait pas à décoller le tissu de sa peau. Malgré tous ses efforts, la futaine adhérait à sa poitrine, se plaquait sur ses hanches et enveloppait ses cuisses dans un drapé sensuel qui exposait irrémédiablement son corps à tous les regards, le moulant comme une seconde peau. Elle essaya en vain de se dépouiller de nouveau de l'étoffe, mais son père l'en empêcha. Penché au-dessus de sa fille, il lui tendait impérieusement son fouet, l'incitant à s'en saisir pour flageller une multitude d'échines servilement courbées devant elle. Une lumière aveuglante brûlait la voussure des dos, semblables en tout point à la bosse de Galtier. Sibylle résista et se débattit autant qu'elle le put. Elle se retourna en tous sens puis, soudain, se redressa d'un bond dans son lit, le visage hagard, sa chainse inondée de sueur. Elle ferma les yeux, inspira profondément puis exhala un long soupir. Un cauchemar, ce n'était qu'un cauchemar ! tenta-t-elle de se raisonner. Sa constatation ne la tranquillisa qu'à demi et ne parvint pas à dissiper son trouble. Elle ne pouvait contenir son inquiétude. C'était aujourd'hui que son père la présentait à Robert Burdet, son promis.

Sibylle jeta un coup d'œil autour d'elle. La chambre maternelle lui parut désespérément vide. Lesceline avait suspendu la robe pourpre gansée d'un galon violine à une perche. La tunique de ses épousailles retombait au-dessus du sol en un drapé figé et glacial qui sonnait le glas de son enfance ; revêtue de la lourde futaine apprêtée pour elle, Sibylle deviendrait à son tour une dame. Elle frémit d'angoisse à cette idée. Comment était l'homme auquel son père avait décidé de lier sa vie ? Serait-ce lui qui deviendrait un jour le seigneur des terres paternelles ? L'emmènerait-il vivre dans cette Normandie lointaine où il demeurait ? Quelles y seraient alors ses obligations ? Et le soir venu, dans cette couche qu'elle partagerait avec cet inconnu, quels seraient ses devoirs d'épouse ? Sibylle l'ignorait. Elle ne savait rien non plus de son futur époux si ce n'est qu'il était le fils cadet de Hugh Burdet, l'ami normand de son père, venu négocier leur union à l'automne. Au plus fort de son désarroi, Sibylle avait interrogé Lesceline, mais sa nourrice non plus n'avait pas été invitée aux palabres d'arrangement de ses noces. Elle n'avait pu lui apporter aucun élément de réponse. Elle l'avait simplement exhortée à s'en remettre au choix que son père avait fait pour elle. Il ne pouvait être que le meilleur, avait renchéri son confesseur, avant de lui rappeler qu'une fille doit l'obéissance à son père comme une jouvencelle en âge de convoler la devra à son époux.

Le sentiment de solitude de Sibylle s'accrut quand elle descendit à la cuisine. L'imminence de l'arrivée des hôtes de son père accaparait tout un chacun. Ce fut à peine si Lesceline leva le nez du chaudron dont elle était en train d'ôter l'écume bouillonnant à la surface. Agnès, assise une toile sur les genoux, lui jeta un regard fugace puis continua de plumer consciencieusement les pigeonneaux que Lesceline parerait pour le repas des accordailles. Une oie grasse et dodue rôtissait, enfilée à une broche de l'âtre, et l'odeur âpre de la chair grillée mêlée aux effluves de la cannelle et du gingembre saturait la modeste pièce d'inhabituelles senteurs entêtantes. Sibylle sentit son estomac se nouer devant cette abondance annonciatrice d'agapes qui scelleraient son destin. Ses narines se dilatèrent, sa respiration se fit plus courte et elle éprouva le besoin impérieux de respirer l'air vif de la lande.

À l'extérieur, la vaste cour bruissait d'une activité trépidante. Les cognées fendaient les bûches destinées à alimenter le feu de l'âtre, les valets superposaient d'épaisses javelles dans la grange pour y coucher les serviteurs de Robert Burdet, ils engrangeaient le foin dans les râteliers pour leurs montures et on roulait de lourds tonneaux de cidre et de cervoise pour étancher leur soif. Personne n'eut un regard pour elle car tous se dépêchaient d'exécuter les ordres claironnés par Guillaume Capra, dont la rudesse ordinaire était décuplée par l'importance de la journée. Il allait sans répit de l'un à l'autre, veillant à ce que chacun accomplît la tâche qui lui avait été assignée. Tout devait être prêt pour recevoir les invités normands.

D'un regard circulaire, Sibylle explora l'esplanade, y cherchant le visage réconfortant de Galtier, mais elle ne le trouva pas. Seule sa corneille apprivoisée survolait l'enclos des poules en ronds réguliers. Déçue de ne pas y apercevoir son ami, Sibylle se résigna à regagner le logis paternel. Comme si elle se rendait soudainement compte de sa présence, Lesceline leva la tête, laissa retomber la louche dans le brouet qu'elle tournait et s'essuya les mains à une toile. Puis, adoptant un ton faussement jovial, avec empressement elle l'enjoignit de monter à la chambre de la dame :

— Allons, allons, petite princesse ! Ne laissez pas refroidir le bain qu'Agnès vous a préparé ! Je vais vous aider à vous faire belle pour messire Robert.

Le sourire d'encouragement que lui adressa Lesceline ne convainquit pas Sibylle. Elle ne le lui rendit pas, observa sa nourrice de ses grands yeux noisette. Celle-ci détourna le regard et la précéda dans l'escalier où Sibylle la suivit à pas lents. Quand la jeune fille entra dans la chambre de la dame, la vapeur incommodante qui se dégageait du cuvier empli d'eau chaude la saisit brutalement ; des fumeroles odorantes s'élevaient de pomandres[1] dispersées autour du baquet et imprégnaient la pièce de senteurs oppressantes. La respiration lui manqua.

L'atmosphère pesante et surchargée de fragrances musquées ne semblait guère déranger Agnès. Les manches retroussées, elle s'agitait, efficace, autour de la cuve. Tour à tour, elle se penchait au-dessus du bain fumant et y plongeait les bras jusqu'aux coudes pour ajuster à la paroi la toile qui en tapissait le fond. De temps à autre, elle sortait une main ruisselante de l'eau, remettait une mèche glissée de sa coiffe derrière son oreille, ou s'épongeait le front d'un pan de sa chainse. Pendant que Lesceline lui ôtait ses vêtements, Sibylle se prit à observer la jeune servante. Sous ses efforts

1. Pomme de senteur contenant du musc ou de l'ambre.

répétés, le tissu de sa chemise collait à ses cuisses finement galbées, et au moindre de ses mouvements, sa poitrine généreuse et luisante de sueur tressautait, trémulante. Sibylle pensa qu'Agnès et elle avaient sensiblement le même âge, mais contrairement à la sœur de Galtier, Sibylle conservait un corps aux contours enfantins. Agnès avait des charmes que Sibylle ne possédait pas ; cette dernière le remarquait aux regards enflammés que les hommes, son père le premier, lui lançaient sur son passage. Quand Agnès se retira de la chambre pour laisser à Lesceline le soin de baigner Sibylle, celle-ci s'enquit avec angoisse :

— Lesceline, est-ce aujourd'hui que Robert Burdet deviendra mon époux ?

La vieille servante perçut l'inquiétude de sa voix, et pendant qu'elle exprimait l'eau d'une éponge sur la nuque de Sibylle, elle tenta de la rassurer :

— Non, pas encore. Vous serez mari et femme quand vous irez le rejoindre en Normandie. Aujourd'hui, votre père et messire Burdet vont fixer la date de vos épousailles.

Sibylle en conçut un soulagement passager mais ne fut pas pour autant rassérénée. Elle déglutit avec difficulté et l'interrogea de nouveau :

— Et cet accord… expliquera-t-il aussi comment je devrais me comporter… comme épouse… dans la couche de mon époux ?

Lesceline sourit à l'ingénuité de sa question, et tout en lui lissant doucement les cheveux, elle la tranquillisa :

— Ne vous inquiétez pas de cela, ma toute petite. Nous avons encore le temps. Je vous expliquerai le moment venu.

— Tu viendras avec moi en Normandie, n'est-ce pas ?

— Oui, répondit Lesceline d'un ton badin. Qui, autrement, vous donnerait votre bain, ma princesse ? Je le fais depuis que vous êtes nourrisson et je compte bien continuer !

Et pour ôter l'air soucieux qui barrait le front de Sibylle, elle l'aspergea plaisamment d'eau tiède. Sibylle reçut les gouttelettes avec un petit rire frais et léger : elle entra à son tour dans son jeu, et d'une main gracile, arrosa sa nourrice avec une joie tout enfantine.

Des hennissements et des aboiements impromptus interrompirent leur moment de connivence. Elles échangèrent un regard alarmé. Le prétendant de Sibylle arrivait ! À la hâte, la servante atteignit une grande toile, fit sortir Sibylle du bain et l'y enveloppa pour sécher son corps gracile aux courbes tout juste naissantes. Puis elle alla décrocher la robe aux teintes sanguines, celle qui ferait de l'insouciante fillette d'autrefois l'honorable dame de Robert Burdet.

8

Sibylle eut un court moment d'hésitation avant de descendre l'escalier menant à la grande salle. Des voix inconnues montaient jusqu'à elle et se superposaient, entremêlées dans un brouhaha inhabituel et perturbant. De temps à autre, au milieu de rires francs et sonores, elle percevait le verbe haut de son père. Dans cet entrelacs de sons et de paroles, comment identifier la voix de son promis ? D'une légère poussée de la main dans le dos, Lesceline rompit son indécision et l'invita à s'engager dans l'escalier. Un pressentiment soudain traversa l'esprit de sa vieille nourrice ; la transformation spectaculaire de celle qu'elle considérait comme son enfant l'interpella subitement. Enroulées sur ses oreilles, les nattes rousses de la jeune fille encadraient un visage à l'ovale parfait et dégageaient une gorge nacrée dont la blancheur laiteuse était encore rehaussée par le rouge ponceau de la futaine. Une grâce divine auréolait ses traits, son port princier lui conférait une autorité saisissante. Mue par cette révélation inopinée, Lesceline, attendrie, lui souffla à l'oreille :

— Un jour, ma toute belle, vous deviendrez princesse !

Elle réfléchit un court instant puis, comme s'il jaillissait du tréfonds de sa mémoire, elle reprit un des noms entendus aux veillées et affirma avec ardeur :

— Princesse de Tarragone !

Un instant, la nouveauté du compliment inattendu désarçonna Sibylle ; il lui arracha un sourire étonné et amusé. La conviction de Lesceline paraissait tellement inébranlable qu'elle en fut presque persuadée et qu'elle agit sur elle comme un aiguillon. Il lui insuffla une fierté inconnue ; elle redressa alors davantage la tête, se tint plus droite et posa fermement le pied sur la première marche, déterminée à affronter avec panache l'étrange situation inédite. Il lui appartenait de contrôler cette action au cœur de laquelle la volonté paternelle allait la plonger, décida-t-elle ; il n'était certes pas en son pouvoir de reculer mais elle ferait front avec dignité. À son arrivée dans la pièce, toutes les têtes se tournèrent vers elle. Était-ce cette allure princière suggérée par Lesceline ? Toujours est-il que son père et tous les hommes présents l'observèrent dans un silence respectueux.

Une grande table avait été dressée sur des tréteaux, devant l'âtre rougeoyant. Des chevaliers qui lui étaient tous inconnus, aux visages anguleux, aux cheveux courts, vêtus d'épaisses tuniques en peau ceinturées de cuir, entrechoquaient ou levaient leurs gobelets de bois à l'approche d'Agnès les invitant à se régaler d'un vin chaud aux épices. Certains d'entre eux occupaient un des plus longs côtés de la table, tandis qu'en face siégeaient, dans des cathèdres, le chapelain de Sidmouth, son père et deux hommes aux traits identiques ; un cou massif, un nez large et des sourcils broussailleux blonds comme les blés leur conféraient une même physionomie puissante et rude. Seul l'âge les différenciait. Sibylle reconnut dans le plus âgé l'inconnu de l'automne, venu demander sa main pour son cadet. Le cœur de Sibylle battit à tout rompre dans sa poitrine ; le second, beaucoup plus jeune, ne pouvait être que son fils ! Et son futur époux ! Un court instant, l'homme planta ses yeux bleus dans les siens puis son regard engloba sa silhouette. Robert Burdet jaugeait chaque parcelle de ce corps où pointait encore l'enfance. Comme un maquignon le fait de bestiaux exposés à la foire, frémit imperceptiblement Sibylle. Il s'attarda sur sa poitrine naissante, puis sur ses hanches étroites ; il sondait sa capacité à lui donner de beaux héritiers. Car c'était bien ce qu'était venu chercher le Normand, une femme pour asseoir sa descendance. Elle frissonna de nouveau ; jamais encore personne ne l'avait observée d'une façon aussi inquisitrice. Son père la tira involontairement de son embarras. Il se leva, alla jusqu'à elle, et, la guidant par la main, l'invita à prendre place au milieu des convives, à l'endroit resté vide à ses côtés. Puis il la présenta à ses hôtes :

— Messires, voici ma fille Sibylle.

Les têtes s'inclinèrent respectueusement. Sibylle les imita, puis, ne sachant ce que l'on attendait d'elle, garda les yeux baissés, évitant ainsi d'être confrontée à l'examen troublant de son futur époux. À son plus grand soulagement, la conversation interrompue reprit de plus belle.

Sans lui accorder plus d'intérêt, Guillaume s'adressa à ses invités pour en renouer le fil :

— Est-ce vrai ce que l'on raconte ? On dit que le siège d'Antioche, autrefois, a été un des plus longs de la croisade.

— C'est ma foi exact. Pendant de longs mois, nos croisés y ont campé sans désemparer sous les murailles. Savoir que Robert en était me comble de fierté, s'enorgueillit Hugh Burdet.

À la mention des croisés, Sibylle releva la tête, tout ouïe. Elle regarda Robert, fascinée. Elle avait devant elle un des héros d'Antioche ! Et cet homme était son promis ! Chacun dans l'assistance manifesta également son admiration, qui d'un mouvement de tête connaisseur, qui d'un regard épaté échangé avec son voisin.

— Vraiment ? s'enquit un invité, enjoué. Contez-nous cela, messire Robert !

Comme s'il en éprouvait quelque réticence, le visage de Robert se contracta brusquement.

— Malgré les années, le souvenir en est encore vif dans ma mémoire, voyez-vous, messire. Les remparts d'Antioche avaient la réputation d'être imprenables, et elle n'était pas usurpée, je peux vous le confirmer. Nous, les Francs, nous nous sommes battus avec courage, et je suis fier d'en avoir été... Mais tant de mes valeureux compagnons ont péri pendant ce siège, termina-t-il avec amertume.

— Ce fut un véritable carnage, précisa un des chevaliers présents.

— On dit aussi que l'air torride charriait des pestilences qui ont été fatales à bien des croisés, assura le chapelain de Sidmouth.

Robert acquiesça puis ajouta en baissant la voix, meurtri :

— La faim, aussi, a décimé nos rangs.

L'évocation de la famine que lui-même avait endurée et l'image de ses compagnons hâves, décharnés et mourant d'inanition étaient autant de souvenirs douloureux. Il n'y eut pas d'espèce animale ou végétale qu'ils n'eurent goûtée ; quand on a le ventre vide, rats, chiens, chardons passent pour des mets de luxe. Un des invités, poussé par une curiosité morbide, demanda :

— Y avez-vous rencontré un dénommé Tafur ? On m'a rapporté qu'à la tête des Normands, il ravageait les villages alentour et en dépeçait les habitants comme des bœufs pour les mettre à griller afin de nourrir ses troupes.

Un murmure contempteur courut dans l'assemblée. Sibylle ne put réprimer un frisson d'horreur. Le chapelain se signa, épouvanté. La terrible insinuation fit sortir Robert de ses gonds :

— Cet homme n'était pas des nôtres ! s'offusqua-t-il avec véhémence. Et si nous avons emporté la victoire, ce n'est pas grâce à cette bande de ribauds indignes mais à de nobles et exemplaires chevaliers comme Gaston de Béarn !

— Gaston de Béarn, *le Croisé* ? ne put s'empêcher d'intervenir Sibylle, d'un ton émerveillé, avant de s'empourprer, consciente d'avoir interrompu l'important invité.

— Lui-même, dame Sibylle ! La renommée de ses exploits est donc arrivée jusqu'à Sidmouth et vos douces oreilles ? se radoucit Robert en plaisantant, bienveillant comme on l'est avec un enfant facétieux, coupable d'avoir pris la parole sans y avoir été autorisé.

Chacun sourit de l'embarras puéril de Sibylle. Robert la regardait maintenant d'un air curieux, étonné de ce subit intérêt. En entendant le nom de Gaston de Béarn, la jeune fille avait soudain perdu son air compassé et semblait maintenant suspendue à ses lèvres, en attente de la suite de son récit. Le chapelain corrobora le pouvoir d'attraction que les chevaliers qui se croisaient pour le Christ exerçait sur Sibylle :

— Dame Sibylle a un profond respect pour les chevaliers qui prennent la croix au nom de Dieu ; elle est elle-même une fervente admiratrice de sainte Foy de Conques.

— La sainte patronne de nos croisés, intervint Hugh fièrement.

Le chapelain confirma ses dires par un sourire approbateur. Percevant qu'il y gagnerait la faveur de sa future, Robert ne se fit plus alors prier pour évoquer ses souvenirs d'Antioche et les prouesses du vicomte béarnais. Il salua l'ingéniosité du chevalier à l'heure d'élaborer des tours défensives ou de construire des catapultes. Il rappela les longs conciliabules avec Rotrou du Perche au cours desquels les deux hommes mettaient au point les meilleures stratégies pour décimer les infidèles. Ceux qui étaient réunis autour de la table pouvaient juger à ses propos extasiés de la fascination que ces grands barons exerçaient encore sur lui. Robert était un de leurs fervents disciples et s'enthousiasmait au souvenir de ces brillantes campagnes auxquelles lui-même avait participé avec bravoure.

Celle-ci lui avait valu d'être remarqué par le comte Rotrou qui l'avait fait son écuyer. Le jeune homme prometteur qui avait participé à ses côtés à toutes les campagnes d'Henri Beauclerc s'était signalé par son courage et sa hardiesse. Rotrou du Perche ne s'y était pas trompé, il l'avait vu à l'action. Un vent de croisade soufflait sur l'Espagne, Robert avait toutes les qualités requises pour bouter les Sarrasins hors d'Aragon. Il s'y taillerait une inestimable réputation de champion de la chrétienté. Ses exploits lui vaudraient la reconnaissance du roi d'Aragon et l'obtention d'un fief. L'épouse qui aurait l'insigne honneur de l'y accompagner contribuerait à sa gloire en lui donnant de beaux héritiers. Rotrou avait suggéré à Hugh Burdet de négocier pour son fils une union avec Sibylle Capra. Une descendance, voilà ce qu'apportait essentiellement Sibylle en dot. Le parchemin des épousailles rédigé avec le plus grand soin par le chapelain de Sidmouth scellait l'accord entre les deux parties. Sibylle n'en était pas l'enjeu ; Robert Burdet épousait un ventre et la jeune mariée serait ainsi le tremplin favorisant son accession au statut envié de baron. Pour autant, elle n'était pas écartée des négociations. Son père n'avait consenti à la laisser partir qu'en affirmant qu'elle était et resterait l'unique héritière de ses possessions anglaises dont elle gèrerait l'administration à sa guise après sa mort. L'éducation martiale donnée à Sibylle et sa solide connaissance des comptes et du latin l'y disposaient parfaitement. De surcroît, il avait exigé que Robert Burdet, qui ne possédait rien d'autre qu'une masure décrépite à Culei, accordât à sa fille le tiers des terres dont Rotrou du Perche promettait de récompenser ses futurs exploits.

Sibylle ne comprenait pas toute la portée de ces tractations. D'autres questions la préoccupaient, plus oppressantes. Son père ne lui refuserait pas d'emmener Lesceline, la servante se faisait vieille, et une plus jeune – Agnès ? – la remplacerait avantageusement auprès de lui dans ses fonctions. Mais Galtier ? Sa gorge se noua à cette pensée. Comment faire pour que tous deux ne fussent pas séparés ? Elle frémit d'inquiétude. Si son père ne l'autorisait pas à l'accompagner en Normandie, comment Galtier serait-il traité par Guillaume quand Sibylle n'y serait plus ?

Ses interrogations la détournèrent des commentaires que chacun faisait des clauses du contrat. Elle sursauta quand Robert, après avoir fait signe à un de ses serviteurs, déposa à côté d'elle un objet enveloppé dans un linge épais. Il poussa le paquet dans sa direction, en souleva un pan et expliqua :

— Comme gage de ma bonne foi, et si messire Guillaume me le permet, j'aimerais faire part d'un présent à dame Sibylle. Je l'ai rapporté d'Orient pour ma future femme.

Surprise d'être l'objet de ce cadeau inattendu, Sibylle quêta l'acquiescement dans les yeux paternels. D'un mouvement affirmatif de la tête, Guillaume l'autorisa à le découvrir. Tandis que tous les regards convergeaient vers elle, de ses doigts fins et délicats, la petite fiancée écarta les pointes du tissu avec émotion. Un splendide crucifix en émail champlevé apparut, déclenchant un murmure d'admiration parmi la tablée et l'émerveillement de Sibylle. Lesceline et Agnès suspendirent un instant leur service et se rapprochèrent d'elle pour observer le présent fait à leur maîtresse. La vieille cuisinière et sa jeune aide lorgnèrent par-dessus les épaules masculines et partagèrent, également éblouies, la fascination de l'assemblée pour le somptueux objet. En dehors d'une rustique croix de métal ou de bois, ni l'une ni l'autre ne possédaient vraiment de bijou. Les yeux écarquillés d'Agnès allèrent de l'éblouissant crucifix à son valeureux propriétaire. À n'en pas douter, l'homme qui était le possesseur de telles merveilles était un authentique seigneur ! Émerveillée par la rutilance du somptueux présent, la jeune servante en détailla chaque élément. Sur le côté le plus long, l'artiste avait représenté un Christ en majesté tandis que sur les branches plus courtes, il avait placé deux anges minuscules se faisant face et entourant le Fils de Dieu. La vivacité du bleu lapis et l'éclat de gemmes ambrées alternaient dans une savante harmonie de nuances chatoyantes mettant en valeur le Christ au centre de la croix.

Sibylle, éblouie aussi par sa magnificence, suivit de l'index les contours des émaux et des pierres et en apprécia le subtil arrondi. Le prestigieux cadeau de Robert Burdet l'émut. Elle y vit un signe. Ce chevalier inconnu qui, il y avait encore quelques instants, n'éveillait en elle que craintes et appréhension, diminuait soudain par son geste une distance qu'elle avait crue infranchissable. Elle détacha le regard du crucifix et lui sourit, fermement convaincue qu'un même idéal les animait : celui de la foi en Dieu. Les obstacles qu'elle avait imaginés s'effaceraient d'eux-mêmes ; Dieu ne saurait séparer deux êtres unis par Sa vénération commune. Robert perçut dans ses yeux ce revirement imperceptible et cet élan de gratitude spontané ; il s'apprêtait à dompter une pucelle farouche, il découvrait, ébranlé, une possible alliée.

Autour d'eux, les hommes trinquaient et riaient, les plats défilaient. Lesceline disposait les pigeonneaux sur des tranchoirs et Agnès leur servait de généreuses platées de légumes, sans oublier d'emplir d'hypocras ou de cervoise le hanap du prétendant de Sibylle dès que celui-ci le vidait d'un trait. Les mentons luisaient de la graisse de l'oie rôtie, les doigts ruisselaient de sauce cameline. On évoquait avec bonheur la nombreuse descendance dont seraient comblés les futurs époux. Un avenir prometteur attendait les mariés. La certitude des victoires que Robert remporterait dans le sillage de Rotrou du Perche imprégnait tous les esprits. Il ne pouvait en être autrement. Le roi Alphonse 1er d'Aragon appelait à l'aide son cousin Rotrou pour libérer l'Espagne des infidèles ; Robert pourrait y gagner une solide réputation de pourfendeur de Sarrasins ! Sibylle buvait leurs paroles. Le tourbillon de ces perspectives l'étourdit. Elle fut intimement persuadée qu'elle allait épouser un guerrier de la foi !

Le soir venu, quand elle rejoignit la chambre de la dame, elle s'agenouilla devant les statuettes de la Vierge Marie et de sainte Thècle et plaça entre elles le crucifix de Robert. Elle remercia la Providence qui, en la mariant au chevalier normand, allait faire d'elle la compagne d'un fervent messager de la parole divine. Allongée dans sa couche, elle s'endormit, le regard aimanté par les pierres scintillantes qu'éclairait un rayon de lune. Il lui sembla entendre Lesceline murmurer à son oreille. Et alors la perfection de son destin s'imposa à elle dans toute la puissance de son exemplarité. Un jour, elle serait la princesse d'une terre où elle triompherait en guerrière de la foi ! Elle serait princesse de Tarragone !

9

Les prouesses des défenseurs de la foi évoquées la veille résonnaient encore aux oreilles de Sibylle quand elle s'éveilla le lendemain matin. Plongée dans une demi-veille extasiée, la jeune fille n'avait cessé tout au long de la nuit d'évoquer avec un égal prestige les noms de Gaston de Béarn, de Rotrou du Perche et de son futur époux. Elle en était fermement convaincue : Robert Burdet allait de nouveau s'illustrer brillamment dans cette croisade espagnole où le service de Dieu le réclamait. Champion du Christ, Prince de la foi, voilà quels seraient les titres du chevalier normand ! Et Sibylle marcherait à ses côtés sur cette voie de sainteté ! En mettant cet inconnu sur son chemin, la Providence lui avait ouvert les yeux : par cette alliance, elle œuvrerait à la gloire du Seigneur !

Obnubilée par l'étonnante révélation de cette destinée qui avait pris corps dans son esprit, Sibylle ne s'était pas rendu compte que le jour s'était levé. Le chant du coq le lui rappela. Lesceline aurait dû venir la réveiller depuis longtemps, s'étonna-t-elle. Elle se redressa alors énergiquement sur son lit et appela sa nourrice. Elle tendit l'oreille ; aucun son ne monta de la cuisine, aucun bruit de pas précipités ne fit craquer les marches de l'escalier. Elle décida de se lever sans plus attendre. Son père n'avait pas voulu laisser partir ses hôtes sans leur montrer l'étendue des terres des Capra ; une chasse à l'arc était prévue. Sibylle y participerait. Elle savait pertinemment que Guillaume ne souffrirait aucun retard et fut grandement surprise que Lesceline, connaissant le caractère irascible de son père, eût laissé passer l'heure.

Elle jeta un coup d'œil autour d'elle. La robe pourpre de ses fiançailles avait été serrée dans le coffre de la chambre des dames, et son haubert et ses chausses l'avaient remplacée sur la perche qui pendait du plafond, réservée à cet usage. Elle allait les enfiler quand un râle sourd provenant de la courtine qui isolait la chambre de la couche de Lesceline l'arrêta dans son élan. Elle souleva la toile de la tenture. Sa nourrice était allongée sur son matelas de paille, le visage grimaçant de douleur, ses yeux hagards allant convulsivement de droite à gauche. Sibylle s'élança vers elle, affolée à la vue de ses traits distendus par la souffrance. Elle réprima un sanglot et demanda, inquiète :

— Lesceline, mais qu'est-ce qu'il t'arrive ?

Au prix d'un effort surhumain, la servante réussit à articuler :

— Ce n'est rien, ma toute petite…

Puis l'espace d'un instant, une mimique drolatique traversa son visage. Un sourire figé contracta sa bouche, qui donna l'illusoire impression qu'elle se riait de la douleur. Comme si elle quémandait un brin d'indulgence, elle précisa d'un trait :

— Je ne tiens pas sur mes jambes ce matin.

La vieille femme essaya alors de se redresser mais la douleur crispa de nouveau son visage et elle retomba sans force sur sa paillasse. Sibylle lui prit la main et, la lui caressant, la gourmanda affectueusement :

— Voilà ce que c'est de ne pas avoir ménagé ta peine hier. Repose-toi, je vais me débrouiller seule. Je ne suis plus une enfant, ajouta-t-elle, une pointe de nostalgie dans la voix.

Sa nourrice ne chercha pas à résister à sa suggestion et ferma les yeux, exténuée. Sibylle reprit :

— Je vais t'envoyer Agnès. Elle va s'occuper de toi.

— La chasse..., murmura Lesceline, visiblement préoccupée.

— Je n'ai pas oublié la chasse. Ne t'inquiète pas. Je rentrerai vite, je te le promets, termina Sibylle en déposant tendrement un baiser sur son front.

Comme la jeune fille le craignait, quand elle déboucha dans la cour, son père et ses invités n'y étaient plus. En ce début de matinée de décembre, le froid était vif et piquant. Pour en chasser la rigueur, trois hommes, qui montaient la garde à l'entrée de l'enceinte, s'étaient regroupés autour d'un brasero rougeoyant. Galtier discutait avec eux, et l'un des soldats montrait, amusé, sa corneille qui voletait au-dessus de leurs têtes en cercles obstinés, sans oser se poser sur l'épaule de son maître. Lorsque son ami vit Sibylle s'approcher, celui-ci les délaissa promptement et se dirigea vers elle à grandes enjambées. La jeune fille n'eut pas besoin de formuler la question qui la tracassait ; l'inquiétude se lisait sur son visage et Galtier anticipa sa demande :

— Ton père et les chevaliers sont partis. J'ai sellé ton roussin, dit-il à la hâte, il t'attend à l'écurie.

Sibylle le gratifia d'un sourire reconnaissant et se dépêcha d'aller chercher sa monture. Elle vérifia que son arc était bien fixé à la selle puis monta rapidement la bête. Pendant qu'elle franchissait la porte d'enceinte à vive allure, elle songea, un instant troublée : qui aurait de ces prévenances pour elle, quand elle partirait sans Galtier pour la Normandie ?

Elle chassa ces funestes pensées ; il n'était pas temps de s'apitoyer sur elle-même. Il y avait plus urgent : son père devait être furieux ! Elle éperonna son cheval et partit au galop vers la lande où les bruyères roussies de l'automne passé luisaient encore des gelées matinales. Dans le lointain, on entendait japper le mâtin de son père. Sibylle se laissa guider par les aboiements du molosse. Les silhouettes des chasseurs furent bientôt en vue, et, talonnant fermement sa monture, la jeune fille les rejoignit en un tournemain. Guillaume Capra, qui guettait son arrivée, fit alors effectuer vivement un demi-tour à son cheval, et trotta jusqu'à elle. Il l'apostropha aussitôt :

— Tu manques à tous tes devoirs, ma fille. De retour au logis, tu me rendras compte de ton retard. Ton explication devra être convaincante.

Puis il cravacha son cheval et rejoignit ses hôtes. Sibylle l'entendit encore grommeler entre ses dents :

— J'en doute.

Le seigneur des lieux n'abdiquait jamais, Sibylle le savait et redoutait toujours ses sanctions qui, irréductiblement, tombaient tôt ou tard. Elle n'eut pas même le temps d'amorcer une excuse. Elle baissa la tête, résignée ; elle était consciente d'être en faute, mais elle savait surtout qu'il en fallait bien peu à son père pour l'accabler. Il n'était pas en son pouvoir de contester les avis paternels. Elle serra les poings et contint sa rage. Guillaume Capra guida son cheval auprès de ses hôtes et le vieux roussin le suivit docilement. Robert Burdet, imité par ses compagnons, salua sa promise d'un rapide signe de tête aimable, et tous reprirent au galop la traversée de la lande. Des buissons épars, calcinés par le gel, parsemaient l'étendue aride de leurs taches broussailleuses, et il leur fallut encore parcourir une bonne lieue avant de distinguer un maigre bosquet. De temps à autre, les hennissements des chevaux, le bruit de leurs sabots sur la terre durcie et les jappements du chien débusquaient de grands lièvres vifs et apeurés. Ils couraient se réfugier en grappes dans le petit bois, et à la vue de ces proies abondantes, les hommes décidèrent de mettre pied à terre, sûrs à présent de remplir les gibecières.

Sibylle les imita et s'intégra d'un pas léger à la marche plus lourde des hommes. Sa silhouette menue et frêle ne laissait pas de surprendre au milieu de ces rudes chevaliers massifs et imposants. Pourtant, cela n'empêchait pas la jeune fille de suivre leur cadence à bonne allure et de porter fièrement arc et carquois. Et quand une perdrix affolée leur coupa la route en battant frénétiquement des ailes, elle fut parmi les premiers à bander son arc et à viser le volatile. Robert Burdet fut cependant le plus rapide. L'œil malicieux, il s'arc-bouta sur ses jambes et pointa son arc en direction de l'oiseau éperdu. Sa flèche le toucha en plein vol, provoquant l'admiration experte de leurs compagnons et la fierté de Hugh, son père. Sibylle ne voulut pas être en reste et se piqua alors à ce jeu de la compétitivité, bien décidée à ne pas laisser passer la prochaine occasion et à montrer à son futur époux qu'il fallait compter avec elle, y compris dans ces exercices virils. Un lièvre roux, ses longues oreilles dressées sur la tête, détala soudain devant eux. Sa rapidité ne lui fut d'aucun secours ; le trait tiré par Sibylle l'atteignit en plein cœur à peine avait-il fait quelques coudées. Les hôtes de Guillaume Capra saluèrent la dextérité de sa fille, et ce fut au tour de ce dernier de se rengorger.

La matinée se poursuivit ainsi et on en fut bientôt, au sein de cette émulation amicale, à tenir le compte des pièces abattues. Quand elle s'acheva, les besaces étaient bien fournies, et les crocs recourbés aux flancs des chevaux foisonnaient de lapins de garenne, de perdrix et de pigeons ramiers. Les bâts du cheval de Sibylle débordaient de ses prises.

De retour à la maison forte des Capra, des serviteurs s'emparèrent des pièces de gibier, les vidèrent, et, une fois dépecées, les mirent à rôtir sur des broches improvisées au milieu de la cour. Et pendant que le fumet d'herbes et de chair grillée s'élevait dans les airs, la troupe des hommes et Sibylle, regroupés autour des rôtissoires de fortune, trinquèrent et se réjouirent de l'issue favorable de la chasse. Les plus anciens évoquèrent la splendeur des chasses d'autrefois tandis que les plus jeunes comparaient les structures de bois et les performances de leurs arcs. La battue les avait mis en joie et tous partageaient avec bonheur ce dernier repas avant le départ pour la Normandie. Au moment de reprendre la route, Hugh et Robert félicitèrent encore Sibylle pour son adresse. La jeune fille discerna même un sourire de satisfaction sur le visage de son père et en vint à espérer qu'il ne lui parlerait pas de nouveau de son retard du matin.

Côte à côte, leurs arcs encore en bandoulière, ils regardèrent les Burdet et leurs hommes reprendre la route vers le port de Sidmouth. Galtier, assis sur son muret, la corneille décrivant de grands cercles au-dessus de lui, observait aussi la scène. Une même pensée traversa l'esprit des deux amis :

la prochaine fois que Sibylle reverrait Robert Burdet, il en serait définitivement fini de leurs jeux d'enfant. La fillette insouciante d'autrefois deviendrait une dame, mariée là-bas en Normandie, dans une contrée étrangère que Galtier ne connaîtrait jamais. La corneille ajoutait à leur inquiétude en poussant de sinistres croassements stridents agaçant les tympans.

Quand les chevaliers normands eurent disparu au bout du chemin, Guillaume Capra se tourna vers sa demeure, et s'apercevant soudain de la présence de Galtier, banda son arc. Il pointa la corneille.

— Maudit oiseau de malheur ! Vas-tu te taire ! dit-il tout en la visant.

Quand Galtier comprit son intention, il sauta à bas de son mur et se mit à courir vers eux comme pour empêcher la flèche d'arriver à destination.

— Non ! hurla-t-il de toutes ses forces quand elle transperça le volatile.

La corneille tomba à ses pieds, inerte, son bec gris ouvert sur une dernière bouffée d'air. Il saisit alors le petit corps sans vie et arracha la flèche qu'il jeta à terre. Il le caressa un instant, désemparé, et les doigts maculés de sang, le pressa contre son buste. Il jeta un regard affligé vers son amie puis s'enfuit soudain à toutes jambes, serrant l'oiseau mort contre lui. Sibylle voulut s'élancer pour le rejoindre, mais Guillaume Capra, de son arc appuyé en travers de sa poitrine, lui barra fermement le chemin. Il entrava son élan et trancha, laconique :

— À un moment ou un autre, tout retard se paie.

10

Galtier ne reparut pas de la soirée. Sibylle avait envisagé de ressortir du logis pour partir à sa recherche et le consoler de la perte de sa corneille, mais son père le lui interdit. De surcroît, à peine eut-elle franchi le seuil de la maison forte qu'elle fut tout entière accaparée par l'état de santé préoccupant de sa nourrice. Dès qu'Agnès l'aperçut, elle avertit sa jeune maîtresse que, malgré les potions qu'elle lui avait administrées, Lesceline n'avait pas connu un seul moment de répit depuis son absence. Sibylle se précipita aussitôt à son chevet mais force lui fut de constater que son état n'avait fait qu'empirer. Quand les crispations de douleur ne déformaient pas son visage, la vieille femme ne réussissait qu'à émettre de courtes syllabes à peine intelligibles, entrecoupées d'irrépressibles accès de rires alarmants.

Sibylle s'assit au bord du lit et observa sa nourrice avec une tendresse teintée d'angoisse. En vain chercha-t-elle sur son visage cireux ces yeux bienveillants et ce sourire attendri qui consolaient ses chagrins de petite fille. Son cœur se serra dans sa poitrine. Inexorablement, les certitudes et l'insouciance de l'enfance s'effilochaient comme de misérables lambeaux corrodés par l'implacable érosion du temps. C'était à elle maintenant qu'incombait d'apporter quelque réconfort à la vieille femme, se sermonna-t-elle.

Sibylle prit la main glacée de Lesceline entre ses doigts, et, se rappelant la façon dont sa nourrice, au cours des froides nuits de son enfance, l'attirait à elle pour la réchauffer, la jeune fille s'allongea sur la couche et se blottit contre la vieille femme. Sans s'en apercevoir, elle glissa peu à peu dans le sommeil, et le petit matin les trouva toutes deux tendrement enlacées.

Sibylle s'éveilla au contact de la main noueuse de Lesceline caressant sa joue. Elle soupira, rassérénée. Mais contrairement aux apparences, l'alerte n'était pas passée. Une douleur fulgurante interrompit le geste affectueux de sa nourrice, ranimant alors les frayeurs de la veille. Sibylle demanda, affolée :

— Lesceline, où as-tu mal ? Je vais aller chercher Agnès, elle te préparera un remède et...

D'une voix empreinte de lassitude, Lesceline l'empêcha de poursuivre, et les lèvres étirées par la hideur d'une incongrue grimace simiesque, avertit :

— Non... Dieu... va me rappeler à Lui.

— Mais que dis-tu ? C'est impossible ! s'offusqua Sibylle, les yeux embués de larmes. Tu vas m'accompagner en Normandie. Tu as promis ! termina-t-elle, une intonation enfantine dans la voix.

Lesceline tenta de lever la main pour couper court aux illusions de la jeune fille, mais l'effort fut trop intense et ses doigts ligneux retombèrent sans force sur le drap. Un rictus paralysa les muscles de ses joues et les mots s'étouffèrent dans sa gorge. Sibylle ne perçut plus de son discours que de vagues bribes décousues et informes. Elle perdit pied devant les incohérences de sa nourrice et ne put réprimer ses larmes.

Lesceline semblait être devenue la proie de pensées délirantes et désordonnées.

— Ma toute… petite…, ma princesse de Tarragone…, dit-elle en happant l'air qui lui manquait, Agnès… Elle ira avec toi… Et Galtier… Vous serez… ses sœurs. Ton père… Frère… et sœur, tu es (Elle ricana subitement.)… sa sœur…

Sibylle la regarda avec effroi. Ces mots hachés qu'elle enchaînait, ces rires intermittents qui la secouaient de manière incontrôlée, elle n'en comprenait pas le sens ni la raison. Un élancement violent ravagea soudain les traits parcheminés de la vieille femme qui se figèrent dans une mimique horrible. Le désarroi de Sibylle fut à son comble. Au chavirement de la raison de sa nourrice s'ajoutait son incapacité à la soulager, et ne sachant quelle posture adopter, elle se précipita dans l'escalier pour aller quérir l'aide d'Agnès. Cette dernière prépara promptement une infusion apaisante d'herbes et de fleurs collectées dans la lande, et toutes deux remontèrent au chevet de Lesceline, qui s'était assoupie. Agnès déposa l'écuelle fumante sur un coffre en bois où le liquide refroidit, car il leur fut impossible de tirer Lesceline de l'état d'inconscience où elle était plongée. Dès lors, elle ne s'éveilla plus que de loin en loin.

Pendant ces trop brèves périodes de rémission, Sibylle, tiraillée entre l'espoir et l'angoisse, lui prodigua ses plus tendres soins. Elle installa Lesceline dans son lit de la chambre de la dame et y accola la paillasse de celle-ci pour veiller sur elle jour et nuit. Munie d'une cuiller en bois, elle s'obstina à verser entre ses lèvres desséchées et serrées de minuscules gouttes du breuvage préparé par Agnès, mais Lesceline, dont la gorge s'étrécissait, régulièrement secouée de rires déroutants, peinait à les avaler. Malgré ses attentions répétées, sa servante s'affaiblit de jour en jour. Puis la vieille femme ne dit plus un mot ; seuls ses yeux continuèrent de s'agiter convulsivement au moindre bruit. Amaigrie et inerte, Lesceline n'était plus que l'ombre de la nourrice épanouie et joviale dont Sibylle conservait l'image dans sa mémoire perturbée. Sa vie s'en allait ; la légèreté de l'enfance de Sibylle s'évaporait avec elle pour ne laisser dans son esprit dérouté que les brumes incertaines de l'avenir.

Le reste de la maisonnée vaquait à ses occupations habituelles comme s'il avait été étranger à ses préoccupations. Secondée par Galtier, Agnès suppléait Lesceline, accomplissant méthodiquement la surcharge de tâches que Guillaume Capra lui assignait. Ce dernier surveillait ses terres, partait à la chasse et évitait soigneusement de paraître dans la chambre des dames ; il s'en tenait aux informations que lui donnait Agnès. L'âpreté de la solitude pesait sur les épaules de Sibylle comme un fardeau dont elle ne parvenait pas à se défaire. Un jour pourtant, des cris, suivis du bruit d'une jatte se fracassant sur les pavés émaillés de la grande pièce, vinrent briser le morne isolement de la chambre. Son père vociférait, hors de lui :

— Je n'y consens pas !

Et Agnès, habituellement si soumise, hurlait à son tour et tenait tête au maître :

— Je ne partirai pas sans mon frère !

Tandis que les éclats de voix continuaient à arriver confusément jusqu'à elle, Sibylle se prit à réfléchir qu'elle non plus ne partirait pas sans Galtier. Il était le seul à pouvoir lui prodiguer encore un peu de tendresse. Elle supplierait son père, s'abaisserait devant lui s'il le fallait, mais elle ne quitterait pas Sidmouth sans Galtier ! Ce rapprochement qui s'était opéré sans qu'elle y prît garde entre la volonté d'Agnès et la sienne la surprit. La jeune fille et elle ressentaient un attachement identique pour le jeune homme. Une même affection... fraternelle ? s'interrogea-t-elle soudainement. Elle rejeta d'abord l'idée, c'était une amitié sincère et pure qui la liait à Galtier, rien d'autre. Mais cette vague notion de fraternité à laquelle elle ne pouvait pas prétendre tournoya de nouveau dans son esprit. Elle se laissa à penser que, si elle avait eu un frère, elle aurait aimé qu'il fût comme lui. Alors le mot « frère » s'imposa à elle sans qu'elle n'eût plus la volonté de le rejeter. Les paroles si étranges de Lesceline lui revinrent à l'esprit. Dans son délire, la vieille femme n'avait-elle pas associé les mots « frère » et « sœur » à celui de « père » ? Qu'avait-elle voulu dire exactement ? se demanda-t-elle, obsédée par cette étrange et subite association. Le soupçon s'immisça en elle. Sibylle et Galtier. Frère et sœur. Était-ce possible ?

Elle tourna son visage vers celui de Lesceline. Comme si elle eût retrouvé sa lucidité, la vieille femme semblait être tout comme elle à l'affût des bruits en provenance de la salle du bas. Sibylle s'approcha de sa nourrice, puis, plantant ses yeux dans les siens, répéta ce qu'Agnès avait clamé si fort :

— Je ne partirai pas sans Galtier. Je ne partirai pas sans mon frère, affirma-t-elle encore.

Le visage de Lesceline se détendit. La vieille nourrice esquissa un lent et difficile mouvement de la tête pour signifier à Sibylle qu'elle approuvait sa décision. Ce n'était que justice que Galtier, le fils d'une souillonne que Guillaume avait engrossée à la hâte un jour du Seigneur de l'an de grâce 1102, retrouvât une place méritée aux côtés de la jeune fille. Dans un suprême effort, elle attrapa la main de Sibylle et la serra dans la sienne. Elle abaissa et releva les paupières et acquiesça d'un sourire placide, soulagée d'être délivrée du poids du secret que Guillaume lui avait toujours demandé de taire. Son maître n'avait jamais considéré l'enfant que comme un bâtard malingre et diminué, sinistre succédané d'un héritier qu'il n'aurait jamais. Une malfaisante verrue indigne de figurer dans sa noble lignée. Par son existence fortuite, ce rejeton abâtardi dégénérait la saine et noble souche des Capra. Rien n'était plus intolérable pour Guillaume Capra. Les yeux de moribonde de Lesceline s'illuminèrent. Sibylle avait enfin compris !

Un bref craquement du bois de l'escalier fit tourner la tête de cette dernière. Les épaules voûtées, le pas lourd, Guillaume Capra pénétrait dans la chambre. Lui d'ordinaire si arrogant, était soudain sombre et penaud.

— Laisse-nous, ordonna-t-il à sa fille.

Juste avant de s'éclipser, celle-ci eut le temps de voir son père s'affaler à genoux, accablé, au chevet du lit de Lesceline et prendre sa tête dans ses mains. Anormalement accablé, songea la jeune fille en jetant un dernier coup d'œil derrière elle. Au prix d'un effort démesuré, la vieille femme posa alors sa paume ouverte, en un geste consolateur, sur le visage baissé de son père.

Quand Sibylle atteignit la cuisine, Agnès y expédiait à grand fracas les tâches quotidiennes, entrechoquant louches et chaudrons, défoulant sur eux sa fureur. Sibylle aurait aimé la rassurer et lui confier qu'elle non plus n'avait pas l'intention de laisser Galtier à Sidmouth, mais un cri rauque déchira l'air, suivi de l'appel urgent de son père. Sibylle remonta quatre à quatre les marches. Lesceline, le corps traversé d'un intense soubresaut, s'arc-bouta sous un dernier accès de douleur fulgurant puis retomba, inerte. La jeune fille porta les mains à son visage, effarée, et se précipita vers le lit. Le sourire qui avait éclairé le visage de sa nourrice quelques instants auparavant s'imprima de nouveau sur ses traits. Aux derniers instants de sa vie, Lesceline quittait le monde des humains, rassérénée : elle avait réuni le frère et la sœur.

Sibylle la contempla gravement. La mort lui enlevait celle qu'elle considérait comme sa mère, mais le cadeau de cette troublante révélation que lui avait faite Lesceline les unirait à tout jamais. Tandis que Guillaume Capra lui fermait les yeux, le visage baigné de larmes, elle se pencha vers sa nourrice et déposa un baiser sur son front puis s'agenouilla pour demander au Seigneur de l'accueillir auprès de Lui en Son paradis.

11

On enterra Lesceline dans le petit cimetière attenant à la maison forte des Capra. Au moment d'écouter le chapelain de Sidmouth dire une dernière prière pour l'âme de la défunte, tous, y compris l'irréductible Guillaume Capra, altéré par le décès de la femme qui avait veillé sur Sibylle depuis sa naissance, étaient emplis d'une sincère affliction. Cette dernière n'eut aucun mal à faire accepter sa volonté à son père. Elle exigea que sa nourrice fût inhumée aux côtés de sa mère.

Quand ils rentrèrent au logis, Guillaume annonça à sa fille qu'en remplacement de Lesceline, Agnès partirait avec elle pour la Normandie. Sibylle tenta le tout pour le tout. Elle était prête à batailler contre l'autorité paternelle pour faire respecter son choix, et elle décréta fermement qu'elle emmenait également Galtier. À sa grande surprise, son père n'émit aucune objection et concéda, visiblement ébranlé :

— Il ne faut pas séparer un frère de sa sœur. Lesceline me l'a demandé il y a de cela fort longtemps.

L'équivoque et laconique réponse de Guillaume ne laissa pas de doute dans l'esprit de Sibylle. La mort de Lesceline émouvait son père plus qu'il n'y paraissait, et même si ce dernier ne s'abaisserait jamais à avouer sa paternité, l'allusion au vœu déjà ancien de Lesceline corroborait ce que la vieille femme avait suggéré sur son lit de mort. Sibylle découvrait avec émotion qu'elle avait toutes les raisons de la terre d'aimer encore plus Galtier. Le jeune homme connaissait-il le lien qui les unissait ? Sibylle eut beau se remémorer leurs conversations, leurs jeux et leur complicité, rien ne lui permit de l'affirmer. Il y avait fort à parier que Lesceline n'avait jamais éventé ce secret et que son ami ignorait leur degré de parenté. Sibylle était dorénavant la seule dépositaire de ce secret inavouable aux yeux de son père, pensa-t-elle alors. Mais à la veille de ce grand saut vers l'inconnu qui l'attendait, cette fraternité inespérée la réconforta. Elle l'emporterait comme on emporte un trésor dont nul ne connaît l'existence. Elle y puiserait la force nécessaire pour affronter cette nouvelle étape de sa vie qui s'ouvrait devant elle. Elle n'y serait pas seule.

Les exercices guerriers reprirent mais, comme par enchantement, les tensions s'estompèrent. Guillaume Capra était-il taraudé par un quelconque remords ? Voulait-il se racheter aux yeux de sa fille d'avoir celé ce secret inavouable toutes ces années ? Ou bien le vœu de la défunte l'invitait-il à expier ses erreurs ? Le cours du temps n'avait rien gommé du passé ; il sourdait brutalement avec la mort d'une vieille femme assez audacieuse pour lui dicter sa conduite autrefois. Son père s'en tint strictement à un rôle de parfait instructeur ; Sibylle n'eut plus à craindre de lui ni moqueries ni rebuffades. Tout au contraire, les ultimes séances d'entraînement furent riches en apprentissages et en conseils martiaux. Les enseignements guerriers et les préparatifs du voyage scandèrent les derniers jours que la jeune fille passa à Sidmouth. À défaut d'affection, Sibylle recueillit de son père ses meilleures stratégies défensives et ses plus efficaces parades. Comme un père les partageant avec son fils…

Le moment du départ arriva. Guillaume Capra mit à la disposition de sa fille la charrette de la maison forte. Un de ses gardes ferait office de cocher pour la durée du trajet jusqu'au port. Ce dernier avait reçu la consigne de la ramener dès que la petite troupe aurait embarqué. Dorénavant, Sibylle ne devrait sa protection qu'à elle seule, en attendant celle que Robert Burdet devait à son épouse. La jeune fille ne s'en émut pas et décida qu'elle prendrait la tête du petit convoi, montée sur le roncin cédé par son père, en cotte de mailles et casque. Les inconnus qu'ils croiseraient sur le chemin ne verraient dans la jeune et fière guerrière filiforme harnachée d'un viril haubert et armée d'un arc en bandoulière que le chevalier servant de la jouvencelle de la charrette.

Guillaume et Sibylle réglèrent les derniers préparatifs sans échanger le moindre mot. Comme mus par un accord tacite, père et fille évitaient de se regarder. Juché sur son destrier, Guillaume fit d'ultimes recommandations à son valet, et Sibylle, peu avant d'enfourcher son roncin, demanda à Galtier et Agnès d'amarrer le coffre de ses maigres possessions à un longeron de la charrette. Elle y serrait ce qu'elle avait de plus précieux : la robe de ses futures noces ainsi que la statuette de sainte Thècle et le crucifix de Robert Burdet.

Au moment des adieux, l'embarras les envahit l'un et l'autre. Ils arrivaient à la croisée d'un destin qu'ils n'accompliraient plus ensemble. Chacun mesurait à sa façon l'abîme de cette distance qui s'abattait sur eux de plein fouet. Habituée à la routine des chicaneries et des remontrances paternelles, Sibylle n'avait jamais escompté la moindre effusion de tendresse de la part de Guillaume Capra. Elle resta sur le qui-vive quand son père approcha inopinément son cheval du sien. Comme elle en saisissait les rênes, il les attrapa en même temps qu'elle et les retint un instant entre ses mains. Retardant ainsi le moment du départ, il toisa Sibylle, sembla hésiter puis lâcha abruptement :

— Un fils aurait glorifié mon nom. On ne peut en attendre autant d'une fille. Veille à ne pas le souiller. L'honneur des Capra est entre tes mains.

Sibylle pâlit et maudit intérieurement ce fils désiré, jamais venu, qui l'avait toujours reléguée au second plan. Mais déjà Guillaume éperonnait son cheval et lui tournait le dos. Au fond de son cœur, il lui laissait pour tout héritage le goût amer de cette vaniteuse chimère paternelle. Il ne soupçonna pas son indignation et s'éloigna, marqué du sceau de cette sempiternelle obsession. Comment n'avait-il pas perçu que cette enfant née de son sang s'était toujours efforcée de lui complaire ? Pourquoi l'avoir continûment rabrouée et lui imputer jusque dans leurs derniers échanges cette supposée faiblesse féminine ? Un bref instant, Sibylle resta interdite. Puis une onde de colère la ravagea, et sous le coup d'une impulsion rageuse, elle sauta à bas de son cheval et se dirigea à grandes enjambées vers la demeure paternelle. D'un violent coup de pied, la jeune fille ouvrit la porte, se dirigea avec détermination vers la cheminée et en arracha le glaive. Cette arme qui rappelait chaque jour à la maisonnée tout entière que sa lignée s'était valeureusement illustrée à Hastings, elle lui insufflerait une nouvelle noblesse, la sienne ! Sibylle décréta avec jubilation que la lame engourdie au manteau de l'âtre dans l'attente de virils déploiements de force tombait maintenant en quenouille. Elle devenait sienne. Elle la contempla avec délectation, se fendit, allongea son bras armé et cingla l'air de l'épée légendaire. La lame emplit la pièce d'une vibration puissante. Puis elle décrivit un majestueux cercle dans les airs et la ceignit résolument à sa ceinture. La complainte de la pucelle guerrière trotta subitement dans sa tête.

Donnez-moi glaive et cheval,
D'une ardeur toute mâle,
Je m'en irai à la guerre !

L'héritière de Guillaume Capra sut alors qu'elle ne reviendrait jamais à Sidmouth. Elle conquérait sa liberté.

12

Quand l'attelage de Sibylle arriva ce matin d'avril 1115 dans la rade de Sidmouth, un épais brouillard nimbait d'une lumière falote la nef qui devait les emmener vers la Normandie. Sous ce ciel brumeux, piqueté des piaillements aigus des goëlands, des portefaix, le dos ployé sous leurs fardeaux, s'activaient en une ronde incessante, déposant sur le pont du navire de compactes balles de laine ou de lourdes caques de harengs. Agnès et Galtier descendirent de la charrette, ouvrant de grands yeux ébahis devant cette agitation nouvelle ; jusqu'alors, leur horizon habituel s'arrêtait à la maison forte des Capra, et tout autour d'eux les surprenait. Sibylle demanda au cocher de décharger son coffre et de l'attacher à sa monture, puis elle le congédia. Les serviteurs et leur jeune maîtresse allèrent s'insérer dans la longue file des marchands et des pèlerins s'acquittant du montant de la traversée.

Une fois à bord, Sibylle se tourna vers la lande maintenant lointaine et y jeta un dernier coup d'œil. Elle n'y perçut que de vagues formes imparfaites, aux contours masqués par un halo blafard, persistant à envelopper toute chose. Cette dernière vision opérait comme un voile jeté sur son passé, brouillant toutes les références de naguère. Elle n'en éprouva pas de peine car elle se souciait peu de figer dans son esprit de quelconques images nostalgiques. Désormais, elle allait de l'avant, vers de nouveaux horizons. Le temps révolu de l'enfance, la nouveauté du voyage en mer, ses premiers pas chancelants sur le pont du navire la coupèrent de toutes les certitudes du passé. Il ne lui en resta plus qu'une : sa foi en Dieu. Elle remit alors sa destinée entre Ses mains. Et entre celles de son époux puisque la volonté divine le commandait ainsi. Tout le temps que dura la traversée, elle pria le Seigneur de lui insuffler la force de réaliser la tâche qui lui serait assignée.

Le caractère inédit de la traversée troublait aussi chacun de ses compagnons. Les traits altérés par l'inquiétude, ils gardaient les yeux rivés sur cette étendue liquide et mouvante dont les embruns laissaient une empreinte salée sur leurs lèvres. Ils ne connaissaient de la mer que les récits de voyageurs de passage ; tout au plus Sibylle, fouillant dans de souvenirs lointains, se rappelait-elle l'avoir contemplée du rivage. Galtier eut beau plaisanter en assurant que nager ne devait pas être plus compliqué que voler, sa remarque ne détendit pas les esprits. Aucun, parmi eux, n'avait appris à se mouvoir dans l'eau, et il y avait fort à parier que bien peu des pèlerins ou des marchands à bord eût la moindre notion de natation. Au premier roulis, Agnès, livide, s'accrocha au bras de son frère qui n'en menait d'ailleurs pas plus large. Le roncin de Sibylle, les jambes entravées pour plus de sûreté, manifesta également sa nervosité, encensant frénétiquement, les naseaux palpitant de frayeur.

Bien que la traversée se fût déroulée sans difficulté, leur appréhension ne disparut pas quand ils arrivèrent en vue du port de Barfleur. Guider la nef jusqu'à la rade fut une tâche ardue. La brume marine se doubla d'une pluie fine et persistante qui estompait dangereusement les arêtes saillantes des rochers proches de la côte, et il fallut toute la dextérité du pilote pour y accéder sans encombre. Depuis le pont du navire, Sibylle discerna un groupe d'hommes regroupés sur le rivage. Au fur et à mesure qu'ils s'en approchaient, elle tenta d'y détecter la silhouette de Robert Burdet, mais les épaisses cottes uniformes engoncées sur leurs épaules et les casques vissés sur leurs têtes ne lui permirent pas de l'identifier. Quand le bateau accosta, aidée de Galtier, elle désentrava promptement son cheval, et bientôt tous trois retrouvèrent la terre ferme avec soulagement. À peine avaient-ils mis pied à terre que les portefaix qui étaient massés sur la rive envahirent la passerelle, pressés de procéder au déchargement de la cargaison. Les marchands et voyageurs, incommodés par une glaciale pluie battante, se hâtèrent de se disperser. Sibylle les vit disparaître un à un et, quand la foule des négociants et des porteurs se fut éloignée, elle regarda, inquiète, autour d'elle. Ils étaient à peu près seuls sur la berge. Il ne restait en tout et pour tout que quatre hommes en armes entourant une carriole rustique couverte d'une haute bâche, et son propriétaire, un homme d'Église drapé dans une large coule. Robert Burdet n'était pas au rendez-vous !

Ses pensées se bousculèrent dans son esprit alarmé. Ou Robert Burdet avait été retardé en chemin ou – la pensée l'en indigna – il n'avait pas respecté sa parole. Dans les deux cas, il lui fallait prendre une décision : l'heure du souper approchait, la nuit ne tarderait pas à tomber et le navire qui les avait amenés appareillerait à la prochaine marée. Cette contrée leur était inconnue et trouver un hébergement sûr s'imposait. Elle ne pouvait ni s'en remettre au conseil de son père ni compter sur l'assistance de Robert Burdet. Pour la première fois de sa vie, il lui incombait de décider seule pour elle et les siens. Une voix masculine la tira abruptement de ses réflexions. Escorté de ses gens d'armes, le moine aperçu précédemment s'était approché du petit groupe. Avisant Agnès enveloppée dans une grande mante, il demanda :

— Dame Sibylle Capra ?

— Qui la demande ? s'enquit aussitôt Galtier, méfiant.

— Un humble serviteur de Dieu, mon fils, le rassura le moine. Mon nom est Orderic Vital. Je suis prêtre à l'abbaye de Saint-Evroult, et messire Burdet m'a chargé de mener dame Sibylle Capra jusqu'à sa demeure.

— Je suis dame Sibylle, intervint fièrement la fille de Guillaume en avançant d'un pas dans sa direction.

Le moine scruta alors avec étonnement le visage glabre entraperçu sous la capuche du haubert et observa attentivement le corps longiligne recouvert de mailles d'acier. Comment femelle pouvait-elle avoir l'audace de s'approprier ainsi des attributs virils ? Cela dépassait son entendement et heurtait la bienséance prônée par l'Église. Sans même la saluer, il affirma d'un air contempteur :

— « Une femme ne revêtira pas de costume masculin[1] », ma fille. Auriez-vous oublié les préceptes de notre sainte Église ?

---

1. « Une femme ne portera pas de costume masculin », Deutéronome, XXII, 5, Bible de Jérusalem.

— Je ne les oublie pas, mon père, répondit fermement Sibylle, mais nécessité fait loi. Les dangers du voyage que j'entreprends m'y autorisent.

Orderic Vital n'en sembla nullement convaincu et grommela des paroles réprobatrices.

— Certes, certes, je ne dis pas, mais vous êtes maintenant sous notre protection et celle de messire Burdet. Il vous faudrait reprendre une robe qui sied davantage à votre état avant de vous présenter à lui.

De la main, il fit signe à l'un des gardes qui l'accompagnaient et celui-ci avança la carriole jusqu'à eux. Le moine releva autoritairement un pan de la bâche et ajouta, mettant ainsi fin à la discussion.

— Nous nous mettrons en route dès que vous l'aurez enfilée.

Sibylle regarda ses compagnons. La pluie redoublait. Ils étaient transis de froid et la fatigue creusait leurs traits. Le moine de Saint-Evroult maintenait la toile pour l'inviter à passer à l'intérieur et paraissait bien décidé à camper sur ses positions. Tenir tête au moine risquait fort d'être un combat perdu d'avance. De guerre lasse, elle résolut de s'exécuter. Orderic Vital reprit :

— L'abbaye de Saint-Evroult a mis cette carriole bâchée à votre disposition. Nous y voyagerons ensemble. Le soutien du Seigneur est le meilleur secours qu'on puisse apporter à une jeune épousée.

Puis il envoya chercher les bagages de Sibylle et les havresacs de ses deux compagnons. Le coffre hissé à l'arrière, il s'éloigna alors de quelques pas, talonné de ses quatre soldats en armes. Suivie d'Agnès, la jeune fiancée grimpa dans la carriole, laissant à Galtier la mission de monter la garde à l'arrière de l'attelage. Elle quitta à regret son casque et son haubert. Tandis que sa servante atteignait la robe de ses noces, elle caressa les fines mailles d'acier entrelacées du plat de la main. Elle ne laissa pas à la jeune fille le soin de les ranger dans le coffre; elle les plaça elle-même à côté du crucifix offert par Robert et du glaive enlevé à son père. Son esprit ne pouvait dissocier les trois objets : la croix qui porterait la sainte parole dans des contrées étrangères, l'armure que son père avait fait confectionner pour l'héritier qu'il n'avait pas eu et ce glaive qu'elle lui avait arraché. Comme n'importe quel chevalier, elle était digne de porter haut les couleurs de la chrétienté. Toute femme qu'elle était, elle se promit d'en faire la démonstration.

Mais pour l'heure, il lui fallait endosser le rôle de jeune et frêle épousée. Déçue d'avoir abdiqué si vite à la demande de l'envoyé autoritaire de son époux, elle fit une moue contrariée qu'elle ne put dissimuler en réapparaissant à l'arrière de la carriole. À la vue de son amie métamorphosée en jouvencelle, Galtier, devinant la raison de son agacement, lui sourit béatement et arqua exagérément les sourcils d'admiration. Il fit une profonde révérence puis lui tendit la main pour faciliter sa descente. Et tandis que Sibylle resserrait le bas de sa robe pour ne pas s'empêtrer les pieds dans l'escabeau prévu à cet effet, il sifflota d'un air espiègle la mélodie de la jeune guerrière. Sibylle lui jeta un regard furieux, Galtier siffla de plus belle. Alors les deux amis éclatèrent de rire.

13

Singulière équipée que la sienne ! songea cependant Sibylle après avoir pris place dans la carriole aux côtés d'Orderic. Dès que celui-ci eut donné l'ordre de démarrer au cocher, il s'était rencogné en silence dans un angle de la charrette, et malgré les ornières du chemin et la pluie tambourinant sur le toit bâché, s'était rapidement assoupi. Le désappointement la saisit. Elle qui, partie en conquérante, s'était octroyé l'épée paternelle destinée à adouber un potentiel rejeton mâle, se retrouvait de nouveau réduite à obéissance ! La robe que le moine l'avait autoritairement contrainte à enfiler avait eu raison de ses ambitions de chevaleresse ! Elle pestait maintenant contre elle-même et se reprochait d'avoir cédé si facilement. Il n'y avait qu'un point sur lequel elle n'avait pas cédé : laisser voyager Agnès et Galtier à pied. Le religieux ne lui avait concédé qu'à regret l'autorisation de les faire grimper, recrus de fatigue, dans la charrette. Piètre victoire, pensa encore Sibylle en regardant avec envie le frère et la sœur endormis, pelotonnés l'un contre l'autre. Avait-elle eu le choix, s'apitoya-t-elle sur elle-même, dépitée ? Comment aurait-elle pu manifester quelque opposition ? Seule, à l'approche de la nuit sur un rivage inconnu, sans aucun garde pour assurer leur protection, ses serviteurs épuisés, la tentative eût été compromise dès le début.

Mais aussi quelle cruelle déception de ne pas avoir été accueillie par son futur époux ! Ce n'était pas ainsi qu'elle avait envisagé son arrivée en terre étrangère. Ainsi donc, père ou mari, les hommes n'avaient que bien peu de considération pour les personnes de son sexe ! se rebella-t-elle. La majesté du prieuré Saint-Vigor, où ils passèrent la nuit, non loin de Bayeux, ne dissipa pas son indignation. Et le lendemain matin, bien que la raison de la défection de Robert Burdet lui échappât, elle lui laissa au cœur un revanchard goût d'amertume.

À peine fut-elle remontée dans la charrette que tout l'agaça : le regard inquisiteur et la mine compassée du moine, la robe humide qu'il lui fallut passer de nouveau, la froide distance entre elle et les gardes, l'air désemparé d'Agnès et de Galtier, soumis aux mêmes interrogations que les siennes, tous ces éléments perturbaient sa sérénité. La bruine tenace et les cahots du chemin achevèrent d'augmenter son aigreur à l'égard de Robert Burdet, qu'elle accabla alors de tous ses maux. Avait-il donc oublié, ce malotru mal dégrossi, ce Normand insignifiant et prétentieux, qu'en acceptant de lui donner sa fille comme épouse, Guillaume Capra lui permettait d'accéder au statut d'homme marié auquel tant de bacheliers aspiraient ? Était-ce ainsi qu'il prétendait récompenser le sacrifice d'un père et sa propre abnégation ? En se souciant d'elle comme d'une guigne ? Pourtant, au beau milieu de ces pensées acerbes, surgissait à intervalles réguliers, telle une étincelle d'espoir à laquelle se raccrocher, la vision lumineuse de la croix aux gemmes scintillantes de lumière que Robert lui avait offerte. Ce précieux objet qui lui était échu lui rappelait que la Providence l'avait désignée pour devenir l'épouse d'un soldat du Christ. Cette union n'était-elle pas au-dessus de toutes les mesquineries terrestres ? La cause de Dieu ne valait-elle pas quelque sacrifice ? s'interrogea-t-elle, s'en voulant alors de l'avoir reléguée au second plan, dans un inexcusable moment de faiblesse.

Tous ces doutes ne firent que la désarçonner davantage. Son étonnement fut à son comble quand un garde, écartant un pan de la bâche, s'adressa à Orderic et avertit :

— Nous sommes arrivés à Culei, mon père.

Ce dernier sursauta, dérangé dans son somme, regarda à l'extérieur, puis corroborant l'affirmation du soldat, s'apprêta à descendre. À l'aide d'une corde, celui-ci attacha la toile à un montant de la charrette et présenta au moine un petit escabeau pour lui faciliter la descente. Sa silhouette obstruait la vue de Sibylle mais dès qu'il eut posé pied à terre, elle découvrit avec effarement un paysage de désolation des plus repoussants. Une masure basse et vétuste, au toit de chaume défoncé, s'affaissait plus qu'elle ne trônait dans une cour inondée par les pluies successives. D'un chariot stationné de guingois pendaient des fétus de paille pourrie ; des gamins morveux et déguenillés s'amusaient à pourchasser une oie aux ailes déployées dont le caquetage furieux faisait leur joie tandis qu'une gamine attifée d'un méchant châle troué tentait de faire entrer dans un enclos à demi démoli un âne brayant à qui mieux mieux. Plus loin, deux garçons s'empoignaient en se disputant des châtaignes grillées et pataugeaient dans la boue. Les enfants semblaient être livrés à eux-mêmes dans ce lieu dévasté par les intempéries que les adultes paraissaient avoir déserté. Était-ce donc là sa nouvelle demeure ? Cette bicoque décrépite au toit troué, le logis du chevalier qui avait demandé sa main ? Elle échangea un regard atterré avec Galtier et lut la même inquiétude dans ses yeux. Quant à Orderic, il devait être familier de l'endroit car il ne manifesta aucune surprise. Sibylle le vit s'éloigner jusqu'à l'entrée de la maison, relevant à deux mains le bas de sa coule de bure, et sautillant lestement de pierre en pierre, éviter de son mieux les flaques d'eau. Il s'engouffra si vite à l'intérieur que Sibylle n'eut d'autre option que de le suivre.

Galtier la précéda, cherchant pour les deux jeunes filles les endroits les plus secs afin de leur éviter les innombrables mares de boue et de purin. Ils étaient à mi-chemin quand trois jeunes garçons leur coupèrent la route, se répandant en éclaboussures et en jurons derrière un cochon couinant qui mettait toute son ardeur à leur échapper.

— Le cochon des noces ! criaient-ils, attrapez le cochon des noces !

Et si Galtier ne s'était pas jeté en travers de leur passage, Sibylle n'aurait pas eu le temps de se garer de la bousculade. Après un moment d'hésitation, Agnès, Sibylle et lui reprirent leur marche et ils parvinrent enfin au seuil de la porte. Ils rejoignirent Orderic qui se réchauffait le dos à un âtre crachotant de faiblardes flammèches. Ils observèrent la pièce. Le sol inégal y était de terre battue, elle était basse et mal éclairée, et une nauséeuse et persistante odeur de graillon flottait dans l'air. Devant le foyer, sur une jonchée défraîchie, on avait disposé deux escabelles noircies, chiche et unique élément de confort de la demeure. Une vieille femme ratatinée et crasseuse fit soudain son apparition, un panier de noix au bras qu'elle déposa aux pieds de Sibylle.

Elle y plongea les mains, et d'un sourire édenté, en proposa une poignée à la jeune fille. Sibylle allait la remercier quand Orderic, se saisissant d'un fruit, l'avertit :

— Il est inutile de lui parler. Elle est sourde et muette, termina-t-il en faisant craquer la coque entre ses doigts.

Le regard las de Sybille alla de l'un à l'autre, reflétant le plus complet découragement. Galtier s'approcha d'elle et tandis qu'Agnès puisait à son tour dans le panier, il entreprit d'écaler un fruit pour son amie. Il le lui offrit dans un sourire destiné à la réconforter ; la jeune fille s'empara machinalement du cerneau et se mit à le mâchonner sans goût. Ce furent alors des hennissements en provenance de la cour qui les firent tous les quatre sursauter et se retourner presque immédiatement vers la porte s'ouvrant dans une rafale de vent glacial. Les chausses crottées, les cheveux collés par la pluie, Robert Burdet, trempé jusqu'aux os, fit irruption dans la pièce. Avisant le petit groupe massé autour de l'âtre, sans leur laisser le temps de dire un mot, il s'exclama :

— Ah, Orderic, enfin, vous êtes là ! Je vais avoir besoin de vos services. Les hommes...

Le moine toussota et, désignant Sibylle d'un signe de tête courtois, lui coupa hâtivement la parole :

— Dame Sibylle et moi arrivons à l'instant.

Sibylle aurait aimé se réjouir de l'arrivée de son futur époux, mais les propos abrupts de Robert l'en empêchèrent. Cependant, à la vue de cet homme qui ne daignait pas la saluer, sa lassitude s'envola brusquement. Sa fierté reprit le dessus. Elle se leva promptement et déclara, hautaine :

— Je m'étonne, messire Burdet, de ne pas vous avoir trouvé à ma descente de bateau, et...

Sa remarque ne sembla pas atteindre Robert qui l'interrompit à son tour et trancha grossièrement :

— J'ai ici des problèmes autrement plus graves à résoudre, dame Sibylle.

Puis, sans plus de considération pour celle qui était sa fiancée, il se détourna rapidement et s'adressant à Orderic, il enchaîna :

— Je ne saurais différer plus longtemps l'aide que j'ai promise à Alphonse d'Aragon. Les musulmans campent autour de Huesca, la capitale de son royaume, et plus loin, dans le comté catalan, ils sont aux portes de Barcelone ! La chrétienté tout entière est menacée ! Rotrou du Perche va bientôt se mettre en route ! Je n'ai que peu de temps pour lever des hommes et aucun de ces maudits manants de Culei ne veut me suivre. Ils vont même jusqu'à se cacher ! tempêta-t-il, furieux, en serrant les poings.

— Tranquillisez-vous, mon fils. J'irai leur parler. Ils ne resteront pas insensibles à la parole d'un homme d'Église.

Le moine se leva, posa fermement sa main sur le bras de Robert pour lui manifester son soutien puis sortit avec détermination en direction de la cour. Un silence pesant s'installa entre Robert Burdet et ses hôtes. Celui-ci jeta un regard hostile à Galtier et Agnès. Il détailla avec précision l'un et l'autre.

— Sont-ce là vos serviteurs ? Un être contrefait et une jouvencelle inexpérimentée ?

— Mes serviteurs me sont fidèles depuis ma plus tendre enfance, rétorqua Sibylle. Mon père ne pouvait m'en octroyer de meilleurs.

Robert Burdet s'attarda de nouveau sur Agnès, la dévisageant sans vergogne. Celle-ci baissa les yeux. La servante n'était pas vilaine, il pouvait en convenir, mais elle était bien jeune, presque autant que sa maîtresse. Si toutes deux avaient le même caractère acariâtre, pensa-t-il, elles risquaient fort de se liguer contre lui. Il lui faudrait alors les dompter et leur apprendre à se plier à sa volonté. Omettant de lui demander le nom de Galtier, il interrogea de nouveau Sibylle :

— S'agit-il de cette Lesceline que votre père avait mentionnée ?

— Non, messire, répondit Sibylle, la voix teintée de tristesse, Lesceline est morte avant notre départ, Agnès la remplace.

Robert Burdet sonda de nouveau du regard la jeune fille et répéta, songeur :

— Agnès… Fort bien, fort bien, finit-il par acquiescer.

Une voix aigrelette provenant de l'extérieur acheva de le détourner de ces préoccupations qui lui étaient bien futiles. Un garçon criait :

— Messire Robert, messire Robert !

— Quoi donc ? hurla ce dernier en se précipitant vers la porte.

— Le pourceau, messire, entendit Sibylle par la porte entrebâillée.

— Quoi, le pourceau ?

— On l'a attrapé, messire.

— Par la vertu Dieu ! Apporte le grand couteau, je m'en vais le saigner, dit-il, réjoui. Demain est jour de noces !

14

Sibylle attendait, rigide, dans sa robe de futaine pourpre, à l'entrée de la petite église de Saint-Philbert, aux grossiers murs de poudingue, que Robert Burdet voulût bien l'y rejoindre. Celui-ci ne s'en était pas caché la veille ; à ce moment précis de son existence, ce qui comptait alors le plus pour lui était l'engagement qu'il avait pris auprès du comte du Perche. Il avait ainsi mis à profit les quelques lieues qui séparaient Culei de Saint-Philbert pour tenter de convaincre les paysans des bourgs environnants d'accompagner Rotrou du Perche en Espagne. Peu importait le temps qu'il y mettrait, mais la cause de Dieu ne pouvait attendre. Sibylle, oui ! La plupart des manants des villages traversés avaient promis d'assister à la bénédiction nuptiale mais ils étaient davantage motivés par l'idée de faire ensuite bombance que par celle d'aller se faire trucider en terre étrangère.

Sibylle, mutique, le visage recouvert du voile opaque des épousées, se morfondait, seule, sous un ciel fuligineux menaçant de crever en pluie. Galtier s'était posté sur le chemin qui menait au sanctuaire pour y guetter l'arrivée de son futur. Elle enragea de ne pas l'avoir à ses côtés. Elle sentait, posés sur elle, les regards hostiles des villageois, observant avec curiosité cette inconnue anglaise qui allait devenir l'épouse du seigneur de Culei. À l'impatience et à l'indignation de la jeune fille avait succédé l'accablement d'être de nouveau soumise au bon vouloir du rustique chevalier normand. Les yeux tournés vers le ciel, Sibylle implorait secrètement le Seigneur de lui porter assistance et de lui envoyer, en cette journée fatidique, un quelconque signe de réconfort, que Lui seul pouvait lui accorder. Orderic, quant à lui, commençait à manifester des signes visibles de nervosité. Dans l'attente de bénir les deux époux, il dansait d'un pied sur l'autre et soufflait sur ses doigts engourdis d'humidité pour les réchauffer.

Une chevauchée tapageuse annonça l'arrivée de Robert Burdet et de ses hommes. Quatre cavaliers l'entouraient, dont un portant Agnès en croupe de son cheval. Sibylle n'eut que le temps de s'étonner de la présence de sa servante, censée seconder la vieille muette dans ses préparatifs culinaires. Avant même qu'un valet ne se précipitât pour saisir la bride de son coursier, le chevalier normand avait déjà sauté à bas de sa monture. Il saisit Agnès par la taille, la posa à terre puis alla se placer précipitamment à côté de Sibylle, pour laquelle il n'eut pas un regard. Elle pinça les lèvres, hérissée par la goujaterie de celui qui, dans quelques instants, allait devenir son époux. Elle sentit les battements de son cœur s'accélérer ; sa rustauderie la révulsait. Les premières paroles de Robert furent pour Orderic. Le visage crispé, empreint de contrariété, il affirma sans détour :

— Ne traînons pas, mon père. Quand nous en aurons terminé, vous haranguerez tous ces gueux qui viendront faire ripaille sous mon toit. L'occasion de les tenir tous à ma disposition ne se représentera pas, et...

— Tout doux, mon fils, l'admonesta celui-ci, le service de Dieu ne se fait pas à la hâte. Le vœu de mariage que vous allez prononcer est sacré à Ses yeux. L'éternité vous serait bien cruelle si vous ne corrigiez votre irrévérence.

L'épouvante de la damnation éternelle vint à point nommé rappeler à Robert Burdet la solennité du lieu et de la parole qu'il allait engager. L'homme d'Église lui faisait face, son regard sévère reflétant un avertissement qu'il ne convenait pas de prendre à la légère. En signe d'humilité, Robert baissa la tête et s'agenouilla. Sibylle sourit ; Dieu l'avait exaucée. Le Tout-Puissant avait le pouvoir de faire entendre raison au nobliau abrupt et mal appris auquel Il allait attacher ses jours.

Orderic traça le signe de la croix au-dessus de la tête de l'impulsif chevalier, puis, étendant les bras, bénit l'assistance et invita les jeunes mariés :

— Entrons dans la maison du Seigneur, mes enfants, et en ce jour de liesse, célébrons ensemble le bonheur qu'Il vous accorde en vous faisant mari et femme.

Tous lui emboîtèrent le pas et pénétrèrent à sa suite dans la nef baignée de la lumière de deux gros cierges trônant sur un fruste autel de pierre. La sainte Bible y attendait en son centre. Orderic fit un signe à un gamin debout près d'un pilier, et celui-ci se présenta à lui, paumes tendues. Le moine y plaça le livre pieux ouvert, sur lequel il déposa l'alliance des noces. La cérémonie put alors commencer. Les fiancés écoutèrent avec révérence Orderic leur poser les questions d'usage et tous deux jurèrent solennellement avoir l'âge requis pour les épousailles et n'avoir aucun lien de parenté interdit. Quand Orderic leur demanda s'ils se prenaient librement pour mari et femme, Sibylle écouta la réponse brève de Robert. Pendant qu'il en assurait le prêtre, elle revit fugacement le repas des accordailles, là-bas à Sidmouth, au cours duquel son père avait décidé de sa vie. Elle en avait alors accepté la contrainte, il était trop tard pour revenir en arrière. Elle acquiesça.

Un sourire radieux se dessina sur le visage du moine. Comme s'il eût voulu remercier Dieu de la faveur qu'Il concédait aux fiancés, il leva les bras vers le ciel et enchaîna :

— Réjouissons-nous car Dieu, dans Sa grande bonté, a choisi d'unir vos deux vies. Cette union vous apportera la félicité. « Croissez et multipliez[1] », vous dit le Seigneur, tout enclin à bénir votre descendance. Mais veillez bien à ne pas souiller les liens sacrés du mariage par votre concupiscence, gardez-vous du péché de chair ! Dieu le réprouve ! termina-t-il en pointant un index menaçant vers le couple.

Pour mieux inscrire sa mise en garde dans leurs esprits, il resta un moment ainsi, le doigt suspendu, lourd d'avertissement. Puis il bénit l'alliance et tendit l'anneau consacré à Robert, qui saisit la main de Sibylle. Au contact des doigts courts et musculeux du chevalier, dans un instinctif mouvement de recul, la peau de celle-ci se hérissa. Concentré sur l'alliance qu'il passait à chacun des doigts de la main gauche de la jeune fille, Robert Burdet n'en perçut pas la crispation. La nef s'emplit de sa voix puissante ; il clama haut et fort :

— Dame Sibylle, avec cette alliance, je vous épouse.

Et d'une voix frêle, empreinte de résignation, Sibylle lui répondit, égrenant les fatidiques paroles rituelles :

1. Genèse, I, 28.

— Par cette alliance, messire Burdet, je vous prends pour époux.

Orderic acheva de sceller leur union en donnant un baiser de paix à Robert. Comme la coutume l'imposait, Sibylle releva son voile pour recevoir à son tour celui de son époux. Jamais encore le visage anguleux de Robert ne s'était autant approché du sien. Sa nuque se raidit. De ses lèvres charnues, Robert apposa un baiser mouillé de salive sur sa bouche. Et tandis qu'elle découvrait cette grossière pression sur ses lèvres, son regard fut attiré, par-dessus les épaules massives de son époux, par le sourire narquois d'Agnès, qui les observait depuis une travée de la nef.

Mais déjà les cris de Noël retentissaient ! Les enfants les entouraient, rieurs et quémandeurs. Robert tapa dans ses paumes et deux serviteurs empressés apportèrent de pleins paniers de gros pains et d'oublies qu'ils distribuèrent généreusement à tous les présents. Un chalumeau résonna, les grelots d'un tambourin tintèrent, et les félicitations fusèrent de nouveau tout autour d'eux.

— Mes amis, les interrompit Robert Burdet, partons immédiatement pour Culei. J'y ai laissé un pourceau embroché qui n'attend que vous !

Et pendant que les villageois se répandaient en vivats et en exclamations réjouis, il ajouta, doucereux, en offrant son bras à Sibylle :

— Et ma dame.

Comme Robert l'avait annoncé, le gras cochon des épousailles rôtissait au milieu de la cour de son logis de Culei. Il s'en dégageait un alléchant fumet de chair grillée venant titiller les narines des convives qui en oubliaient presque les relents d'étable planant autour de la vétuste masure. Un serviteur apparut, affûtant deux grands coutelas, et les gueux des alentours, les manants de Culei et jusqu'aux chiens galeux du voisinage, se bousculèrent pour être servis dans les premiers. C'était à qui tendait son écuelle ou réclamait un tranchoir dégoulinant de graisse. Agnès et la servante muette et édentée aidaient à distribuer les parts ou remplissaient les cruches aux tonneaux mis en perce. Puis, au milieu des rires et des invitations à boire, les invités allèrent s'asseoir à une grande table dressée sur de vieilles barriques. Les plus jeunes ne tenaient pas en place, et à peine eurent-ils avalé leur portion qu'ils se lancèrent dans de virils exercices de tir à l'arc ou de lutte à mains nues. Le maître de céans n'y put résister et délaissa la place d'honneur et sa jeune épouse pour aller les rejoindre.

Un adversaire courtaud et râblé se planta devant lui, jambes écartées et fléchies, dans l'attente de bondir sur le seigneur du lieu. Robert Burdet renversa la tête en arrière et partit d'un grand éclat de rire ; il n'aimait rien tant que les défis et il lui fallait plus qu'un rustaud de campagne pour l'impressionner. Le temps d'un instant, le chevalier adopta la même posture puis se jeta sur le campagnard. Refermant ses mains sur ses hanches à la manière de deux tenailles, il le souleva en l'air, pour la plus grande joie des présents qui battirent des mains. Quand il le reposa à terre, il ne lui laissa pas le temps de rétablir son équilibre et lui envoya un violent coup de poing dans l'abdomen. Profitant de la suffocation de son adversaire, Robert lui fit traîtreusement un croc-en-jambe qui l'envoya bouler au sol, provoquant les rires gras de l'assemblée. Agnès, qui avait délaissé un instant le service des invités, s'était rapprochée des deux combattants. Quand Robert s'assit à califourchon sur le ventre du malheureux paysan défait, elle se joignit aux applaudissements et à l'hilarité générale. Le regard de Robert alla d'Agnès à Sibylle qu'il toisa prétentieusement, fort de sa puissance. De sa place, la jeune fille regardait la scène, dédaigneuse et outrée. Elle retrouvait, dégoûtée, la même rudesse et la même rouerie paternelles dans la tactique sournoise de Robert.

Une carole de jeunes gens se tenant par la main lui boucha la vue ; ils serpentaient gaiement entre les convives et les emmenaient au passage. L'un d'eux entraîna Robert à leur suite. Quand la ronde arriva à la hauteur d'Agnès, le seigneur du lieu freina l'élan de la cavalcade et s'empara du cruchon qu'elle portait, y but à même le bec, puis essuya d'un revers de main le vin qui lui coulait sur le menton. Avant de repartir, il le jeta brusquement dans l'herbe et saisit la main d'Agnès pour l'intégrer à la danse. Sibylle se raidit sur le banc qu'elle occupait, heurtée par la goujaterie du seigneur de Culei, qui semblait bien tenir son épouse pour quantité négligeable et s'amusait avec une servante. Galtier, qui regagnait alors son siège, une écuelle débordant de lard et de chou dans les mains, aperçut le manège de Robert, et lança un regard attristé et impuissant en direction de Sibylle. Tout en suivant la cadence effrénée que lui imposait Robert, Agnès riait à gorge déployée, et tous les regards convergeaient vers cette inconnue si peu farouche.

Sibylle décida d'afficher sa réprobation et amorça le geste de repousser son siège pour quitter l'endroit, mais juste au moment où elle allait se lever, de grosses gouttes s'abattirent drues sur la table. Une violente rafale de vent souleva nappe et gobelets et emporta son voile de jeune épousée qu'elle ne put retenir. L'orage éclatait. Chacun prit ses jambes à son cou pour se réfugier dans l'étable et la grange ; Orderic se replia vers le logis, la capuche de sa coule rabattue sur les oreilles. Sibylle allait l'imiter quand une poigne vigoureuse l'attrapa par le bras ; Robert l'agrippait fermement : il était temps pour lui de prendre possession de sa femme. Ils s'engouffrèrent tous trois dans sa demeure. Les cheveux poisseux de pluie collaient aux tempes de Sibylle, la ceinture violine de sa tunique avait glissé dans la course et la robe de futaine se plaquait à ses courbes. Robert l'attira à lui et écrasa ses lèvres de sa bouche empestant le vin.

— Laissez-moi bénir votre lit, messire Robert, s'interposa Orderic. Ne provoquez pas Dieu par votre impatience !

Robert s'écarta de Sibylle et, tout en palpant une fesse de la jeune fille, s'exclama, égrillard :

— Soit, mon père, bénissez notre couche et le ventre de ma femme pour qu'elle me donne une belle descendance ! concéda-t-il en riant de façon obscène.

Ce fut à peine si le prêtre eut le temps de tracer le signe de la croix sur la paillasse des jeunes mariés qu'il aspergea d'eau bénite à la hâte. Robert le saisit autoritairement par les épaules et le poussa vers la sortie.

— Et maintenant, laissez-moi honorer mon épouse !

Le moine disparu, il revint à Sibylle, et tandis qu'il plaquait ses mains sur sa gorgerette, de sa voix avinée, se penchant vers elle, il lui souffla grossièrement à l'oreille :

— Par ici, ma ribaude.

Celle-ci attendait les assauts nuptiaux du seigneur de Culei, debout, raide au bord du lit, décontenancée et ignorante. Robert la renversa violemment sur la couche. De ses mains épaisses, il troussa la futaine sur ses cuisses, et voyant le visage de Sibylle s'empourprer à l'exposition de sa nudité, éclata d'un rire gras. La jeune fille détourna le regard mais Robert lui saisit le menton et la força à le regarder, hilare. Puis d'un brutal mouvement des reins, il la pénétra, jouissant des yeux écarquillés de terreur de Sibylle. Un pieu lui déchirait les entrailles, pensa-t-elle alors, sur le point de défaillir. Pitié, messire ! eut-elle envie de hurler. Et pendant que les larmes ravageaient son visage, un seul nom lui vint à l'esprit : Lesceline ! Mais Lesceline n'était plus. Robert Burdet exhala un râle rauque, roula sur le côté, laissant Sibylle baignée de son sang et de sa semence.

15

— Par les couilles du diable ! hurla Robert en tapant rageusement du poing sur la table.

— Modérez votre langage, mon fils ! l'invectiva Orderic, en se signant à l'évocation du démon.

— Modérer mon langage ? s'écria de nouveau Robert, hors de lui. Vous me demandez de modérer mon langage quand ces mange-la-faim, qui se sont empli la panse hier à mes noces, ont l'audace de refuser de rejoindre la troupe de Rotrou du Perche ! Ils osent dire, mon père, qu'ils ont été bien mal récompensés de guerroyer à ses côtés autrefois en Espagne, que les promesses qu'on leur a faites n'ont pas été tenues ! (Il observa un court silence.) Ils ne me suivront pas !

Et empli de hargne, il envoya un coup de pied dans un panier de pommes dont la plupart roulèrent sur le sol. Le chevalier alla s'affaler sur une des escabelles. Il ne lui restait plus qu'un espoir : qu'Orderic trouvât les mots pour les convaincre ! Ce dernier se leva, fermement déterminé à infléchir l'obstination de tous ces rustauds qui dédaignaient bien vite le service du Seigneur. Il revint au bout de quelques instants et s'exclama, hors de lui :

— Des mécréants ! Voilà ce que sont ces manants ! Des mécréants !

Et à son tour, il s'écroula, découragé, sur la seconde escabelle. Il avait eu beau menacer les paysans des foudres de l'Éternel, de les envoyer rôtir en enfer, de les excommunier tous autant qu'ils étaient, rien n'y avait fait. Les plus audacieux avaient protesté : cette guerre en Espagne n'était pas la leur, avaient-ils osé proférer. Comme si la cause de Dieu connaissait des frontières ! Les plus couards s'étaient contentés de baisser la tête en observant obstinément leurs pieds.

— Des pleutres et des mécréants ! répéta de nouveau Orderic.

Le silence retomba sur leur découragement. La vieille servante traversa la pièce, les dévisageant sans comprendre leur abattement, puis se dirigea vers le cellier. Quand elle revint, un broc de vin et deux gobelets en bois serrés contre son corsage maculé de taches, elle croisa l'épouse du seigneur qui sortait à la hâte, vêtue d'un haubert, glaive au côté et une superbe croix rutilante à la main droite ! Elle regarda la jeune femme marcher avec résolution jusque dans la cour et secoua la tête de droite à gauche, déroutée. L'accoutrement de sa maîtresse suscitait en elle une vive incompréhension. Sans plus s'en soucier, elle alla se planter devant Robert et déposa le pichet sur la table devant son maître. Celui-ci la chassa d'un geste las et agacé, en prenant bien soin auparavant de s'approprier le flacon de vin qu'il porta à ses lèvres. Au moment d'en lamper une rasade, un inattendu brouhaha venant de l'extérieur le surprit ; il faillit s'étouffer et pesta tout en essuyant le liquide de son menton d'un revers de la manche. Les bruits de voix s'amplifièrent. Intrigué, il déposa le récipient sur la table puis se hâta de rejoindre la cour de la masure. Il resta bouche bée devant la scène qui se déroulait sous ses yeux.

Les villageois qui ne voulaient pas s'enrôler pour la croisade s'attardaient maintenant, sous une pluie battante, dans la cour de la maison forte. Beaucoup tenaient par la bride le mulet de la carriole où s'entassaient femmes et enfants des alentours, encore somnolents des excès de la veille ; d'autres encore, grimpés sur un âne, se retournaient vers la cour, subitement freinés dans leur départ ; certains, équipés de vieux sacs en toile, s'abritant ainsi des averses avant d'entreprendre leur long chemin de retour vers leurs cabanes, en relevaient les pans pour mieux voir ce qui se passait là. Plus rien ne les retenait pourtant à Culei, avait amèrement constaté Robert auparavant. Mais tous les regards convergeaient vers un point précis : l'endroit où se trouvait Sibylle. Galtier, qui aidait à déblayer la cour des tréteaux et des barriques du festin antérieur, l'avait rejointe. Cette dernière, juchée en armure sur une botte de paille, clamait à leur intention :

— Vaillants habitants de Culei !

Tous ceux qu'elle interpellait ainsi regardaient, fascinés et ébahis, cette jouvencelle qui ne manquait pas d'audace de s'adresser à eux, vêtue comme son chevalier d'époux. Sibylle poursuivit :

— Il y a en Aragon un roi qui lève des milliers de soldats pour bouter les Sarrasins hors d'Espagne.

Certains de ceux qui étaient là, ne comprenant pas l'intérêt de ses paroles, commencèrent à lui tourner le dos. La curiosité qui les avait piqués devant ce bout de femme qui usurpait les prérogatives de son époux s'émoussait déjà. Sibylle ne se découragea pas et reprit :

— Ce roi, c'est Alphonse le Batailleur, le bien nommé. Le comte Rotrou du Perche est son cousin.

Un paysan qui ne l'avait pas reconnue, encore abruti de la beuverie de la veille, l'apostropha :

— Et d'abord, qui es-tu, toi, la donzelle pour nous retarder ainsi ?

La femme qui l'accompagnait lui jeta un regard furieux assorti d'un coup de coude dans les côtes. Elle le moucha, pour la plus grande joie des assistants qui se mirent à rire de son effronterie :

— La femme du maître, âne bâté !

L'homme, confus, ôta le bonnet de sa tête et le tritura entre ses doigts sous le regard moqueur de tous les manants.

Sibylle gonfla la poitrine et, encouragée par un regard complice de Galtier, continua avec détermination :

— Le sang qui coule dans les veines de leur famille commune commande à son noble cœur de chrétien de répondre à l'appel du roi, son cousin.

— C'est pas le mien, de sang ! trancha abruptement l'homme au bonnet.

— Qui sait ? lança un des assistants.

Tous s'esclaffèrent. L'homme haussa les épaules et récolta une calotte de sa femme qui le sermonna :

— Vas-tu te taire, nigaud !

Les rires redoublèrent. Sibylle, considérant qu'elle avait une alliée dans la place, puisa dans l'intervention de la femme la volonté de poursuivre sa démonstration :

— Ils sont cousins, oui ! Et comme nous, ils sont enfants du Seigneur. Le même sang coule dans nos veines et dans celles de nos frères chrétiens d'Espagne.

— C'est pas faux, acquiesça un manant en se tournant vers les autres.

Un vieillard protesta :

— Pour ce qu'ils nous ont récompensés, nos frères d'Espagne, comme vous dites ! Mon grand-père était à Barbastro en l'an de grâce 1064 et il en est revenu Gros-Jean comme devant !

Plusieurs approuvèrent sa remarque d'un mouvement de la tête. Robert, pour lequel combattre aux côtés de Rotrou et de Gaston du Béarn avait été un honneur, avança d'un pas vers les mécontents, le visage hostile, prêt à châtier les impudents. Il alla se placer devant cette surprenante épouse qui, subitement, faisait de sa lutte de croisé de la foi son propre combat.

— Laissez-la parler ! trancha une villageoise qui s'était rapprochée de Sibylle et attendait la suite de son discours, suspendue à ses lèvres.

Elle n'était pas seule à guetter ses paroles. Agnès aussi était sortie de la masure. Par mimétisme, la vieille servante l'avait suivie, et toutes deux, postées sur le seuil de la maison, prenaient la mesure du revirement qui s'opérait sous leurs yeux.

Sibylle enchaîna :

— Oublions les perfidies passées ! Vos aïeux étaient en Terre sainte, vos pères à Antioche ! C'est grâce à leur audace que la Vraie Foi de Notre-Seigneur a été rétablie dans la cité de Jérusalem, ne laissez pas l'infidèle menacer la chrétienté jusqu'à nos portes ! Laisserez-vous l'idolâtrie envahir le royaume d'Espagne ? Faites vôtre le courage de leur jeunesse !

En entendant le nom de Jérusalem, un frisson d'orgueil parcourut l'assistance. Robert lui-même ne put rester insensible à cette évocation. À l'égal de tous les vétérans des croisades présents, il avait encore à l'esprit les souffrances endurées là-bas en cette terre étrangère. Elles n'avaient d'égal que la fierté d'avoir arraché la ville sainte aux païens. Certains bombèrent le torse, d'autres redressèrent la tête et captèrent les regards admiratifs des femmes ; et tous alors comprirent la portée des paroles de Sibylle. Sa voix s'éleva de nouveau dans le silence qui s'imposait parmi l'assistance troublée et émue. La main de Robert se referma avec émoi sur l'épée qui avait œuvré pour le Christ.

— L'exemple du valeureux Charlemagne ne nous montre-t-il pas le chemin ? clama Sibylle. Mettons nos pas dans les siens ! Allons établir nos campements au pied des murailles de Saragosse ! Arrachons Saraqusta la Maure aux griffes des gentils ! *Deus lo vult*[1], mes frères ! *Deus lo vult !* termina-t-elle en brandissant la croix de Robert.

Elle éleva le précieux crucifix au-dessus de sa tête. Robert mit aussitôt un genou en terre, dégaina son épée, vaillante compagne d'infortune et de gloire, éternellement dédiée au service de Dieu, et appuya les deux mains sur le pommeau. Les humbles manants qui entouraient le couple de leurs seigneurs l'imitèrent.

Le spectacle de tous ces villageois agenouillés devant Sibylle arracha un rire niais à la servante édentée. Agnès, le visage barré par la contrariété, la fulmina du regard. Sibylle gagnait une manche dans une partie que la sœur de Galtier

1. Cri d'acclamation signifiant en latin : c'est la volonté de Dieu.

aurait juré perdue d'avance. Sa jeune maîtresse, dominant la masse des paysans recueillis, échine courbée, portait toujours à bout de bras la croix du Christ. Une clameur unanime monta dans le ciel :

— *Deus lo vult !*

Une brise souffla soudain, dispersant les nuages de pluie. Le ciel s'éclaircit, lumineux. Aussi rapide qu'un claquement de fouet, le soleil darda ses rayons sur les joyaux du crucifix qui scintilla alors de mille feux coruscants. Sibylle joignit de nouveau sa voix à celle de tous ceux qui restaient inclinés devant elle. Elle sourit. La volonté du Seigneur lui montrait la voie.

16

À partir de ce jour, Robert Burdet considéra Sibylle d'un œil nouveau. Non pas qu'il l'admirât, non. Mais il se prit à penser que cette vierge effarouchée, déflorée à la hâte le soir de leurs noces, pouvait servir ses aspirations les plus ambitieuses. Cette étrangère venue de la lointaine Angleterre pour l'épouser n'avait-elle pas réussi là où, lui, le seigneur du lieu, avait lamentablement échoué ? Elle avait su trouver les arguments, les mots et le ton de voix qui avaient vaincu les réticences des poltrons de son misérable fief. Le vertige le saisissait quand, en pensée, il revoyait les villageois de Culei s'agenouiller un à un devant elle à ses paroles et baisser la tête comme un seul homme en signe d'obéissance au Seigneur Dieu tout-puissant. Lui-même avait ployé un genou en terre. Mais il ne fallait pas s'y tromper : cet acte n'était en rien un gage de soumission à Dieu ; il n'avait fait que saisir la balle au bond. Les manants de Culei, Sibylle, et lui, Robert Burdet, ne faisaient alors qu'un dans cette ardente volonté de servir le Christ. Et mes intérêts, sourit-il en son for intérieur. Une idée trottait dans sa tête. Se pouvait-il que ce frisson d'exaltation, qui l'avait si profondément étonné quand Sibylle, dans la maison de son père à Sidmouth, avait reçu la croix qu'il lui destinait, fût le terreau sur lequel germerait sa propre gloire ?

Il en fut intimement persuadé quand, au matin de leur départ vers l'Espagne, il découvrit la cour du logis encombrée de carrioles, de montures et de paysans attendant l'ordre de se mettre en route. Ceux qui, la veille encore, avaient boudé ses propositions, révélaient maintenant une ardeur inattendue. Toute leur énergie était entièrement vouée aux préparatifs de croisade à laquelle Sibylle avait su les rallier. Partout dans la cour, des hommes s'affairaient autour de mulets efflanqués, en sanglaient les bâts où s'entassaient leurs maigres possessions, consolidaient les ridelles des carrioles et y accumulaient cognées, houes et serpettes, tonnelets de cidre ou sacs de grain. Tandis que les enfants couraient de groupe en groupe, les plus âgés regardaient admiratifs les fils, les frères ou les cousins sur le départ ; ils enviaient leur audace et leurs promesses de gloire. Les mères, elles, savaient que le chemin serait long, et dans des gestes maladroits qui trahissaient leur émotion, glissaient de gros pains ou des sachets de terre normande dans les besaces des êtres chers. Nul ne pouvait dire quand ils reverraient la Normandie.

Les femmes n'étaient pas en reste. Sibylle avait forcé leur admiration et éveillé des ressources insoupçonnées dans chacune d'entre elles. À son image, le soir dans leurs pauvres cabanes, elles avaient à leur tour harangué leurs hommes avec la même conviction. Leurs arguments avaient chatouillé leur orgueil. L'idée de rejoindre leurs frères d'Espagne s'était progressivement immiscée dans tous les esprits. Ne seraient-ils pas fiers d'eux quand ils rentreraient au pays couverts de gloire ? avaient-elles avancé devant les plus frileux. Et quand à la veillée, leurs petits-enfants, les yeux pétillants d'admiration, leur demanderaient de raconter encore et encore leurs exploits en terre d'Espagne ? Le service de Dieu leur apporterait prestige et bonne renommée ici-bas, mais avaient-ils pensé un instant que, une fois leurs tièdes hésitations disparues, la grâce éternelle leur serait concédée et qu'une place aux côtés du Seigneur leur reviendrait de droit au paradis céleste ?

Mais elles avaient fait plus. Par amour ou par fierté. Sibylle, la jeune épouse de leur seigneur, avait démontré qu'elle était plus qu'une frêle mariée soumise aveuglément à la volonté de son époux. Sa petite stature, ses longues boucles rousses, sa taille gracile ne l'avaient pas empêchée de s'imposer à tous les manants du village. Juchée martialement sur sa botte de paille, revêtue de son armure de guerrière, elle avait réussi à faire valoir ses arguments. Et à leur en remontrer à tous ! pensaient les plus espiègles en souriant. Elle n'avait pas laissé sa place. Et ce matin-là, elles étaient nombreuses celles qui, à son exemple, ne voulaient pas non plus être reléguées au second plan.

C'était Jeanne, cette toute jeune villageoise, qui ne voulait pas quitter son Martin. Ils s'étaient fiancés à l'automne et formaient le projet de s'épouser à la Saint-Jean, racontait-elle aux femmes réunies dans la cour.

— Nous nous marierons en Espagne, avait-elle murmuré à l'oreille de son amoureux en l'embrassant.

C'était Mathilde, une matrone imposante, toute en chair, entourée de sa marmaille comme une poule sa couvée, qui disait :

— Eh bien moi, mon Jean, si je l'avais laissé faire, je crois bien qu'il nous aurait plantés là sans souci. Mais pas question ! (Elle caressa son ventre rebondi.) Je veux que le père de mon enfant soit présent quand mon petit drôle va naître. Je pars aussi !

Les femmes hochèrent la tête devant sa détermination. Toutes avaient une excellente raison de ne pas demeurer à Culei. L'une d'elles, Guillaumette, petite femme rondelette, prit la parole à son tour :

— Je vais avec toi, ai-je dit au mien. Qui te fera la cuisine autrement ? Il se damnerait pour un de mes pâtés, précisa-t-elle. Qui sait ce que l'on mange là-bas ? Des racines ? lui ai-je dit.

Les autres pouffèrent de rire à sa remarque. Elle reprit :

— Il est tellement de la goule qu'il n'a même pas cherché à discuter ! Il m'emmène !

Les rires redoublèrent. Aëlis, une jeune apprentie guérisseuse qui jusque-là les écoutait discrètement, intervint aussi, et malgré le rouge qui lui montait aux joues, expliqua en baissant la voix :

— Avant d'entrer dans le lit, je me suis agenouillée et j'ai adressé une prière au Seigneur à voix haute.

— Que lui as-tu demandé ? s'enquit une autre pour l'encourager à poursuivre.

La jeune épouse lui fit un clin d'œil malicieux et joignit les mains. Elle répéta sa prière de la veille pour elles :

— Ô Dieu tout-puissant, donnez-moi la force de fermer ma couche à mon époux qui refuse de combattre pour Votre Sainte Gloire !

Les femmes se poussèrent du coude, en roulant des yeux amusés.

— Et alors ? demanda l'une.

— Je pars ! Je pars maintenant, a crié mon Mathieu en me relevant. Pas maintenant, dadais, lui ai-je dit, il fait nuit noire ! (Elle s'empourpra davantage.) Alors allons nous coucher, ma douce, m'a-t-il répondu.

Les autres s'esclaffèrent de rire, se firent des œillades grivoises et poussèrent des soupirs facétieux.

— Moi, je n'ai pas besoin d'un homme pour partir ! J'irai seule ! clama Margaux, la meunière, les mains sur les hanches.

— Seule ? se récrièrent la plupart des femmes devant la déclaration résolue de leur compagne.

— Mais tu ne peux voyager seule ! protesta en roulant des yeux effarés Roselyse, la plus jeune fille du groupe. Ne crains-tu pas d'être attaquée ?

— Eh bien, je me défendrai ! J'en ai vu d'autres ! Ceux qui ont voulu attenter à mon honneur, tout coriaces qu'ils étaient, s'en souviennent encore !

Les femmes sourirent. Elle en était capable, elle qui vivait seule au moulin hérité de son père. Toutes se rappelaient le dernier galant en date, un dénommé Étienne, trop pressant au goût de Margaux, qu'elle avait promptement envoyé barboter dans une fosse à purin.

Nicolette, une ingénue rêveuse aux grands yeux noirs ombrés de longs cils, les interrogea :

— Croyez-vous que nous verrons des licornes ?

Sa question les désarçonna. L'une fit une moue ignorante, une autre haussa les épaules, la plupart gardèrent le silence, incapables de lui fournir la moindre réponse. Et Guillaumette trancha d'une énigmatique formule :

— Peut-être bien que oui, peut-être bien que non !

Des saluts respectueux fusant dans la cour les détournèrent de leurs réflexions. Tous les regards convergèrent vers Sibylle. L'épouse du seigneur, en tenue de guerre, circulait des uns aux autres, talonnée par ce serviteur malingre et bossu qui ne la quittait pas depuis son arrivée. Sibylle s'arrêtait à chaque groupe, demandait les identités de chacun, donnait des conseils. Galtier vérifiait l'état des carrioles, pourvoyait les plus démunis de peaux ou de couvertures, hissait les enfants à l'intérieur. À peine était-il arrivé à leur hauteur que Nicolette se précipita vers lui. Elle n'était jamais allée au-delà de son village natal. Ignorante des manières de cour, elle ne sut comment s'adresser à lui et demanda en se tortillant :

— Me... Me... ssire, en Espagne, verrons-nous des licornes ?

Galtier se gratta le menton et réfléchit un instant. Verrait-on là-bas des licornes ? Rien n'était impossible. Ne formait-il pas toujours le projet de s'élever dans les airs ? Pourquoi ne verrait-on pas des licornes ?

— On dit que la beauté virginale des jeunes filles a le don de les attirer. Elles viendront à vous, répondit-il sans remarquer le rosissement soudain des joues de Nicolette.

Mais déjà Sibylle l'appelait. Elle était montée sur son vieux roncin, à la droite de Robert, qui, lui, chevauchait un splendide destrier. Galtier courut se placer aux côtés de son amie. Robert leva la main puis l'abaissa pour donner le signal du départ. Sous la bénédiction d'Orderic Vital qui les avait rejoints, le charroi se mit en branle en silence. L'émotion se lisait sur tous les visages. Tous partaient en quête d'absolu : la gloire du Seigneur, des exploits fabuleux, une renommée prestigieuse ! Au détour du petit village de Culei et au bout de ce long chemin, une aventure inoubliable les attendait.

C'était dit ! On verrait des licornes !

17

Galtier plissa les yeux. Depuis l'arrière de la carriole où il avait la garde des différents effets et du coffre de Sibylle, il scrutait le long serpent humain qui se déroulait derrière lui. Malgré tous ses efforts, il n'en distinguait pas la fin. Il semblait bien que la renommée de leur expédition eût précédé le petit convoi parti de Culei. Au détour du moindre hameau, à l'entrée de chaque gros bourg, villageois et paysans, les prêtres de leur paroisse en tête, se massaient là, dans une ambiance bon enfant, pour les voir passer. C'était à qui les saluait de la main ou leur tendait une outre de vin clairet. Les notes aiguës des fifres encourageaient les retardataires, les vivats enthousiastes stimulaient les pusillanimes, et chaque membre du cortège oubliait alors la fatigue du chemin. Les plus généreux partageaient le pain et les conseils : il fallait penser à se munir de clous pour les chaussures avant de traverser les Pyrénées, on n'en pourrait plus trouver avant longtemps dans ces parages désolés ; les forêts épaisses de pins et de fougères pouvaient cacher bien des traquenards, les embuscades, les sources empoisonnées étaient choses courantes ; il en fallait peu pour se faire détrousser ! ajoutaient ceux qui avaient fait le pèlerinage jusqu'à Compostelle.

Les acclamations redoublaient quand des chevaliers apparaissaient, caracolant sur leurs fiers destriers, et paradaient, éblouissants, au milieu de la multitude des piétons. On admirait les longues épées pendant aux baudriers, les spectaculaires masses d'armes accrochées aux selles des montures, et plus encore la détermination implacable qu'affichaient les nobles guerriers sous leurs casques à nasal. Car nombreux étaient ceux qui avaient répondu à l'appel du comte du Perche. En pays normand, ce dernier avait pris le relais d'Esteban, l'évêque de Huesca mandaté au-delà des Pyrénées par Alphonse le Batailleur pour rallier à sa sainte cause les nobles qui s'étaient autrefois croisés pour la défense de Jérusalem. Les barons étaient accourus de toutes parts pour aller prêter main forte à son cousin, le roi d'Aragon. Sylvestre de Saint-Calais, qui avait délaissé ses terres de Nogent, avait été parmi les premiers à lui prouver sa fidélité, Gautier de Guidville était venu de l'Eure, Guiardus de Beauvais avait quitté sa Picardie natale, jusqu'à Réginald de Bailleul qui les avait rejoints depuis l'Angleterre ! Quant à Robert Burdet, il était bien entouré : Roger de Falaise et Raoul de Condé lui avaient immédiatement apporté leur soutien, sans hésiter.

Le flot humain grossissait de jour en jour. Les guerriers de la foi n'étaient pas les seuls à s'acheminer vers l'Espagne. Les jacquets encombraient les routes de leurs joyeuses bandes ; depuis des temps immémoriaux, coiffés de leur pétase et s'appuyant sur des bourdons noueux, ils traçaient la voie pour tous ceux qui voulaient rejoindre le saint sanctuaire de l'apôtre Jacques en Galice. On les entendait venir dans le lointain ; les *ultreïas* sonores de leurs chants enthousiastes annonçaient leur présence à la ronde : *ultreïa !* toujours plus loin, clamaient-ils avec ferveur. Toujours plus près de Dieu, pensait Sibylle avec émotion, troublée de leur commune proximité de destin. Humbles manants, intrépides chevaliers, robustes lavandières, infatigables vivandières ou jouvencelles, guerrières comme elle, toutes et tous poursuivaient le même but : servir Dieu ! D'autres voyageurs encore entreprenaient la traversée des Pyrénées et mettaient leurs pas dans ceux des pèlerins. Ils s'arrêtaient aux mêmes auberges, enduraient les mêmes tourments et buvaient aux mêmes sources. C'étaient des colporteurs, des cordonniers, des peaussiers, des bouchers, des boulangers, jusqu'à un frappeur de monnaie ! Ceux-là n'iraient peut-être pas jusqu'à Saint-Jacques et s'arrêteraient avant, à Estella ou à Jaca. Ils y retrouveraient un cousin ou une sœur établie là-bas. Alphonse le Batailleur n'était pas chiche de privilèges et les exonérations de taxes sur les marchandises qu'il accordait attiraient nombre de *francos*, futurs colons désireux de s'établir sur les terres reconquises. À l'image de leurs parents, les nouveaux arrivés pourraient bientôt acheter maisons, vignes ou boutiques. La promesse d'une vie nouvelle les attendait.

Sibylle n'en doutait aucunement. Les puissants chants des pèlerins scandaient sa marche. Elle avançait d'un identique pas cadencé et partageait avec eux un semblable idéal de dépassement. C'était imprégnées de cette effervescence que les troupes arrivèrent au col du Somport. Les inhabituels paysages de montagne, les cimes vertigineuses des sapins poudrés des premières neiges, les gouffres résonnant des cris stridents des rapaces éblouirent tous ceux qui n'étaient pas coutumiers de ces voyages. Depuis l'arrière de la carriole, Galtier suivait les évolutions des aigles et des vautours qui tournoyaient au-dessus des têtes ébahies. Il en étudiait leurs arabesques dessinées dans un ciel limpide et pur, sautait parfois de la charrette à la hâte, ne ratant pas l'occasion de ramasser une majestueuse plume d'oiseau de proie. Il la brandissait alors en direction de Sibylle puis l'engrangeait dans un gros sac serré à côté du coffre de sa maîtresse. Dès que l'on franchirait les Pyrénées, toutes les aspirations les plus audacieuses se réaliseraient : servir Dieu, ou voler ! C'était la même façon de s'élever ! En apercevant les crêtes enneigées, un frémissement s'emparait de tous car un destin exceptionnel les attendait derrière ces sommets immaculés.

La tête emplie d'espoirs fous et de projets intrépides, on fit halte à l'hôpital Santa Cristina. Une douzaine de frères augustins y résidaient, entièrement dévoués aux voyageurs. Ils se dépensaient sans compter, lavaient les pieds, rasaient les hommes, fournissaient vêtements et chaussures de rechange, et invitaient chacun à se restaurer de potages fumants et de brouets parfumés. Tous y avaient leur place : les plus modestes logeaient dans un grand bâtiment rectangulaire, pourvu de nombreuses chambres séparées, et les nobles sires un peu plus loin, près du vieux pont, dans la demeure du prieur Guillermo de Lafita, contiguë à la petite chapelle de Santa Bárbara.

Des hommes en armure y entouraient une riche litière aux rideaux tirés qui stationnait là. Une bannière fichée en son sommet ondoyait au vent. Elle se gonfla soudain sous une rafale et Sybille y aperçut, se détachant sur un fond jaune, deux vaches d'un rouge vif. Son cœur bondit dans sa poitrine. Les armes du comte de Béarn ! Comme eux, Gaston le Croisé avait donc choisi de s'arrêter quelque temps à l'hôpital Santa Cristina ! Était-ce lui ce chevalier qui se courbait vers la noble dame se montrant à l'encadrement de la portière et à laquelle il tendait la main ? Le premier mouvement de Sibylle fut de se précipiter jusqu'au petit groupe pour être présentée à Gaston de Béarn et lui dire combien elle admirait ses idéaux de guerrier de la foi. Mais elle réprima son élan ; la bienséance lui interdisait d'aborder de si nobles personnes sans y avoir été invitée. Elle devrait attendre que son époux l'introduisît auprès de lui. Ne lui avait-il pas dit qu'il l'avait côtoyé en Terre sainte ? Elle le chercha des yeux. Mais où donc était Robert ? s'impatienta-t-elle en jetant de nouveau un coup d'œil autour d'elle. Sans doute était-il resté en queue du convoi des Normands pour contrôler que chacun eût bien compris les consignes relatives à leur séjour au Somport. Elle enverrait Galtier à sa recherche. L'avisant, adossé à un des longerons de la charrette, elle s'avança vers lui et demanda :

— Galtier, n'as-tu pas vu mon époux ? Le comte du Béarn est là, mais je ne peux aller le saluer seule. Robert doit m'accompagner, il le connaît. Va lui dire que je l'attends à l'entrée du logis de l'abbé.

— J'y cours, ma noble dame, lui sourit Galtier en sautant à terre. J'ai entendu dire que le comte Rotrou venait d'arriver ; je le trouverai sûrement auprès de lui.

La jeune femme le regarda s'éloigner, revint se poster à la place qu'elle occupait précédemment et ne quitta plus des yeux les preux chevaliers s'affairant autour de la litière.

Galtier traversa à vive allure les groupes d'hommes et de femmes du convoi normand. Tous connaissaient maintenant le jeune bossu qui les amusait le plus souvent à leur raconter son désir fantaisiste de voler. Ils étaient habitués à voir sa silhouette disgracieuse escalader les talus ou fourrager dans les taillis pour y dénicher une plume de rapace. Beaucoup lui faisaient un signe amical de la main. Il s'arrêta de-ci de-là, s'enquit du chevalier, recueillit les informations et répondit aux sourires. Robert Burdet était introuvable ! Il commençait à se lasser quand il aperçut la tunique bise d'Agnès se profilant au détour d'une remise. Peut-être pourrait-elle le renseigner. Il l'appela mais elle n'entendit pas sa voix, couverte par le bruit des chevaux, des carrioles et des hommes se rapprochant, harassés mais joyeux, de l'hôpital Santa Cristina. Elle passa l'angle du bâtiment sans se retourner. En toute hâte, Galtier se fraya un passage parmi les voyageurs. Il contourna la petite grange et y pénétra. La pénombre ne lui laissa voir que deux corps enlacés s'étreignant avec fougue. Mais ses yeux s'habituant bientôt à la semi-obscurité, il identifia les deux amoureux. Sa sœur lui tournait le dos, lovée dans les bras d'un homme qui la serrait contre lui. Agnès embrassait Robert Burdet à pleine bouche.

En un éclair, celui-ci perçut la présence de Galtier, et sans lâcher Agnès, l'apostropha avec dédain :

— Hors d'ici, vermine !

Galtier frémit de rage, en entendant le surnom trop connu dont l'affublait autrefois le père de Sibylle. Il serra les poings et s'apprêtait à interpeller Agnès, quand celle-ci, surprise, se retourna, et avant que Robert n'allât foncer sur son frère, lui barra le chemin. Elle l'implora :

— Pitié, Seigneur, ce n'est que mon frère ! Il n'a pas voulu…

Robert l'écarta brutalement et dégaina son épée. Il avança à grands pas vers Galtier et la lui planta sous le nez puis l'appuya sur sa gorge. Une goutte de sang perla sur la peau malmenée. Agnès s'accrocha au bras de son amant et le supplia de nouveau :

— Pitié, messire, il ne dira rien. Je vous en conjure !

Le regard de Robert dévia de sa proie. Il contempla Agnès un instant et ricana sinistrement :

— Il ne dira rien... parce qu'il n'a rien vu !

Et menaçant de nouveau Galtier de sa lame, avant de le laisser partir il lui ordonna :

— Tu n'as rien vu, la vermine. Tu entends ? Tu n'as rien vu.

18

— Sang du Christ! s'exclama le Croisé. Une femme sous ce harnois! Et qui plus est, la vôtre, mon ami!

Gaston de Béarn ne finissait pas de s'étonner de cette jouvencelle aux traits presque enfantins, au corps gracile étouffé sous une lourde cotte de mailles, l'épée gaillardement ceinte au côté. L'espace d'un instant, Robert regretta d'avoir tardé à rejoindre son épouse; s'il avait pu anticiper la remarque du comte, il aurait ordonné à Sibylle de passer un vêtement approprié à sa condition féminine. Quant à Sibylle, lorsqu'elle avait été introduite auprès du Béarnais, toute à l'émotion d'approcher le héros d'Antioche et de Jérusalem, elle en avait oublié le retard de Robert. Pourtant, quand Galtier, rentré bredouille et penaud, lui avait annoncé auparavant qu'il n'avait pu mettre la main sur lui, elle avait pesté contre ce mari négligent et grossier qui ne s'inquiétait nullement de son sort. Ce n'était pas qu'elle regrettât sa compagnie, mais sa position d'épouse valait bien quelques égards! Les fines particules descendant des cimes embrumées vers la vallée avaient achevé de l'agacer; elle était transie de froid et s'était collée à son vieux roncin pour en sentir la chaleur. Puis, pour tromper l'attente, elle était allée chercher une ration de picotin pour l'animal, et tandis qu'il l'engloutissait, elle avait regardé avec envie les amis de Robert,

Raoul de Condé et Roger de Falaise ainsi que les chevaliers de la maison de Béarn, pénétrer un à un dans la demeure de l'abbé. N'y pouvant plus tenir, après avoir hélé Galtier, elle lui avait confié sa monture pour qu'il la menât à l'écurie de l'hôpital. Elle avait alors décidé de ne pas attendre davantage le bon vouloir de Robert.

Elle se dirigeait d'un bon pas vers l'entrée du bâtiment et allait s'annoncer aux gardes qui en barraient la porte, lances croisées devant eux, quand le cheval de son époux lancé au galop l'en avait empêchée. Robert pénétrait à bride abattue sur l'esplanade. Il avait tiré fermement sur le mors, faisant se cabrer l'animal, et bondi lestement à terre.

Sibylle fronça les sourcils de mécontentement. Elle allait ouvrir la bouche pour l'incriminer mais Robert la devança et feignit de déplorer sa solitude. Bien qu'il fût sûr que ce pleutre de Galtier n'eut pas éventé la scène dont il avait été témoin, il se dit qu'il était préférable de donner le change. Le chevalier de Culei opta pour la ruse. Il ne fallait pas donner la moindre prise aux soupçons de Sibylle; il improvisa de lui témoigner un semblant de sollicitude. Les armes du Béarnais flottant sur la litière lui suggérèrent immédiatement la marche à suivre. Il savait l'admiration de Sibylle pour le Croisé. Il décida de l'aiguiller sur la noble figure du comte.

— Ah, ma dame, vous êtes là! J'ai interrogé vos femmes. Aucune n'a pu me dire où vous étiez.

Puis, sans lui laisser le temps de répondre, il la saisit promptement par le bras et l'entraîna rapidement à sa suite.

— Venez, ne tardons pas! Le comte du Perche est arrivé. Il doit être à l'intérieur avec Gaston de Béarn. Je serai fier de leur présenter mon épouse.

Il fut, bien sûr, impossible à Sibylle de laisser libre cours à ses reproches. Ils s'évaporèrent d'eux-mêmes en présence des deux comtes et de toute l'assemblée de leurs compagnons. Tous observèrent sa tenue avec curiosité et étonnement, et la rencontre qui faisait précédemment la joie de Sibylle se teinta alors d'une gêne croissante à être ainsi l'objet de l'examen de tous ces grands seigneurs qu'elle ne connaissait pas. Elle se surprit de nouveau à maudire Robert qui l'introduisait ainsi à la hâte sans avoir décliné sa noble ascendance paternelle qui, elle n'en douta pas, lui aurait valu la considération qu'elle méritait. Son embarras et sa rage croissaient sans entrevoir le moyen d'échapper à l'inconfort de la situation. Une femme vêtue d'une élégante robe d'un vert tendre rehaussée de galons dorés fendit le groupe des chevaliers et vint inespérément à son aide.

— Mes nobles sires, cessez donc de tourmenter cette jouvencelle ! Que vous chaut qu'une armure cache mâle ou femelle si la personne qui la porte voue son existence au service de Notre-Seigneur ?

Le silence qui s'ensuivit témoigna que l'embarras changeait de camp. La femme qui tirait Sibylle de ce mauvais pas n'était autre que la comtesse de Béarn.

— Je ne dis pas, comtesse Talesa, répliqua Rotrou du Perche, mais ne vaut-il pas mieux épargner à une femme tous les tourments de la guerre ?

Les chevaliers présents acquiescèrent dans un murmure. Il s'en trouva un pour ajouter :

— La douceur du logis sied bien mieux à la gent féminine.

— Filer la quenouille, veiller à l'éducation de nos héritiers, sont leurs plus beaux engagements sur cette terre, commenta un autre.

— Jamais de ma vie je n'aurais voulu exposer ma tendre épouse, la comtesse Mathilde, aux dangers de notre expédition. Elle m'attendra dans notre foyer de Nogent jusqu'à mon retour. C'est là que l'honneur d'une faible femme est le mieux gardé, s'empressa d'ajouter Rotrou du Perche, péremptoire.

Les grands yeux noirs de la comtesse s'enflammèrent d'indignation :

— Qu'est la sécurité d'un foyer quand les combats qui font rage viennent mettre à sac un pays tout entier ? Quand les femmes ne sont pas des prises de guerre ! Pensez-vous, beau sire, qu'une faible femme, comme vous dites, soit incapable de défendre sa vertu ? Pour ma part, je me refuse à n'être qu'un lot du butin ! Prenons demain une dague ou un arc, et je m'engage à vous en faire la démonstration !

Gaston de Béarn éclata de rire devant l'air confondu de Rotrou et l'avertit :

— Je vous l'avais bien dit, mon cher Rotrou, mon épouse la comtesse Talesa est presque aussi querelleuse que son cousin Alphonse le Batailleur !

— La vaillance de son cœur n'a d'égal que sa grande piété, flagorna Robert.

Sans succomber à la flatterie du chevalier normand, la comtesse Talesa s'octroya le dernier mot :

— La même que celle qui anime votre digne épouse. Venez, ma chère, pria-t-elle Sibylle en la prenant par le bras. Passons dans mes appartements, je veux vous montrer les deux chandeliers en argent dont je veux faire l'aumône à l'hôpital.

Puis, comme elles quittaient la pièce, la comtesse se pencha vers Sibylle, et lui confia, juste assez haut pour être entendue de tous :

— Si nous n'y prenions garde, mon enfant, la seule place qu'ils nous laisseraient, c'est au creux de leur lit !

19

La comtesse Talesa employa les trois jours qui suivirent à faire les honneurs de l'hôpital Santa Cristina à Sibylle. Elle connaissait parfaitement l'endroit car le comte Gaston et elle, tout comme le roi Pierre 1er d'Aragon autrefois, en avaient été les premiers fondateurs. La sécurité et le confort des pèlerins étaient au centre de ses préoccupations et elle avait à cœur de multiplier les refuges pour accueillir les marcheurs de Dieu. Elle apprit ainsi à Sibylle que le chantier qu'elle finançait depuis 1114, dans les bois des alentours de Mifaget, procurerait bientôt un hébergement sûr à tous les voyageurs arpentant le chemin de Saint-Jacques. Talesa d'Aragon était particulièrement attachée à l'hospice de Santa Cristina et dotait régulièrement cette halte salutaire de généreuses subventions. À chacun de ses passages au monastère, elle délestait aussi son bagage de précieuses lampes en or, de chandeliers en argent joliment ciselés et de devants d'autel délicatement ouvragés. C'était encore sous son impulsion que son cousin Alphonse le Batailleur cédait aux frères augustins de gras pâturages pour y faire paître leurs troupeaux.

Dès les premiers instants, Sibylle et elle s'entendirent à la perfection. La grande dévotion de la comtesse et ses largesses répétées impressionnèrent fortement l'épouse de Robert.

Celle-ci se reconnaissait dans les aspirations de Talesa, et quand elles assistaient ensemble à l'office divin de la petite église, la jeune femme adressait toujours la même prière fervente à Dieu : que toujours Il la guidât sur les pas d'une aussi sainte femme et qu'Il lui conférât la force d'égaler son excellence.

Dès lors, la négligence de Robert à son égard ne préoccupa plus Sibylle ; elle passa au second plan. La dame Burdet ne pouvait aucunement soupçonner que, loin de s'irriter de l'emprise que la comtesse exerçait sur son épouse, son mari s'en réjouissait. Cette halte de trois jours dans la communauté augustine du Somport était pour le chevalier l'occasion de retrouver ses vaillants compagnons d'Antioche et de Jérusalem. Les hommes passaient le plus clair de leur temps à évoquer leurs glorieux faits d'armes ou à se défier à la lutte, au maniement de l'épée et au tir à l'arc. Robert y ajoutait de furtifs rendez-vous avec Agnès.

Que Sibylle fût accaparée par Talesa arrangeait également Galtier. Une sensation de malaise l'avait envahi depuis qu'il avait surpris sa sœur dans les bras de Robert. Elle ne faisait que croître quand il se retrouvait en présence de son amie. Il était désappointé et ne savait quelle attitude adopter. Il n'oubliait pas l'avertissement de Robert : s'il révélait la vérité, il se mettrait en danger et dénoncerait aussi sa sœur, mais en persistant à se taire, il couvrait la déloyauté d'Agnès. Il décida de partir à la recherche de cette dernière et de lui parler.

Ses pas le guidèrent jusqu'au vieux pont. Le jeune homme était à peu près sûr d'y trouver sa sœur car, dès le premier jour, les femmes avaient pris l'habitude de s'y regrouper pour laver le linge qu'elles mettaient à sécher sur des cordes attachées aux branches des arbres. Elles se relayaient pour charrier et chauffer l'eau de la rivière qu'elles déversaient ensuite dans des cuviers en bois. Au fur et à mesure qu'il se rapprochait de l'espace réservé aux lavandières, il croisait des femmes qui allaient et venaient jusqu'au cours d'eau, manches relevées, transportant des toiles qu'elles étalaient sur l'herbe rase pour les exposer au soleil radieux de ce clément début d'automne. L'endroit bruissait de chants enjoués, de joyeux rires d'enfants et de conversations amènes. Entre les draps tendus sous les frondaisons, on apercevait des silhouettes féminines, à demi dénudées pour plus d'aisance, la chemise éclaboussée de l'eau de la rivière, tordant et essorant des pièces de linge. Les hommes étaient exclus de cette grande buanderie à ciel ouvert, et pour être sûres qu'aucun opportun ne vînt les déranger, les femmes avaient confié la garde de cet éphémère campement à Margaux, la paysanne de Culei qui tentait seule le voyage en Espagne. Assise sur un gros rocher plat, elle vit arriver Galtier de loin. Elle se leva à son approche, mains sur les hanches, et l'apostropha, sourcils froncés, méfiante devant cette intrusion masculine.

— Que viens-tu faire par ici, Galtier ?

— Je cherche Agnès, ma sœur.

Deux jeunes filles passèrent la tête entre une paire de draps. L'une d'elles, avisant la bosse du dos de Galtier, l'observa et lâcha avec impertinence :

— Je ne connais personne ici qui soit aussi contrefait que toi.

Les deux gamines ricanèrent sottement, mièvrement satisfaites de leur bêtise ; les mâchoires de Galtier se contractèrent ;

il allait remettre l'impolie à sa place quand une femme écarta brusquement les vêtements des cordes. Agnès les toisa :

— Rendez-vous utiles au lieu de parler sans savoir. Allez aider vos mères à la rivière.

Les deux effrontées déguerpirent tête basse, sans ajouter un mot. Margaux quitta sa place pour les accompagner et laisser le frère et la sœur en tête-à-tête. La plupart des femmes de l'expédition savaient que la jeune fille était la protégée et la maîtresse de Robert Burdet. Cette position lui valait quelques privilèges et lui conférait une autorité que toutes lui enviaient ; dans ces situations nouvelles et incertaines auxquelles elles étaient confrontées, il était assurément plus profitable de s'attirer ses faveurs que de la contrarier. Le silence s'installa entre le frère et la sœur qui les regardèrent un moment s'éloigner. Le jeune homme prit la parole le premier :

— Je suis venu pour te parler.

Agnès, si prompte à défendre Galtier précédemment, anticipa ses questions et devint soudainement fuyante. Elle esquiva son regard, lui tourna le dos et le congédia avec hostilité :

— J'ai beaucoup à faire et…

Galtier la rattrapa brutalement par le bras et entra dans le vif du sujet :

— Je te demande de résister aux avances de Robert Burdet. C'est l'époux de notre maîtresse et…

Ce fut au tour d'Agnès de l'interrompre avec véhémence ; elle dégagea son bras et répliqua sèchement :

— Et pourquoi devrais-je le repousser, si sa compagnie me plaît ?

— Mais parce qu'il est uni en mariage à Sibylle et que vous ne pouvez souiller ce lien sacré !

Agnès s'enflamma davantage :

— L'amour nous lie plus qu'une obligation conjugale ! Robert est à moi !

— Mais pense à Sibylle ! tenta Galtier de nouveau. Tu ne peux trahir sa confiance. Elle a toujours été bonne avec nous !

Agnès éclata de rage :

— Sibylle, bonne avec nous ? La bonté des Capra, éclata-t-elle d'un méchant rire, sais-tu bien ce que cela signifie ? (De son index pointé sur lui, elle tapota furieusement le torse de son frère.) Je vais te le dire. La générosité de Guillaume, son père, a consisté à envahir ma couche de fillette toutes les nuits ! Soir après soir, j'ai appris à serrer les poings, à me taire et à ravaler mes larmes pour qu'il ne nous renvoie pas du domaine, toi et moi.

Une claque reçue en pleine figure ne l'aurait pas davantage ébranlé. Les belles résolutions de Galtier s'évanouirent en un éclair. Face à la révélation de sa sœur, sa démarche lui parut soudain vaine. Il resta immobile, abasourdi et terrassé de douleur. Agnès planta fièrement ses yeux dans les siens et affirma :

— Robert me protège, lui. Il ne m'a pas séduite, je me suis donnée à lui. Ensemble, nous accomplirons de grandes choses. Il fera de moi une princesse. Il me l'a promis. Je ne laisserai pas passer cette chance.

Son regard s'adoucit, la hargne en disparut. Ses yeux s'embuèrent un bref instant. Elle pressa le bras de Galtier puis, la gorge nouée par l'émotion, elle en appela à la compassion de son frère :

— Personne ne m'a jamais défendue, Galtier. Personne! Tu comprends?

— Notre mère...

— Notre mère était morte depuis longtemps. Guillaume Capra nous aurait chassés, te dis-je!

— Mais Lesceline, pourquoi n'as-tu rien dit à Lesceline?

Agnès haussa les épaules. La fureur s'empara de nouveau de ses traits:

— Lesceline! ricana-t-elle férocement. Tu me parles de déloyauté, de trahison? Qui a été trahie, dis-le-moi! Notre mère m'a abandonnée, puis Lesceline a ignoblement fermé les yeux. Nuit après nuit, elle m'a laissé subir les assauts d'un homme qui est le père de Sibylle, mais aussi le tien! Voilà la vérité!

Elle lâcha ses derniers mots comme on décoche une flèche. Galtier la regarda sans y croire. Sa raison chancela. L'égarement le saisit. Démuni devant l'insoupçonnable et terrifiant secret d'Agnès, il n'eut plus qu'une envie: fuir l'insoutenable confession. Le visage ravagé de larmes, le cœur battant à tout rompre dans sa poitrine, en un clin d'œil, il fit volte-face et partit en courant se cacher au plus profond des bois.

20

Piétons et soldats ne pouvaient guère s'attarder plus de trois jours à la halte du Somport. Les moines de l'hôpital Santa Cristina faisaient ordinairement preuve d'une ferme intransigeance à ce sujet ; seuls les malades étaient autorisés à prolonger leur séjour. Quant aux autres voyageurs, il ne leur en coûtait guère de se plier à cette règle. Ils libéraient d'autant plus volontiers la place qu'ils étaient pressés de rejoindre la destination qu'ils s'étaient fixée.

Lors de l'office divin précédant le départ, de ferventes prières montèrent au ciel, chargées d'espoir et de gratitude envers le Créateur qui, dans Sa grande bonté, allait guider tous ces aventuriers vers une terre inconnue qu'ils conquerraient et peupleraient en hommes libres. L'émotion submergeait aussi Sibylle ; voyager de conserve avec la comtesse Talesa l'emplissait d'orgueil et de joie. Après la jonction de toutes leurs troupes au Somport, les grands barons avaient convenu de rallier la cour d'Alphonse Ier à Huesca pour mettre leur bonne volonté et leurs hommes à sa disposition. Chacun était impatient de servir le roi très chrétien, et la comtesse Talesa ne l'était pas moins. À l'image de Sibylle, ce matin de septembre 1115, elle avait revêtu une tenue guerrière, troquant ses nobles atours féminins contre un ample manteau porté ouvert sur un confortable gambison de cuir. Elles apparurent ensemble, juchées, l'une sur un cheval dételé de sa litière, l'autre sur son vieux roussin, mêmement pénétrées de l'importance de leur mission.

Les groupes se formèrent rapidement. Bénis par le prieur Guillermo, charrettes et mulets, marcheurs et chevaliers se lancèrent de nouveau avec la même fougue sur les routes bordées de fougères, hérissées de grands conifères. Les pierres des chemins serpentant entre les contreforts rocailleux roulaient sous les pieds des hommes et des bêtes. Les corniches escarpées de ces hauts sommets dentelés ne laissaient pas d'étonner artisans et paysans qui avaient déserté les vertes plaines uniformes de Normandie pour s'aventurer en terre d'Espagne. La majesté des précipices plongeant dans de minuscules vallées verdoyantes où paissaient çà et là de placides moutons fascinait les voyageurs. Surplombant un vertigineux abîme de granit, une colonie de vautours fauves poussaient des cris stridents qui firent alors tourner toutes les têtes dans leur direction. Nombreux furent ceux qui admirèrent, subjugués, le ballet des grands prédateurs aux larges ailes déployées, planant, prêts à fondre sur les proies qu'ils avaient repérées. Galtier, qui avait décidé de voyager seul, à pied, loin d'Agnès, dont la terrible révélation le hantait cruellement, retrouva le sourire. Fasciné par l'inédite apparition, il ne détachait pas le regard de la ronde imperturbablement régulière des volatiles se rapprochant inexorablement de leur groupe. L'espace d'un instant, il oublia la sinistre confession. Agnès elle-même semblait le fuir et, retranchée dans une carriole à l'arrière, elle n'en sortait la tête pour guetter la présence de son amant que de temps à autre.

Une mère du convoi, captivée elle aussi par le spectacle inattendu, ne se rendit pas compte que son enfant échappait à sa surveillance. Le garçonnet commença à trottiner, parfaitement indifférent aux oiseaux de proie évoluant dans le ciel. Il jouait à donner des coups de pied dans les cailloux du chemin quand il s'arrêta, soudainement statufié devant ce qu'il découvrait. Les cris affolés de sa mère qui le cherchait ne le détournèrent pas de la scène qu'il contemplait, pétrifié. Et quand enfin, il perçut sa présence à côté de lui, il pointa son petit index tremblant vers l'objet de sa fascination. Aux branches épanouies d'un chêne imposant, pendaient les corps de quatre pauvres hères énucléés, aux vêtements déchiquetés, des croix en bois brisées à terre sous leurs pieds. Effarée, la femme porta la main à sa bouche puis saisit son enfant à bras-le-corps. Elle le plaqua instinctivement contre elle pour tenter de le soustraire à l'effroyable vision. Des compagnons de route accoururent alors et, à la vue des suppliciés, la sidération les frappa à leur tour. D'autres les rejoignirent, voulant connaître la raison du ralentissement du convoi. L'épouvante se lisait sur tous les visages. Les commentaires horrifiés fusèrent.

— Par la Sainte Vierge ! s'exclama une femme, révulsée par la barbarie commise à l'encontre des malheureux pendus.

— Qui a pu faire cela, père ? demanda un jeune homme outré.

Un vieillard chenu devança la réponse paternelle et affirma :

— Le diable ! Seul le diable est aussi barbare !

À l'évocation du malin, une femme se signa, épouvantée. D'autres l'imitèrent, terrorisés. Il fallait être un démon pour s'acharner de la sorte sur ses victimes, pensaient la plupart de ceux qui étaient présents. Depuis combien de temps ces malheureux étaient-ils branchés à cet arbre, ballottés au gré de la bise montagnarde, offerts en pâture aux vautours, sinistres témoins se repaissant de leur chair exposée sans défense ?

Soudain, telle une longue plainte montant vers le ciel, un chant envoûtant déchira l'immensité azurée du ciel où tournoyaient toujours les voraces oiseaux de proie. La lancinante mélopée se répétait méthodiquement, et semblable à une coulée vénéneuse, elle s'immisçait dans les oreilles de chacun et les hérissait brutalement. Tous s'observèrent, cherchant dans les yeux de leurs voisins la réponse à l'énigmatique psalmodie. Personne encore parmi eux n'avait entendu de pareils sons. Quelqu'un lâcha, inquiet :

— Est-ce ainsi que chantent les licornes ?

— Les licornes, non. Mais le muezzin, oui, intervint Robert Burdet.

Le chevalier de Culei, inquiet de la paralysie du convoi, était accouru pour en connaître la cause. Sibylle, qui le talonnait, sentit poindre dans sa poitrine un élan de répulsion. La vue du sinistre martyre les emplit tous deux de rage et de dégoût. La voix de son époux, résonnant gravement, attira tous les regards sur lui. Sa réponse était aussi troublante que la question qui l'avait motivée. En dehors des croisés d'Antioche ou de Jérusalem, personne ne savait ce que recouvrait ce terme. D'autres cavaliers les rejoignirent promptement. Les vétérans des expéditions de Terre sainte, Rotrou du Perche et Gaston de Béarn en tête, corroborèrent ses affirmations. La comtesse, qui s'était rapprochée de son époux quand Sibylle avait suivi le sien, frissonna d'effroi aux commentaires qu'elle entendit de la bouche des chevaliers. Ils parlaient d'expérience. Combien de fois, dans ces contrées lointaines, le chant du muezzin n'avait-il pas écorché leurs tympans ? Ils savaient de longue date que son appel à la prière avait l'effet de souder les troupes infidèles et de les galvaniser avant l'assaut. Et qu'alors elles ne faisaient pas de quartier. L'attente du combat n'en était que plus angoissante.

Au fur et à mesure des explications fournies, chacun prit conscience de la proximité du danger. Tous frissonnèrent de peur. Les Sarrasins campaient tout près. Du regard, les hommes, méfiants, inspectèrent les fourrés, les mères, inquiètes, rappelèrent leurs enfants, les plus jeunes, apeurés, entourèrent leurs aînés. Des roulements de tambour obsédants et des bruits diffus de sabots de cheval achevèrent d'alarmer tous ceux qui étaient là. Les Maures fondaient sur eux ! Un vent de panique courut parmi l'assistance, et dans une débandade absolue, chacun ne pensa qu'à se prémunir de l'attaque. D'un même élan irrépressible, tous s'élancèrent vers les charrettes, un enfant terrorisé se glissa sous les roues d'une carriole, un père attrapa une fillette au vol et fila avec elle se mettre à couvert dans les fougères, de jeunes hommes s'emparèrent de gourdins, Sibylle et les chevaliers dégainèrent leur glaive, Galtier ramassa une pierre. Un escadron de lances venait vers eux à bride abattue.

— Paix ! Paix, vous autres ! hurla le comte du Perche, tentant d'endiguer la cohue.

Rotrou, soulagé, appelait au calme. Il avait reconnu les couleurs de l'évêque Esteban de Huesca dans la bannière du porte-enseigne. Le cheval de ce dernier caracolait en tête de la troupe et le prélat le mena à la hauteur des deux nobles. Les cavaliers descendirent à bas de leur monture et s'étreignirent chaleureusement, heureux de se retrouver après toutes ces années passées en Terre sainte.

— Ah, mes amis ! s'exclama Esteban, Dieu soit loué, vous êtes sains et saufs !

S'alarmant de ne pas apercevoir la comtesse, il dévisagea tous ceux qui l'entouraient. Son accoutrement masculin ne lui permettait pas de l'identifier. Quand il la vit enfin, il se dirigea vers elle, et submergé par l'émotion, déversa sur elle un flot de paroles inquiètes :

— Dame Talesa, vous êtes là ! Vous sentez-vous bien ? N'avez-vous pas enduré mille tourments ? Acceptez mon bras, je vous vois si pâle !

La comtesse sourit de sa sollicitude et le rassura :

— Je vais bien, don Esteban, ne vous inquiétez pas.

L'évêque soupira d'aise.

— Vous m'en voyez heureux, chère comtesse. Je ferais un bien piètre messager si je devais annoncer à votre cousin le roi que votre entrée dans son royaume vous a valu quelque désagrément.

Puis il expliqua qu'Alphonse le Batailleur, retenu à Huesca, l'avait envoyé pour les escorter jusqu'à la cour. Le roi avait toute confiance en celui qui avait été autrefois son précepteur et lui avait délégué cette mission. Les contrées montagneuses que les *francos* traversaient sans bien les connaître étaient propices aux embuscades. Ce n'était que depuis 1096 que la cour s'était établie à Huesca et la région était loin d'être pacifiée. Les fidèles catholiques de son évêché craignaient par-dessus tout les redoutables razzias des musulmans campant dans les environs. On ne donnait pas cher de l'existence de ceux qui avaient le malheur de tomber entre leurs mains : rapines, mutilations, esclavage menaçaient continuellement la population chrétienne.

— J'aurais voulu vous épargner ce sinistre spectacle, déplora Esteban. Je n'ai malheureusement pas pu arriver à temps pour dévier votre chemin du Mont des pendus.

Malgré la consternation qui les frappait et le désir de fuir au plus tôt ces dangereux parages, les grands barons et l'évêque décidèrent de concert d'emporter les dépouilles des pauvres suppliciés. Une sépulture chrétienne et une messe pour le repos de leur âme leur seraient données à Huesca.

21

L'escorte mandatée par le roi d'Aragon ne réussit pas à dissiper pleinement le malaise qui s'était emparé de l'ensemble des voyageurs. Quand ils reprirent la route, nombreux étaient ceux qui ne pouvaient chasser de leur esprit l'atroce vision des suppliciés mutilés. Il n'y avait pas jusqu'au paysage qui les déroutât : les thalwegs profonds, les escarpements rocheux, les épaisses forêts de conifères se succédaient, déconcertants de nouveauté. Leurs repères habituels étaient restés loin derrière eux : l'obsédant appel à la prière du muezzin s'était substitué à l'écho grave du bourdon de leur campagne ; les rassurants clochers des petites églises de village, fiables boussoles guidant les égarés, avaient disparu. Et les massives tours de guet et les imposantes forteresses semées de loin en loin aux crêtes des collines ne réussirent pas à calmer les inquiétudes. Autrefois érigées par les Maures, conquises pied à pied par les chrétiens, elles restaient une constante source de friction entre les deux camps. Leur haute valeur stratégique était un enjeu de poids et on ne comptait plus les attaques systématiques des musulmans pour les récupérer coûte que coûte.

Seule la vue des quatre-vingt-dix tours de Huesca, la capitale aragonaise, se détachant dans le lointain réussit à apaiser les esprits troublés. Telles des sentinelles de pierre géantes, elles surplombaient, invincibles, les environs d'une cité en perpétuelle alerte. Bien que Pierre d'Aragon, le frère d'Alphonse le Batailleur, l'eût enlevée d'arrache-pied aux Maures en 1096, ceux-ci n'en continuaient pas moins à convoiter la place forte dont ils avaient été dépossédés.

Bientôt, cavaliers et piétons, l'évêque Esteban de Huesca et les grands barons en tête, franchirent le pont sur l'Èbre. Ils pénétrèrent sous l'arche de la porte Sicarta où des soldats en armes, massés de chaque côté de la chaussée, montaient la garde. Tandis que des hérauts, revêtus des couleurs sang et or du roi d'Aragon, accouraient pour annoncer de leurs trompes dressées l'arrivée des nouveaux venus, des archers, postés dans les tours, surveillaient les moindres mouvements suspects à l'horizon, prêts à riposter à la moindre attaque.

Une multitude d'enfants au teint cuivré se faufila entre les charrettes et les chevaux, courant curieux parmi le cortège étranger. Des hommes, drapés dans leurs burnous, longs manteaux de laine bise à capuche, se regroupaient et commentaient l'irruption des membres du convoi dans la cité, et des femmes, aux innombrables parures d'argent cliquetant à leurs poignets, observaient les nouveaux arrivés, le bas du visage dissimulé derrière de fines gazes opaques. Les chevaliers, familiers des croisades d'Orient, y reconnurent les coutumes mauresques, mais les modestes villageois normands s'en étonnèrent. Tout en guidant son cheval dans les ruelles étroites de la cité, Sibylle ne cessait de jeter à droite et à gauche des coups d'œil scrutateurs et essayait d'appréhender l'étrange nouveauté des silhouettes entrevues. Rencognée à l'arrière de la charrette, Agnès, tremblant de peur, cherchait vainement Robert du regard, mais celui-ci paradait à la tête des grands barons et ne se souciait que de faire la démonstration de sa puissance combative. Galtier perçut le trouble de sa sœur, et malgré leur différend, s'en rapprocha imperceptiblement. Les compagnes de Sibylle, regroupées autour de la jeune guerrière et de la comtesse, détaillaient elles aussi avec curiosité chaque parcelle de ces nouvelles tenues vestimentaires. L'une d'elles, Jeanne, pointa du doigt un homme dont la tête était ceinte d'un turban conique, et s'exclama, provoquant alors les rires de ses compagnes :

— Mon Martin aurait bien fière allure avec un pareil couvre-chef !

Aëlis, qui la suivait de près, demanda :

— Dame Sibylle, avez-vous vu les atours de ces femmes ? Est-ce ainsi que l'on nous demandera de nous vêtir à la cour du roi ?

La comtesse Talesa partit d'un grand éclat de rire :

— Sachez, jeune ignorante, dit-elle en reprenant son souffle, que ce ne sont pas là vêtures de chrétiennes mais parures de Sarrasines.

— De Sarrasines ! s'écrièrent-elles en chœur, effarées.

Une autre femme de leur groupe, Nicolette, s'inquiéta :

— Les Sarrasins ! On nous avait dit qu'ils avaient été chassés de la ville !

Sa remarque tranchait avec ce que toutes pouvaient aisément observer : les Maures dépassaient bel et bien en nombre les habitants chrétiens de la cité.

— Tu auras mal compris, Nicolette, intervint Sibylle, le roi les a certes soumis mais ils sont maintenant sous sa protection. Ils sont devenus ses sujets.

— Sibylle a raison, compléta Talesa, quand ils ont capitulé après de longs mois de siège, le roi Pierre les a naguère autorisés à résider dans la ville.

La comtesse disait vrai. Lors de la capitulation, les habitants de Huesca étaient restés maîtres de leur destinée. Quitter la ville fut l'une des options possibles mais l'alternative proposée par le monarque aragonais rassura la majorité des vaincus : en contrepartie de l'allégeance promise au roi d'Aragon, ils pouvaient, sans renoncer à leur foi, continuer à séjourner dans le royaume aragonais. Un an s'était écoulé après la reddition, où tout le petit peuple des artisans, des commerçants et des laboureurs avait pu peser le pour et le contre. Leurs dirigeants optèrent majoritairement pour l'exil vers Grenade ou le Maghreb, mais les plus modestes choisirent d'aller s'installer dans la Morería, le nouveau quartier que Pierre d'Aragon leur attribua hors les murs. Il les assura de sa protection et, à sa mort, son frère Alphonse renouvela sa promesse. C'était ainsi qu'ils allaient et venaient à leur guise dans les rues de la cité pour ne rejoindre la Morería que le soir venu.

Tout en écoutant les explications de Talesa, les compagnes de Sibylle échangeaient des regards apeurés. Elles n'étaient pas encore remises de leur frayeur du Mont des pendus que la comtesse leur apprenait qu'elles allaient devoir côtoyer ceux-là mêmes que les grands barons appelés à la rescousse voulaient soumettre. Elles frémirent de peur. Car enfin, ces sujets musulmans du roi très chrétien, n'étaient-ce pas autant d'alliés potentiels des ennemis qui campaient aux portes de Huesca ? Elles regardèrent autour d'elles, prenant alors toute la mesure d'une situation à laquelle personne ne les avait préparées. Elles ignoraient que la même confusion régnait dans les esprits de ceux qui, farouches, observaient leur entrée dans la ville. Qu'auguraient ces passages de troupes bruyantes, armées jusqu'aux dents, qui venaient pour en découdre avec leurs frères d'al-Andalus, le territoire musulman que les chrétiens rêvaient de s'approprier ? De part et d'autre, c'étaient les mêmes regards appuyés, les têtes se tournaient pareillement pour dévisager les inconnus, et les commentaires laissaient filtrer des craintes identiques.

La première enceinte fortifiée disparut pour laisser place à l'antique muraille romaine. Le palais royal s'y dressait bien à l'abri, protégé par de gros murs épais. À l'entrée de l'imposant édifice, campé sur de solides jambes musculeuses, le roi Alphonse Ier attendait ses hôtes. Tout dénotait en lui l'homme de guerre accompli. De constitution robuste et de haute stature, démontrant un goût immodéré pour les affrontements à l'épée, il n'en dédaignait pas moins les combats à main nue ; la toile tendue de sa chainse révélait un buste et des bras régulièrement entraînés aux arts martiaux. Il avait la réputation d'être un homme violent et intraitable ; l'invincibilité de ses exploits le précédait sur les champs de bataille et faisait de lui un ennemi redouté. D'un commerce fruste, il ne goûtait guère les raffinements par trop subtils dus aux ambassades reçues en son palais. Et pour son ordinaire il préférait de loin un inconfortable lit de camp dans son tref royal au milieu de ses hommes qu'une couche moelleuse étouffée de caresses courtisanes.

À peine Rotrou du Perche fut-il en vue que le monarque aragonais s'engagea à grandes enjambées sur le pont-levis qui le séparait de son allié. Dès qu'il fut à la hauteur de son cousin, tous les barons et chevaliers descendirent de cheval, pliant un genou en terre en hommage au roi d'Aragon. Mais Alphonse, visiblement ému, balaya toute velléité de protocole, et d'un geste assuré releva son parent qu'il s'empressa de serrer sur son cœur. Tour à tour, il échangea avec les seigneurs présents de franches accolades que tous lui rendirent avec sincérité. Du haut de son cheval tenu en bride par Sibylle, la comtesse Talesa observait sans mot dire ces viriles embrassades, attendant que son cousin daignât remarquer sa présence. L'avisant enfin, Alphonse délaissa à regret le groupe des hommes pour se diriger vers elle. Il dévisagea brièvement Sibylle, étonné de la silhouette longiligne et des traits fins de celle qu'il prit pour l'écuyer de sa parente, l'écarta d'un geste autoritaire de la main et aida sa cousine à descendre de sa monture. Il n'y alla pas par quatre chemins et lâcha tout de go :

— Ma cousine, comme vous voilà attifée ! Est-ce l'inconfort de la route qui vous pousse à vous présenter devant moi dans un semblable accoutrement ? Ou douteriez-vous de la capacité de votre époux, et de la mienne, à assurer votre protection ?

Fier de sa saillie, il se retourna vers Gaston de Béarn et l'assemblée masculine, un sourire moqueur aux lèvres. Talesa, piquée par la rustauderie de son cousin, répliqua sans hésiter :

— Dans le combat pour la Vraie Foi, l'armée de Dieu, mon cousin, a besoin de tous ses enfants, hommes ou femmes.

— Allons, allons, trancha-t-il, contentez-vous de garder la place qui sied à Son humble servante. Quittez donc au plus tôt ces hardes indignes de votre sexe. Mon palais vous attend, vous pourrez y revêtir vos plus beaux atours pour lui faire honneur.

Sibylle et la comtesse échangèrent un regard offusqué ; Alphonse ne dérogeait pas à la réputation de goujaterie et de balourdise dont on l'affublait habituellement. Il n'appréciait pas la compagnie des femmes et ne s'en cachait pas. « Un véritable soldat ne doit vivre qu'avec les hommes, et non avec les femmes ! » avait-il coutume de claironner à l'envi. Les règles de courtoisie les plus élémentaires ne le concernaient pas. Il se désintéressa bien vite de sa cousine pour prendre Rotrou par le bras et l'entraîner vers sa demeure. Un rictus de contrariété barrait maintenant son visage. Cette femelle déguisée en homme ternissait la joie des retrouvailles. Elle ne lui rappelait que trop sa belliqueuse épouse Urraca dont le pape Pascal II venait enfin de légitimer la répudiation. Héritière du royaume de Castille et de León, elle n'entendait pas partager son trône avec lui et en réservait les prérogatives au fils qu'elle avait eu de son premier mariage avec Raymond de Bourgogne. Depuis lors, les deux époux étaient en conflit permanent et la guerre civile ravageait leurs royaumes. Plantant là sa cousine sans plus de façon, il ajouta, amer, à l'adresse de Rotrou :

— Femme qui guerroie, discorde sous le toit !

22

Comme un seul homme, la troupe des chevaliers s'engouffra à la suite du roi dans son palais. À son exemple, plus personne alors ne se soucia des dames. Interloquée par tant de muflerie, la comtesse Talesa ne se laissa pas impressionner pour autant et réagit immédiatement : elle héla un écuyer, lui flanqua la bride de sa monture entre les mains et emboîta énergiquement le pas aux grands seigneurs, imitée par Sibylle qui confia les rênes de son roncin à Galtier.

Quand elles pénétrèrent dans la grande salle du château, accompagnées par l'évêque Esteban de Huesca, Alphonse Ier célébrait l'arrivée de ses alliés à grand renfort de rasades de vin et de commentaires tonitruants. On riait fort, on se tapait ostensiblement dans le dos, et c'était à qui se promettait de soumettre en un tournemain les places fortes sarrasines les plus inexpugnables. Les butins dépasseraient en richesse tout ce que l'on pouvait imaginer !

— Rappelez-vous Barbastro, mes amis ! s'exclama Alphonse en entrechoquant son hanap à celui de Gaston de Béarn.

À l'évocation de la prestigieuse prise de Barbastro, les yeux de ses interlocuteurs brillèrent d'envie. La prise de la ville avait été une véritable aubaine. À l'époque, le pape Alexandre II avait fomenté une expédition pour reprendre la cité musulmane aux Maures, et les chevaliers venus de Normandie avaient été alors nombreux à franchir les Pyrénées, animés eux aussi du même désir de bouter les Sarrasins hors d'Espagne. Chacun dans l'assistance savait qu'à l'issue du long siège de 1064, entrepris au pied des murailles de la citadelle, l'impitoyable mise à sac de la ville exsangue avait généré des gains considérables. Robert renchérit :

— Et nous, les Normands, nous faisions partie des vainqueurs !

Un jeune garde de la suite du monarque s'étonna et demanda, ébahi :

— Vous étiez à Barbastro, messire ?

Le roi d'Aragon faillit s'étouffer en buvant tant il s'esclaffa, et tout en corrigeant son erreur, gratifia le soldat d'une taloche retentissante.

— Excusez cet ignorant ! s'adressa-t-il à Robert. Pour un peu, il vous affublerait d'une épée au berceau !

Les hommes rirent de la bévue incongrue du jeune homme et Robert expliqua :

— Je n'étais pas né, l'ami ! Mais j'ai entendu dire que le Normand qui réduisit la ville à merci, un certain Robert Crespin, s'empara d'un butin fabuleux ! En tout et pour tout, cinq cents caisses emplies d'or et d'argent ! précisa-t-il encore.

— D'ivoire, de soieries et d'épices ! compléta Rotrou.

— Sans compter les cinq cents Sarrasines dont il fit ses esclaves ! s'exclama le Béarnais, guignant de l'œil vers ses compagnons, provoquant leurs rires gras et lourds.

— Mes enfants, intervint l'un des leurs d'un ton sentencieux, vous oubliez que tous ces grands seigneurs s'étaient croisés pour le service de Dieu.

Les regards convoiteux s'éteignirent aussitôt et les sourires salaces disparurent instantanément. L'homme qui venait de prendre la parole avait jusque-là fait preuve de discrétion mais n'en avait pas moins suivi la conversation avec un grand intérêt. Une fruste croix de bois se détachait sur le plastron de son armure. Alphonse le rassura :

— N'aie aucune crainte, Ramiro, nous travaillons tous à la gloire du Seigneur. Toi, mon cher frère, depuis ton couvent, et nous, depuis ce bas monde. Il ajouta, goguenard : dont tu ignores tous les plaisirs !

La remarque du roi amusa ceux qui l'écoutaient. Il était su de tous que son frère Ramiro, puissant évêque de Burgos, ne goûtait guère les attraits mondains et qu'il leur préférait de loin l'isolement de sa cellule monacale. Seule la quiétude claustrale trouvait grâce à ses yeux.

— Ramiro le Moine ! insista lourdement Alphonse. Il n'y a pas à dire, tu mérites bien ton surnom, mon frère !

Une voix placide s'éleva à son tour, venant tempérer la bonne humeur royale. Elle émanait d'un individu petit et étique, perdu dans une grande coule de bure, et qui tenait compagnie au frère du roi Alphonse. Il n'était autre qu'Oleguer, abbé de Saint-Ruf d'Avignon, qui avait la pleine confiance du pape Pascal II. Le souverain pontife voyait en lui son plus farouche fer de lance de la croisade d'Espagne, et l'avait recommandé au comte catalan, Ramón Berenguer. Ce dernier, désireux d'obtenir l'appui aragonais qui lui permettrait de parachever l'offensive contre les Baléares occupées par les Sarrasins, l'avait envoyé plaider sa cause à Huesca. Le ton digne et affirmé de sa voix laissait présager une détermination à toute épreuve.

— Si vous me permettez, sire, votre frère a entièrement raison. Le service de Dieu prime sur tout autre. Et souvenez-vous qu'à Barbastro, tous ces beaux chevaliers dont vous parlez n'ont pas su résister aux tentations de la chair, et encore moins conserver la cité qu'ils avaient conquise !

Alphonse se pencha vers Rotrou et lui glissa à l'oreille :

— Celui-là est plus coriace !

Oleguer poursuivait, levant l'index en l'air, rappelant la menace qui les guettait dans l'ombre :

— Le péché de chair, mon fils ! Les subtiles caresses de sournoises pécheresses orientales les ont détournés du Seigneur, et qu'arriva-t-il alors ? Un an plus tard, la cité de Barbastro retombait dans l'hérésie ! termina-t-il avec effroi.

Le roi, franchement agacé, cogna son hanap sur le plateau de la table avec rage :

— Oleguer, ne jouez pas les oiseaux de mauvais augure ! le coupa-t-il. Mon frère Pedro l'a reprise en 1100 !

— Mon cher Oleguer, commenta Ramiro, narquois, vous savez très bien que mon frère est incapable de plonger dans de semblables erreurs.

Certains sourirent ; la répugnance que les femmes inspiraient à Alphonse était connue de tous. Ce dernier, désireux de couper court à une conversation où l'on commençait à s'enliser, se tourna alors vers la comtesse, en train de discuter avec l'évêque Esteban.

— Oleguer, allez donc demander à ma pieuse cousine de prier pour notre victoire. Il n'y a pas plus sainte femme !

Et tournant sans plus de façon le dos aux deux hommes, il se servit de nouveau copieusement à boire. Ramiro et

Oleguer, grossièrement éconduits, s'intégrèrent au petit groupe d'Esteban, de Talesa et Sibylle. Après les salutations d'usage, Ramiro complimenta la comtesse :

— Je loue votre courage, madame, de venir jusqu'à nous pour nous assister dans notre guerre sainte.

— Sachez, mon père, que mon époux Gaston et moi, ferons tout ce qui est en notre pouvoir pour venir au secours de l'Église.

— Elle en a bien besoin, déplora Oleguer.

Et il leur conta alors l'état de décrépitude avancée dans lequel se trouvait la ville de Tarragone, complètement laissée à l'abandon, car personne n'osait s'aventurer dans cette étendue désertique spoliée de toutes ses richesses et devenue maintenant improductive. Il caressait le désir d'y restaurer la splendeur de l'Église, mais qui serait assez audacieux pour affronter les troupes musulmanes qui campaient à ses confins ? Les razzias et les prises d'otages étaient à craindre, et il ne restait que les chèvres sauvages pour s'approprier les lieux ! Mais le pire de tout était le délabrement honteux dans lequel se trouvait la modeste église Santa María de Tarragone ; depuis que les Maures avaient ravagé l'endroit, aucun habitant ne voulait y demeurer et le sanctuaire dévasté menaçait ruine. Ce qu'il avait constaté lors d'une visite maintenant lointaine le mortifiait au plus haut point. Les intempéries avaient mis à mal son clocher, les murs s'effritaient, les arbres poussaient à l'intérieur de la sacristie et les mauvaises herbes étaient le repaire de basilics et de bêtes sauvages ! Il y avait beau temps que l'exhortation de juillet 1089 du pape Urbain II à rétablir l'Église de Tarragone dans ses prérogatives était restée lettre morte !

Les deux femmes l'écoutaient, abasourdies. Le regard de Talesa s'assombrit progressivement et son front se barra d'un trait soucieux. Sibylle pâlit et sentit son cœur s'étrécir dans sa poitrine. Elle n'en croyait pas ses oreilles. L'abandon que leur dépeignait l'abbé la sidérait. Elle ne pouvait imaginer sans éprouver de répulsion la maison du Seigneur ouverte aux quatre vents, désertée par des fidèles terrorisés, dégradée par l'invasion d'une nature indisciplinée. Plus Oleguer poursuivait son récit et plus son esprit outré s'enflammait au piteux état des lieux qu'il leur dressait. Et plus elle se félicitait d'avoir quitté la Normandie pour accomplir une mission qu'elle identifiait maintenant clairement : restaurer la toute-puissance de l'Église profanée et impunément bafouée. La comtesse, navrée, interrompit son récit :

— Croyez bien, mon père, que nous garderons une place dans nos prières pour votre église.

Mais Sibylle ne put se contenter de cette proposition. N'écoutant que son cœur, elle déclara gravement :

— S'il le faut, je donnerai ma vie pour lutter contre cette abomination !

L'élan de sincérité spontané qui imprégnait ses paroles n'échappa pas à l'homme d'Église. Il ne s'y trompa pas. Le timbre ému de la voix de la jeune femme laissait entrevoir la promesse d'un engagement. Et un espoir, pour l'abbé dépité, de pouvoir enfin catéchiser une région livrée aux incessantes exactions des infidèles. La perpétuelle menace des pirates barbaresques pesait sur les côtes catalanes. Ramón Berenguer III avait certes pillé et anéanti leur base à Ibiza, mais le sac de la ville n'en diminuait pas pour autant les razzias soudaines et dévastatrices de leurs coreligionnaires de l'intérieur du pays catalan. Le comte de Barcelone semblait impuissant à infléchir cette tendance. Il était vrai qu'il lui importait plus de contrôler les routes commerciales entre son comté et les riches cités de Pise et de Gênes que d'administrer le stérile fief papal de Tarragone. Mais ces nouveaux arrivés, frais émoulus d'une Normandie parfaitement étrangère à la réalité de ces conflits, semblaient empreints d'une fougue et d'une ambition imperturbables. Il ne fallait pas laisser leurs idéaux et leur énergie s'émousser. Cette jeune fille scandalisée était l'épouse d'un guerrier redoutable ; l'accent sincère de sa déclaration dénotait une volonté indéfectible de servir le Seigneur. Oleguer la considéra attentivement. La conviction d'une femme pouvait-elle venir à bout de tous ces atermoiements néfastes ? Son indignation ferait-elle plus que les bonnes résolutions des puissants ? Cela ne faisait nul doute : le Seigneur n'avait pas mis cette jeune Normande sur son chemin par hasard. Ses obligations rappelaient l'abbé à Barcelone, mais il en était maintenant intimement persuadé : il reverrait Sibylle ! À eux deux, ils restaureraient l'église de Tarragone !

23

Aux fraternelles agapes succéda le solennel conseil que le roi tint le lendemain en présence de ses alliés et des représentants de l'Église. L'arrivée de ces renforts venus d'outre-Pyrénées et le soutien des prélats de tout l'Occident se combinaient à merveille pour élaborer une efficace stratégie de reconquête. Les missions que le monarque comptait confier aux soldats de l'armée du Christ plaçaient chacun d'entre eux au cœur d'un dispositif parfaitement pensé pour mettre fin à des siècles d'occupation sarrasine. Les maigres ripostes n'étaient plus de mise face au harcèlement incessant d'ennemis infidèles. Il fallait voir plus loin, porter un coup fatal et couper court à la domination musulmane sur des terres qui, la papauté le clamait haut et fort, étaient sorties du giron de l'Église par pur accident ! Des terres qui lui revenaient de plein droit, le « droit exclusif de Saint-Pierre », avait affirmé le pape Grégoire VII. Des escarmouches isolées ne rendraient pas sa dignité à la chrétienté bafouée. La meilleure stratégie pour y parvenir ? Viser Saragosse, cette cité païenne que les Almoravides[1] avaient érigée en capitale dans la vallée de l'Èbre, et la faire passer sous le joug du roi Alphonse.

1. Guerriers berbères venus du Maroc.

L'objectif clairement défini, on répartit les tâches. Le roi d'Aragon établit son quartier général à quelques lieues au nord de Saragosse, au château d'El Castellar, d'où il pourrait surveiller la navigation sur l'Èbre. Et, s'en remettant au jugement avisé de son cousin Rotrou, il confia à Robert Burdet la haute mission de cantonner une garnison aux portes mêmes de Saragosse. Ce fut lors du départ que Sibylle apprit leur nouvelle destination, de la bouche même de la comtesse. Celle-ci partait s'établir pour un court séjour à Pampelune et chassa la tristesse de leur séparation par la certitude de se revoir bientôt à Saragosse. Robert n'avait pas jugé bon de confier à son épouse le nom de l'endroit de leur future installation ; il avait simplement ordonné qu'elle et ses femmes se tinssent prêtes à quitter sous peu la capitale aragonaise. Mais quand Talesa révéla à Sibylle que l'ancienne forteresse musulmane de Mes-Megeer, tombée en 1101 dans l'escarcelle du roi Pierre Ier d'Aragon, portait depuis lors le nom de Juslibol, la jeune femme exulta de joie. Le Seigneur éclairait son chemin une fois de plus ! Juslibol ! C'était le cri de guerre qui unissait les soldats du Christ, l'élan unanime qui s'élevait haut dans le ciel avant toute offensive, l'expression même qu'elle avait clamée de tout son cœur à Culei ! *Deus lo vult!* Dieu le veut ! La ferveur populaire s'était approprié le mot et l'avait déformé en un sonore et vigoureux « Juslibol ! », et au creux de ce credo partagé, nichait une identique conviction. Elle en fut bouleversée d'émotion et sentit que les larmes lui montaient aux yeux.

Cette heureuse conjonction de signes l'anima tout le long du trajet de Huesca à Juslibol. Sibylle savait pertinemment que chaque pas qui l'éloignait un peu plus de la capitale aragonaise la faisait pénétrer dans un territoire hostile, recélant mille dangers. Mais l'assurance d'accomplir le dessein de Dieu en gommait l'appréhension. Le rempart de sa foi était inébranlable ! Chevauchant de long en large, elle surveillait la bonne marche du cortège des villageoises qui, depuis le jour de ses noces en Normandie, s'étaient ralliées à elle et l'avaient faite la dépositaire de tous leurs espoirs. Ensemble, elles traversèrent de brumeuses forêts de pins, s'écartèrent de précipices vertigineux et s'écorchèrent les pieds à la caillasse des chemins. La progression en fut parfois ralentie mais jamais Sibylle ne se plaignit. Maintes fois, on la vit descendre de cheval et aller réconforter ses femmes, donnant à boire de sa gourde à l'une d'elles ou caressant la tête d'un enfant fatigué. Elle envoyait Galtier soutenir les plus faibles, le munissait de miches de pain à distribuer et le chargeait de faire accélérer les traînards.

Quand, au terme d'un parcours éreintant, toute la troupe des chevaliers normands recrutés par Robert et celle des paysannes de Culei arrivèrent en vue de l'éperon rocheux où se dressait l'ancienne forteresse arabe, chacun prit la mesure de sa haute valeur stratégique. Perchée sur son piton rocailleux, elle permettait de contrôler toute la plaine de l'Èbre et ses massifs forestiers à des lieues à la ronde. La perspective de la rude ascension qui les attendait ne découragea pas la jeune chevalière. Tout au contraire, elle se jeta dans la montée avec une ardeur renouvelée. Tous ceux qui la suivaient accrochèrent leur regard à ce petit bout de femme en armure qui leur ouvrait le chemin. Robert, étonné, se demanda quelle mouche piquait son épouse à ainsi forcer son pas, et se retourna vers Agnès avec un haussement d'épaules pour lui signifier son incompréhension. Mais ne pouvant accepter l'idée que Sibylle le devançât dans la place forte où l'attendait la garnison qu'il venait relever, il calqua son allure sur la sienne. La jeune fille allait de l'avant, gaillardement déterminée, tandis que lui, équipé d'un harnois plus fourni, ahanait et suait sang et eau sous les plaques d'acier de son armure. Tous remarquèrent leur petit jeu. Les femmes échangèrent des regards complices : cela ne faisait aucun doute, leur jeune maîtresse arriverait la première. Elles l'avaient déjà vue à l'œuvre, là-bas à Culei, elle n'était pas femme à renoncer.

Mais Sibylle ne se souciait plus de la troupe. Poussée par un élan juvénile, elle s'élança dans la montée. Au fur et à mesure de son ascension, elle apercevait, dans le prolongement de Juslibol, la ligne fortifiée de tours, de miradors et de châteaux, Miranda, Alfocea, Pola de Remolinos, l'ancien *hisn*[1] de Candespina de Sobradiel, qui étaient autant de géants de pierre tenant en tenaille la capitale infidèle acculée à l'Èbre. L'insécurité changeait de camp ! Saraqusta ne tarderait pas à tomber. La victoire ne faisait pas l'ombre d'un doute. Galvanisée par la présence de ces vigiles imprenables, elle grimpait sans s'arrêter, visant la crête à atteindre, désireuse d'aller toujours plus haut. La pureté de l'azur limpide lui donnait des ailes. La grâce divine l'illuminait et la hissait vers le Seigneur. Et quand, au terme de cette vertigineuse escalade, elle arriva, le souffle court, au sommet du tertre, l'extase la saisit. Derrière un colossal palais d'ocre brun, Saragosse la Blanche déployait sa splendeur immaculée sous

1. Forteresse arabe.

ses yeux éblouis. Pour un instant, elle oublia la mission qui l'avait amenée jusque-là, et resta à contempler, bouche bée, la beauté inédite de la cité. Robert, qui la rejoignait, en eut aussi la respiration coupée. D'autres arrivèrent, s'extasièrent à leur tour et s'étreignirent en poussant des cris de joie, ébahis du spectacle grandiose et prometteur qu'ils découvraient. Il leur sembla qu'il suffisait de tendre le bras pour s'approprier la splendide cité musulmane. La liesse chassa la fatigue ; l'étourdissante vision les enivra. Galtier se glissa près de Sibylle et lui pressa la main. Les deux amis échangèrent alors un sourire radieux, et, succombant à la joie environnante, tombèrent en riant dans les bras l'un de l'autre.

24

Dès le lendemain matin, hommes et femmes se mirent au travail avec un regain d'ardeur. L'automne touchait à sa fin et il convenait de prendre d'urgentes dispositions avant l'arrivée de l'hiver. Jusque-là, l'endroit n'avait accueilli qu'une dizaine de soldats, mais Robert avait reçu l'ordre de s'installer à Juslibol avec ses hommes et leurs familles. Ils apprendraient ainsi à connaître ensemble une terre dont ils seraient bientôt les colons. À peine étaient-ils arrivés que le chevalier normand instaura des tours de garde et ordonna que, par sûreté, on lâchât pendant la nuit les deux dogues qu'il avait amenés avec lui. Puis, après avoir dormi à la belle étoile, Robert passa au crible chaque recoin de la forteresse. Il inspecta minutieusement les pans de la muraille, explora de fond en comble les dépendances et décida de l'emplacement de son logis. Il se réserva pour Sibylle et lui la grande tour carrée centrale dont le deuxième étage serait parfait pour leur chambre nuptiale. Le rez-de-chaussée servirait de cuisine et de réfectoire. Cette nuit-là, Sibylle et ses compagnes harassées y avaient dormi à poings fermés sur d'inconfortables paillasses de fortune ; la présence de femmes n'ayant jamais été envisagée dans l'enceinte de Juslibol, aucune commodité ne les y attendait. Le seul représentant du sexe masculin autorisé à passer la nuit à leurs côtés fut Galtier, dont Sibylle était bien déterminée à ne plus se séparer. À l'instar des hommes, toutes les dames de Culei furent sur pied dès l'aube, prêtes à prendre possession des lieux à leur tour.

Quand Sibylle fit irruption avec ses femmes et Galtier sur l'esplanade de la forteresse, Robert s'activait déjà et distribuait ses ordres à la petite troupe réunie autour de lui. Il héla un Normand râblé, au bonnet de toile engoncé sur la tête et dont les jambes arquées laissaient supposer de longs entraînements équestres.

— Le Cauchois, prends deux hommes avec toi ! Sortez les chevaux de l'écurie, réparez les râteliers et remplissez-les de paille fraîche. De saines montures bien soignées pourraient bien faire la différence si ces maudits Sarrasins nous attaquent !

Sans attendre la réponse du dénommé Cauchois, il enchaîna :

— Et toi, Martin, emmène les plus jeunes garder les chèvres et consolide leur enclos. Il faudrait aussi construire un poulailler.

En entendant le mot « poulailler », Galtier eut un mouvement de recul et d'un pas de côté hâtif se dissimula derrière Sibylle, qui de la main l'aida à se cacher dans son dos. Leur petit manège n'échappa pas au chevalier normand, qui n'avait de toute façon nul désir de s'embarrasser de cet être contrefait, fût-il le frère d'Agnès. Il jeta un coup d'œil à la ronde pour trouver l'homme susceptible de s'acquitter de cette tâche. Jean, un des paysans venus de Normandie, s'avança :

— Je m'en charge, dit-il.

— C'est ce qu'il me faut, le flatta-t-il, un homme fort et musclé, pas une poule mouillée ! termina-t-il pour moucher Galtier.

Tous rirent de sa saillie, et Mathilde, l'épouse de Jean, se redressa fièrement, malgré son ventre arrondi par l'enfant qu'elle portait. Robert poursuivit :

— Et n'oubliez pas, après none, nous commençons l'entraînement ! Ce n'est pas pour les gringalets, ajouta-t-il encore en tapant sur l'épaule de Martin, réjoui de la familiarité du chevalier.

Puis, s'adressant aux quelques hommes qui attendaient ses directives, il poursuivit :

— En attendant, nous irons colmater les brèches dans la muraille nord.

Les femmes les regardèrent se disperser un moment puis se tournèrent toutes vers Sibylle, en attente de ses instructions. Il tardait aussi à la jeune femme de déployer ses capacités d'intendante. Si elle était restée à Culei, elle aurait eu tôt fait de prendre les choses en main, le taudis où son époux projetait de la faire vivre en aurait eu bien besoin. En tant qu'épouse de seigneur, il lui revenait de pourvoir à l'approvisionnement et à la bonne marche de sa maison. Elle entendait encore les paroles de son père résonner à ses oreilles. Combien de fois ne lui avait-il pas seriné qu'un jour elle serait, elle aussi, seigneur sur ses terres anglaises ! Dorénavant, son foyer était en Espagne. En Espagne, oui ! Pas à Culei, encore moins à Sidmouth ! C'est là qu'elle ferait sa vie ! Elle en avait la ferme conviction. Elle regarda ses compagnes ; tout comme elle, ces femmes avaient fait le choix de se forger une nouvelle existence. Elle arbora un grand sourire et déclara :

— À nous de jouer, maintenant !

Une activité débordante s'empara alors de toute la troupe féminine. Elles allèrent aux charrettes décharger les précieuses cargaisons de sacs de blé et d'orge, les mortiers où on pilerait les grains pour en tirer la farine qui donnerait de grosses miches dorées, les longues pelles qui les sortiraient du four. Margaux, la meunière de Culei, jugea celui de la forteresse trop petit pour la dizaine de familles qu'elle accueillait maintenant, et embaucha Galtier et Nicolette, la rêveuse de licornes, à faire du mortier pour en construire un de capacité plus grande. On confia la garde des plus jeunes enfants à Roselyse. Guillaumette et Jeanne s'attelèrent aux travaux d'aiguille ; il fallait remplacer les paillasses trouées par de solides matelas, bien fournis de paille. Sibylle demanda à Aëlis de seconder Agnès afin de constituer une réserve de simples et d'onguents. Juslibol bruissait d'allées et venues incessantes et résonnait du bruit des cognées et des maillets fendant bûches et pierres. Les femmes couraient embrasser leurs marmots, relevaient leurs manches, s'épongeaient le front et dans la bonne humeur comptaient les balles de laine à carder, les poteries à entasser aux cuisines et les rations à préparer. Et quand, après le repas commun, l'une d'elles souffla :

— Enfin, nous allons pouvoir nous reposer.

Sibylle la contredit aussitôt, et, imitant facétieusement le maître des lieux :

— Comment cela, nous reposer ? Après none, nous commençons l'entraînement !

Toutes écarquillèrent les yeux de surprise. Si quelques-unes furent effrayées de la proposition, la plupart sourirent malicieusement. Manier des armes, en voilà une nouveauté ! Jamais un homme ne les avait invitées à le faire ! Une femme allait donc le leur enseigner ? Elles se regardèrent, émoustillées. Auraient-elles eu cette audace en restant à Culei ?

Les hommes aussi s'en amusèrent, et Robert lança à la cantonade, narquois :

— Prenez plutôt garde, ma douce, de ne pas vous blesser aux fuseaux de votre quenouille !

Comme les hommes se levaient en riant, Sibylle répliqua :

— Il est vrai que nous savons parfaitement les effiler ; nous en ferons autant de nos flèches !

Leurs compagnons n'attachèrent guère d'importance à ses propos, qui, dans la bouche d'une femme, même martialement harnachée, n'en résonnaient pas moins comme une provocante boutade puérile. Ils firent cercle autour de Robert qui, dans un premier temps, avait prévu d'évaluer les aptitudes à la lutte de ces paysans plus habitués à manier la fourche que l'arbalète. Raoul de Condé et Roger de Falaise, qui l'accompagnaient depuis leur départ de Normandie, le seconderaient dans l'entreprise. Sibylle, quant à elle, préféra une initiation au tir à l'arc. Tandis qu'elle récupérait une vieille toile mitée qu'elle tirebouchonna et ficela à un pieu pour en faire une cible en lui donnant vaguement l'aspect d'un tronc humain, elle envoya Galtier chercher son arme et son carquois. Les leçons paternelles n'avaient pas été vaines, et si Robert l'avait déjà oublié, elle, savait qu'elle excellait dans cette pratique et se disposa à en faire la démonstration. À l'exception d'Agnès, arguant qu'il lui restait à entreposer les herbes séchées de ses remèdes dans la cuisine, toutes leurs compagnes se regroupèrent autour d'elle.

Sibylle se campa sur ses deux jambes, plaça la corde dans l'entaille d'une des flèches, éleva l'arc dans les airs et le banda de toutes ses forces. Puis elle visa l'amas de chiffon et tira. Le trait vrombissant alla se ficher au cœur de la cible. Effrayée, Roselyse sursauta, tandis que les autres femmes, médusées un instant, se mirent à battre des mains d'admiration. La jeune guerrière abaissa son arc et tandis que Galtier courait récupérer la flèche, Sibylle demanda à la ronde qui voulait prendre la suite. Guillaumette eut un petit rire nerveux quand Sibylle lui tendit son arc ; elle n'osait pas, jamais encore elle n'avait vu de femme s'exercer au tir. Aëlis recula d'un pas quand, à son tour, Sibylle lui proposa l'arme, l'audace lui manquait. Margaux s'approcha et, caressant la corde de l'index, la fit vibrer et s'exclama en souriant :

— Moi, je veux bien essayer !

Et alors, la meunière de Culei, bloquant sa respiration, s'empara de l'arc et imita leur maîtresse. Le trait alla s'empaler dans la loque miteuse et la transperça de part en part, provoquant les cris de joie de ses compagnes. Devant le succès de sa tentative, elles ne voulurent pas être en reste et chacune put tester ses capacités.

Les hommes, qui s'étaient octroyé une pause, les regardaient, moqueurs, et commentaient entre eux chaque tir. Quand Mathilde tenta, elle aussi, l'exercice, les rires redoublèrent. Son ventre de future mère l'embarrassait et elle chercha longuement la meilleure position. Mais la posture était par trop incommodante et elle en fut déséquilibrée. La flèche dévia alors de la trajectoire prévue et alla se planter dans le bonnet du Cauchois qui, de rage, arracha son couvre-chef, passa le doigt au travers du trou et les invectiva :

— Maudites femelles, ça veut jouer au soldat et ça ne fait que singer les hommes !

Et comme il était célibataire, un de ses compagnons le railla :

— Et toi, te voilà obligé de jouer les ravaudeuses !

Le Cauchois, devenu la risée des hommes et des femmes, haussa les épaules et, déconfit, leur tourna le dos.

Le soir tombait et Robert décréta que l'on reprendrait l'entraînement le lendemain. Bien qu'elle sût qu'elles étaient désavantagées par rapport à leurs compagnons, Sibylle en proposa autant à ses femmes. En effet, celle-ci, contrairement à son époux, ne disposait que de son seul arc et la pratique du tir s'en trouverait forcément ralentie. À défaut d'arcs en quantité suffisante, il fut convenu que toutes iraient alors se procurer du bois, des pierres aiguisées ou des fragments d'os ou de poteries tranchants pour fabriquer des flèches.

— Sans oublier des plumes pour les équilibrer ! précisa Galtier en clignant de l'œil dans la direction de Sibylle, qui lui sourit avec complicité.

25

— Personne ne passe ! Ordre de messire Burdet !

Inflexible sur ses jambes torses, le Cauchois campait sous la petite arche de l'entrée de Juslibol. La pique fichée en terre, l'œil suspicieux, il toisait avec méfiance la troupe féminine qui prétendait passer outre les ordres de son maître parti en reconnaissance dans les alentours. L'air était vif et le vent mordant, mais les brumes habituelles s'étant dissipées, le chevalier avait voulu mettre à profit cette bonne visibilité pour explorer les environs. Robert avait été formel : nul ne pouvait sortir de l'enceinte fortifiée sans son autorisation préalable.

Les femmes se regardèrent, déçues. Elles s'étaient fait une joie de cette expédition inédite et s'étaient équipées de sacs, de serpes et de haches pour collecter les pierres et les branches nécessaires à la confection de leurs arcs. Elles rebroussèrent chemin. Sibylle, un instant dépitée, leur jeta un regard fugace. Elles étaient bien promptes à renoncer, songea-t-elle avec amertume. Mais pas elle ! Elle observa attentivement le Cauchois. Le front bas, vrillé à sa lance, il n'en démordrait pas de sitôt. La jeune chevalière décida pourtant de revenir à la charge.

— Sais-tu bien que tu parles à l'épouse de ton seigneur ? Cet ordre ne vaut pas pour moi.

De sa main libre, le garde entêté se gratta le menton; peut-être fallait-il y regarder à deux fois avant de contrarier la jeune dame Burdet. Elle avait du caractère, lui avait-on rapporté. Sibylle reprit espoir; elle le sentait dubitatif quand un homme en haubert sortit d'un renfoncement de la muraille. Raoul de Condé, le second de Robert, veillait au grain. Il trancha:

— Vous avez bien entendu, dame Sibylle, personne ne franchira cette porte sans la permission de Robert, ni vous ni aucune autre.

Le Cauchois acquiesça de la tête, satisfait d'être conforté dans son bon droit. L'autorité lui donnait raison.

C'était à désespérer, pensa Sibylle, la rage au cœur. Il n'y avait décidément rien à tirer des deux cerbères. Qu'à cela ne tienne! Elle gratterait la terre de la forteresse avec ses ongles s'il le fallait, débroussaillerait la moindre parcelle quitte à s'égratigner jusqu'au sang, mais ses femmes auraient leurs arcs! Ce serait bien le diable si n'apparaissaient pas quelque pierre taillée ou un quelconque éclat de grès dans les décombres de la muraille. La collecte serait peut-être moins fructueuse mais elles trouveraient!

À grandes enjambées, elle rejoignit ses compagnes. Celles-ci s'apprêtaient à reprendre leurs activités quotidiennes. Une pensée traversa soudain son esprit. Il en manquait une… Agnès!

— Où donc est Agnès? s'exclama-t-elle, faisant ainsi se retourner le groupe vers elle.

Toutes se regardèrent, déconcertées. Aucune d'entre elles ne le savait. Le plus souvent, Agnès prétextait une tâche à la cuisine pour éviter leur compagnie. C'était sa façon de leur signifier que la maîtresse du seigneur, fût-elle obligée de rester dans la clandestinité, avait un statut particulier qui n'avait rien de commun avec ces villageoises mal dégrossies. La servante ne semblait tolérer qu'Aëlis, la jeune fille que Sibylle lui avait assignée pour ranger les simples de leur petite droguerie. La dame Burdet aperçut cette dernière et répéta sa question. Aëlis, visiblement embarrassée, rougit et baissa les yeux. Mais l'épouse du maître insistait, elle ne put se dérober.

— Messire Robert l'a emmenée pour cueillir des herbes afin de compléter les nôtres.

Ainsi, personne ne pouvait sortir ! enragea Sibylle, furieuse. Sauf cette margoton affriolante qui ne se pliait que de mauvaise grâce à ses ordres mais devançait les moindres désirs de son époux. Elle ne savait pas ce que mijotait la donzelle – ou plutôt si, elle le supputait, la comtesse Talesa l'en avait avertie : nombre d'hommes mariés entretenaient sans vergogne des concubines, sans que personne d'ailleurs n'y trouvât rien à redire – mais il n'était pas dit que cette mijaurée obtiendrait aussi facilement ce qui lui revenait de droit à elle, la femme Burdet !

— Reprenez vos haches et vos sacs ! cria-t-elle. Nous ne pouvons pas sortir mais rien ne nous empêche d'arpenter cette cour de long en large pour y dénicher ce dont nous avons besoin.

Elle fit volte-face et se dirigea énergiquement vers le pied de la muraille. Galtier lui emboîta le pas et les femmes suivirent. Et ce fut alors un curieux spectacle que de les voir, ainsi que leurs enfants, agenouillées dans la caillasse ou les hautes herbes pour en extirper débris de céramique ou pierres de taille. Elles s'accrochaient aux ronces pour atteindre de beaux rameaux souples et allongés, et parfois un cri fusait. Toutes les têtes se relevaient. L'une d'elles avait trouvé un éclat de carreau vernissé, une autre un silex tranchant ; les enfants couraient en se bousculant pour admirer la trouvaille, et l'enchantement se lisait sur tous les visages. À la fin de l'après-midi, chacun put s'extasier devant les minuscules trésors amassés sur la toile d'un vieux sac : il y avait là de quoi faire une cinquantaine de flèches et une vingtaine d'arcs ! Galtier soupesait les pierres, les triait selon leur grosseur et calibrait les branches, écartant celles qui étaient inutiles. Il s'interrompit un instant, pensif, et regarda Sibylle.

— Nous n'avons toujours pas de plumes… J'en ai vu de très belles à l'extérieur.

— Mais nous n'avons pas le droit de sortir, déplora Nicolette.

— Pas le droit, pas le droit…, répondit-il en souriant malicieusement.

— Vous ne passerez pas, messire Galtier, l'avertit encore Nicolette en désignant du menton les deux gardes de la porte.

— Peut-être bien que oui, peut-être bien que non, lança-t-il, facétieux, en copiant l'expression qu'il entendait souvent dans la bouche des Normandes.

Il guigna de l'œil et détala en direction de la muraille nord. Une brèche n'y avait pas été complètement comblée. Il s'y faufilerait !

Sibylle confia à Margaux le soin de ranger leurs trouvailles, ordonna à Guillaumette de faire de la colle avec les os du repas précédent pour l'assemblage des plumes, puis, après s'être assurée que les deux gardiens de l'entrée ne s'intéressaient pas à elle, se dirigea à son tour vers la partie septentrionale de la muraille. Elle grimpa lestement l'escalier et du haut du rempart chercha Galtier des yeux. Celui-ci se retourna et lui fit un signe de la main. Puis il s'enfonça dans un bosquet et disparut de sa vue. Sibylle guetta les alentours. Tout semblait calme. Pourtant, le remords commença à la tarauder, elle n'aurait pas dû laisser son ami seul ; on ne savait pas ce que pouvaient cacher ce petit bois et ces fourrés. Elle frémit d'angoisse en se rappelant le Mont des pendus.

Elle observa de nouveau les alentours. Il lui sembla avoir détecté un léger mouvement dans un buisson à l'orée du bosquet. Elle scruta plus attentivement les hautes herbes. Elles tremblèrent de nouveau ! La tête de Galtier en émergea soudainement. Celui-ci regarda hâtivement à droite puis à gauche, en sortit précipitamment et se mit à courir à toute vitesse en direction de la forteresse. Deux individus enturbannés, surgis des profondeurs de la forêt, s'élancèrent derrière lui en hurlant, un cimeterre à la main. Le cœur de Sibylle s'étrécit dans sa poitrine. Son arc ! Elle n'avait pas pris la précaution de se munir de son arc ! Elle dégringola les marches et courut le chercher. Quand elle reprit son poste, la distance entre Galtier et ses poursuivants s'était dangereusement réduite. Elle banda son arc, visa l'un des deux hommes et tira. La flèche atteignit l'un des deux assaillants en plein cœur, et tandis qu'il s'effondrait, son compagnon, stupéfait et furieux, leva le poing dans sa direction et lui lança des imprécations dans une langue qu'elle ne comprenait pas. Elle n'entendait que les cris de Galtier, réclamant à en perdre haleine qu'on lui ouvrît la porte.

— Ouvrez la porte ! hurla-t-elle à son tour au Cauchois et à Raoul tandis qu'elle ajustait son deuxième tir.

Terrassé à son tour, le poursuivant de Galtier tomba face contre terre à l'entrée de Juslibol tandis que Galtier y pénétrait, essoufflé et en sueur. La flèche de Sibylle avait raté sa cible : Robert, de retour de son inspection et alerté par des cris suspects, s'était jeté à bas de sa monture ; c'est lui qui avait fait mouche !

Fou de colère, le chevalier enfourcha de nouveau le cheval sur lequel Agnès avait suivi, morte de frayeur, le sauvetage de son frère. Celle-ci n'eut que le temps de s'agripper à la taille de Robert car, sans mot dire, il partit au grand galop vers l'enceinte fortifiée dans laquelle il ne tarda pas à son tour à s'engouffrer, talonné par ses compagnons. Toute la communauté de Juslibol s'était précipitée vers le rescapé, Sibylle en tête. Hommes et femmes l'entouraient, avides maintenant d'entendre de sa bouche ce qui lui était arrivé. Robert jeta un coup d'œil autour de lui, mit pied à terre en un éclair et fendit le groupe en hurlant. Il écumait de rage :

— Où est ce maudit avorton qui a osé enfreindre mes ordres ?

À peine l'eut-il aperçu qu'il se rua, furibond, sur le jeune homme qui reprenait tout juste son souffle, et l'attrapa par le col.

— J'avais interdit qu'on sorte ! gueula-t-il de nouveau. Tu as mis ta vie et celle des nôtres en danger. Je ne peux le tolérer !

La nausée saisit Sibylle. Les invectives de Robert étaient identiques à celles de Guillaume Capra autrefois. Elle se revit, là-bas, à Sidmouth, contrainte par son père à fouetter son ami. La jeune femme se rappela le goût amer des larmes qu'elle n'avait pu ravaler, la morsure du fouet sur ses chairs, l'humiliation de son infériorité d'enfant impuissante à lutter contre la tyrannie paternelle. Mais elle n'était plus une enfant! Et au moment où son époux levait la main sur Galtier, en un bond, elle s'interposa résolument entre les deux hommes, et comme il allait gifler son ami, telle une implacable tenaille de fer, les doigts de Sibylle enserrèrent son poignet et elle l'en empêcha.

— Galtier est mon serviteur. Vous n'y touchez pas! affirma-t-elle sans sourciller.

Robert, interloqué par les yeux enflammés de hargne et de détermination d'une épouse qu'il avait espéré malléable, tressaillit de stupeur un instant. Il comprit que rien ne ferait fléchir la guerrière. Interloqué, le chevalier normand recula en titubant et, dans un vain espoir de ne pas perdre la face, envoya brutalement Galtier rouler à terre et quitta piteusement l'enceinte de Juslibol. Agnès suivit son amant du regard, puis observa l'épouse récalcitrante qui venait de triompher. Sibylle passait son bras autour des épaules de son frère, l'aidait à se relever et l'entraînait à l'intérieur de sa demeure pour le réconforter. L'illusion de sa victoire ne durerait pas, se prit à penser sournoisement Agnès. La sœur de Galtier y vit sa chance: l'infortuné incident ne l'aiderait qu'à creuser plus facilement le fossé entre mari et femme.

26

La démonstration de force de Sibylle accentua le malaise entre les deux époux. Comme on se méfie d'un chien errant prêt à montrer les crocs si l'on cherche à l'attraper par le collet, ils s'observaient subrepticement et se tenaient à respectueuse distance l'un de l'autre. Leur malaise rejaillit sur les hommes et les femmes de la forteresse qui, sans s'être consultés, prenaient parti pour l'un ou l'autre, selon ce que leur dictait leur sexe. Les femmes, jusque-là résignées à obéir, s'identifièrent soudain à leur maîtresse. Elles redressèrent imperceptiblement la tête et, farouchement déterminées à égaler leurs compagnons, mirent un point d'honneur à confectionner leurs arcs et suivre assidûment l'entraînement auquel Sibylle les soumit. Les hommes ironisèrent et pronostiquèrent que cet engouement guerrier, qui ne correspondait en rien à leur état, ne durerait pas longtemps. Mais force leur fut de constater que, non seulement elles ne se lassaient pas de l'exercice, mais qu'elles y excellaient autant qu'eux.

Robert comprit très vite que l'acte de bravoure de Sibylle n'avait rien d'une passade et que, désormais, il lui faudrait compter avec cette ténacité pugnace dont elle venait de faire preuve une fois encore. Il était un domaine pourtant où son épouse ne pouvait qu'immanquablement se plier à sa volonté et aux sages enseignements de l'Église : celui de leur couche conjugale. La gloire à laquelle aspirait tant le chevalier normand était indissociable de la renommée qu'il voulait conférer à sa ménie. Et ses enfants à venir constitueraient les maillons indispensables à son établissement. Que cette femme fanfaronne et joue les guerrières tant qu'elle le voulait ! Elle pouvait bien revendiquer des droits seigneuriaux qu'elle traînait avec elle depuis Sidmouth et qui survivaient stupidement dans sa protection du bossu, il lui laissait bien volontiers tout cela ! Mais elle ne pouvait s'opposer à la possession de sa chair. Son ventre lui appartenait. Il saurait lui faire rendre les armes !

Et alors, dans l'intimité de leur chambre conjugale, Sibylle subissait les assauts hâtifs d'un mari vindicatif, obnubilé par une descendance qu'il rêvait d'exhiber aux yeux de tous. La jeune femme serrait les dents, fermait les yeux, et raidissait ce corps juvénile livré à l'acharnement de cet époux pervers. Et tandis qu'il labourait son ventre sans ménagement, elle remettait son âme entre les mains du Seigneur. Le mariage était un mal nécessaire. L'Église elle-même ne le reconnaissait-elle pas ? Brûler de concupiscence, se consumer de désir souillait tout individu, seule la procréation légitimée par le saint sacrement du mariage pouvait en atténuer la tache. Fort de son bon droit, Robert, quant à lui, ne s'embarrassait pas de pieuses pensées. Comme s'il ne craignait ni Dieu ni diable, il se moquait éperdument des consignes de l'Église. Ne pas toucher sa femme au Carême, à Pâques, se séparer d'elle les nuits des mercredis ou des vendredis ? Ces préceptes ne valaient pas pour lui ; l'abstinence n'entrait pas dans son projet de descendance. Sibylle ne pouvait que se soumettre : elle devait son corps à son époux et son âme à Dieu.

Sibylle obéissait. Tout en se pliant à son seigneur, elle demandait à Dieu de lui donner la force d'étouffer cette douleur sourde qui la saisissait à chacun de ces accouplements sauvages. Dans un coin de la chambre, elle avait reproduit le petit oratoire de Sidmouth, et elle passait une partie de ces éprouvantes nuits à prier, agenouillée devant la statue de sainte Thècle. À force de pieuses suppliques, la mal mariée finissait par oublier son corps, les mains brutales de Robert, ses lèvres irrassasiées et carnassières. Lors de chaque étreinte bestiale, elle suppliait Dieu de la laver de cette souillure et de l'aider à garder la pureté de son âme pour œuvrer au bien de l'Église. Toutes ces terres à venir qu'on lui avait promises le jour de ses fiançailles, elle n'en voulait pas, elle en ferait don à l'Église. Elle n'aspirait qu'à une chose : être pauvre parmi les plus pauvres et l'être autant que le Christ l'avait été avant elle et marcher ainsi vers le salut éternel.

Quand Robert, réveillé par les monotones prières que sa femme marmottait à genoux dans le froid de la pièce, sentait la colère monter en lui, il se levait, furieux, et bousculait la frêle silhouette recueillie devant son oratoire. Il descendait à la cuisine, où Agnès s'était ménagé un réduit près de l'âtre. La maîtresse qu'il y retrouvait savait combler les ardeurs que l'épouse légitime se refusait à satisfaire. « Il y a une croix dans les reins de cette femme », enrageait-il en confiant son désir de paternité frustré à la servante. Car l'enfant ne venait pas. Alors Agnès se répandait en caresses savantes, en soupirs étudiés et en étreintes affolées. Car, au plus profond d'elle-même, la jeune femme avait l'intuition qu'un jour viendrait où Robert, lassé de posséder une épouse frigide, confite en dévotion et au ventre desséché, la mettrait, elle, l'insignifiante servante de Sidmouth, en pleine lumière. Le temps œuvrait pour elle ; il n'était que d'attendre. Robert ne savait rien de ces subtilités perfides qui peuplaient les pensées de sa maîtresse ; il ne voyait en elle qu'une amante docile, assouvissant avec un plaisir partagé ses instincts de mâle bafoué par une épouse trop prude.

Pourtant, la hargne qu'il éprouvait à l'égard de Sibylle croissait de jour en jour et il la laissait exploser à loisir dans les chevauchées dévastatrices qu'il menait avec ses hommes autour de Juslibol. Soumettre ! Il jubilait en se répétant ce mot à l'envi. Épouse ou infidèles, il aimait à les faire plier, tel était le ressort qui l'animait. À la soudaineté des razzias musulmanes qui jetaient les habitants chrétiens des alentours dans un désarroi effroyable, il répondait par le même principe de terreur. Il se faisait fort d'anéantir les dernières poches de résistance de ces hommes qui n'étaient à ses yeux que des païens. L'affrontement ne lui faisait pas peur ; il y avait longtemps qu'il s'était aguerri là-bas en Orient, et comme au temps des croisades de sa prime jeunesse, il ne faisait pas de quartier ! Tout le jour, il sillonnait les environs, à l'affût du moindre convoi de marchands susceptibles de le renseigner sur les déplacements ennemis ; il allait au-devant des captifs libérés, recueillant de précieuses informations sur les habitudes indigènes. Il arpentait les lits des rivières et les profondeurs des ravins pour y débusquer le moindre indice d'une présence hostile. Et lorsque, comme un renard fureteur, il dénichait un campement suspect, sa troupe et lui fondaient en hurlant sur leurs habitants, tailladant à dextre et à senestre, sans distinction de sexe ni d'âge. Ils mutilaient aussi bien les morts que les vivants ; chacun d'entre eux servirait d'exemple pour rappeler que la peur changeait de camp, les morts en pourrissant sans sépulture, les vivants en affichant un terrifiant effroi dans le regard. S'il arrivait qu'il épargnât des vies, ce n'était jamais par bonté d'âme ; de jeunes enfants sains et des mauresques joliment tournées faisaient de précieux esclaves qu'on s'arrachait à prix d'or sur les marchés de Barcelone. Robert y envoyait régulièrement son second, Raoul de Condé, pour en faire le juteux commerce.

Les pauvres hères hébétés ne séjournaient qu'un bref temps à Juslibol où Sibylle, en les voyant arriver, s'alarmait de toutes ces âmes qu'elle n'avait pas le temps de conduire vers le Seigneur, auxquelles elle aurait voulu qu'on administrât au moins le baptême. Mais Robert se riait de ses scrupules qui n'étaient à ses yeux que bigoterie déplacée. Il aplanissait la voie vers Saragosse : il chasserait hors de ses murs tous les êtres impies qui la peuplaient, le troupeau des infidèles n'y avait pas sa place ! Sa gloire serait exclusive !

27

L'intensité des certitudes de Robert ne fit que s'accroître au fil de ces années de raids aussi impromptus que dévastateurs. Le chevalier normand se percevait comme le maillon solidaire d'une chaîne indestructible, capable de bientôt faire voler en éclats le joug musulman que le roi Alphonse était plus que jamais déterminé à fracasser. Chacun avait sa juste place sur l'échiquier de la conquête : après avoir reconnu au préalable le terrain en 1117, Gaston de Béarn et son frère Centulle déployèrent tous leurs efforts pour rallier les grands barons de France à la cause du monarque aragonais, et à l'initiative du pape Gélase II, l'Église appela de nouveau à la croisade en mars 1118. L'urgence était telle que le souverain pontife interdit aux chevaliers espagnols d'aller livrer combat en Orient : la défense de la chrétienté et la restauration de l'Église espagnole devinrent la priorité. Nombreux furent les seigneurs qui levèrent des troupes, ou qui vendirent leurs biens pour contribuer à cette guerre sainte. À l'imitation des prélats d'Auch, d'Arles, de Pampelune et de Bayonne réunis en concile à Toulouse, ils clamaient haut et fort que peu leur importaient les richesses et les sacrifices de ce bas monde au regard de la gloire de Dieu et du paradis qui leur était promis. Il ne tenait qu'à eux d'empêcher les sanctuaires profanés, les patriarches conspués et les enfants tués au berceau ! L'Église de Saint-Pierre offrait à tous ceux qui se croisaient l'opportunité de gagner la palme du martyre et un céleste repos éternel. Comment ces nobles seigneurs, tous frères d'armes autrefois en Terre sainte, n'auraient-ils pas frémi à cette invocation divine, eux qui portaient au cœur et cousue sur l'épaule de leur chlamyde la croix du Sauveur ?

De toutes parts, ils confluèrent à Saragosse. Aussi loin que portât le regard, on n'apercevait alentour que tentes armoriées, bivouacs de fortune et feux de camp aussi nombreux qu'étoiles au ciel. La nervosité s'empara alors de tous. À l'instar des soldats qui, dès l'aube, étaient sur le pied de guerre, les femmes et les enfants de Juslibol et des campements environnants se levaient eux aussi aux premières lueurs du jour. Dans le regard de chacun perçait l'irréfragable intuition d'être à un tournant décisif de sa vie. L'attente se doubla d'une agitation frénétique qui laissait entrevoir l'imminence d'une action d'envergure.

Oubliant toute rivalité, Sibylle et Robert intensifièrent les exercices ; à la veille de l'attaque, ils n'étaient plus que deux instructeurs zélés auxquels l'entraînement martial de leurs troupes tenait mêmement à cœur. Seule l'édification d'étranges machines de guerre vint perturber les leçons d'escrime et de tir à l'arc. Gaston de Béarn, de retour au printemps 1118, était un expert dans la construction d'engins d'assaut. À cette occasion et pour sa plus grande joie, Sibylle retrouva la comtesse Talesa, qui accompagnait son époux ; ce fut elle qui expliqua aux femmes ébahies devant tant de nouveautés que nombre de batailles avaient été remportées en Terre sainte grâce à ces techniques innovantes. Le comte consultait régulièrement ses amis Rotrou et Robert, et tous trois étudiaient les meilleures trajectoires et les envois de projectiles les plus performants.

Agnès se rengorgeait d'être la maîtresse d'un chevalier qui côtoyait barons et princes de sang. Ce n'était pas vaine gloriole de sa part car ce qu'elle appelait depuis si longtemps de ses vœux allait enfin se réaliser. Ses fleurs n'étaient pas venues, et l'enfant qu'elle portait en son sein lui soufflait au creux de l'oreille qu'elle remporterait victorieusement la bataille qu'elle livrait pour évincer l'épouse inféconde dont Robert était si las. Son heure de gloire allait aussi sonner! Le fils qu'elle donnerait au chevalier normand consoliderait les bases de sa ménie et tous deux se hisseraient au zénith de la renommée pour la nuit des temps. Lorsqu'elle croisait la dame Burdet, c'était à cela que la jeune femme songeait en caressant son ventre alourdi de cette promesse de vie. Les tâches les plus ingrates s'imprégnaient alors d'un baume insidieux et revanchard qui dissipait la place subalterne où la reléguait sa maîtresse. Quant à Sibylle, elle affectait de ne pas accorder d'importance à la gestation illégitime qui arrondissait les courbes juvéniles de sa servante. Elle se réfugiait dans d'obsédantes prières qui l'élevaient au-dessus de ces considérations triviales. Elle ne servait pas un homme, mais son Dieu et la chrétienté tout entière. Sa minuscule personne n'était rien face à l'immensité de la volonté du Seigneur, qui était seul juge des épreuves qu'il lui envoyait.

Il fallait de surcroît parer au plus pressé et organiser leur quotidien tout le temps que durerait le siège de Saragosse : elle faisait le décompte des sacs de farine et de légumes secs, entreposait les tonneaux de vin et répertoriait les simples et les potions engrangées par Aëlis dans sa pharmacie. Galtier traînait souvent sur les chantiers où des hommes affairés débitaient et sciaient les longs troncs d'arbre nécessaires aux armatures des pièces offensives. Il suivait, fasciné, l'assemblage des madriers et des poutres de ces machines qui semblaient vouloir atteindre les nuages dans une ascension vertigineuse. Les catapultes retenaient tout particulièrement son intérêt ; il se plaisait à s'imaginer propulsé dans les cieux grâce à l'une d'elles. Son rêve de voler ne manquerait pas alors de se réaliser, exultait-il au plus profond de lui-même.

En mai 1118, Alphonse Ier mit le siège devant Saragosse. Dès que toutes les armées des croisés seraient réunies, on donnerait l'assaut.

La prise de la cité musulmane serait l'aboutissement de la longue campagne que le monarque aragonais avait planifiée avec opiniâtreté depuis le début de l'année. Tout concourait à la réussite de l'entreprise : la route vers Valence coupée depuis l'occupation de Morella, les troupes venues de France concentrées à Ayerbe, l'enlèvement des bourgades d'Almudévar et de Gurrea de Gállego. Les alentours furent dévastés et laminés. Une pluie de sauterelles dans un champ de blé n'aurait pas causé pire ravage ! Il ne resta bientôt plus aux chrétiens qu'à cueillir Saragosse la Blanche.

Les Normands regroupés autour de Robert échangeaient des commentaires enthousiastes.

— Vous verrez, répétait à l'envi Raoul de Condé, leur citadelle ne résistera pas à nos assauts.

— Nos forces conjuguées à celles des Aragonais la feront tomber en un tournemain, renchérissait Robert.

— Nous partagerons leur renommée !

— Et un prodigieux butin, n'oubliait jamais d'ajouter le chevalier normand.

Les compagnes de Sibylle écoutaient leurs propos avec une certaine distance. Elles peinaient à imaginer que, derrière les grosses tours brutes de la forteresse de l'Aljafería, fussent engrangés les trésors dont les hommes parlaient.

— Je doute que ce palais contienne tant de richesses. Il semble bien austère, disait l'une.

— C'est que tu n'es jamais allée en Orient, bécasse ! la toisait une autre.

Sibylle intervenait pour calmer le jeu. S'en remettant aux informations que Talesa avait partagées avec elle, la jeune femme leur racontait qu'en Orient, les croisés avaient fait main basse sur des coffres remplis de pièces d'or, qu'ils avaient vu les gemmes les plus resplendissantes aux doigts des femmes, qu'ils avaient goûté aux mets les plus raffinés et écouté d'envoûtantes mélopées. Agnès ne pipait mot, mais elle nourrissait secrètement le rêve d'être parée par son amant des plus éclatantes rivières de diamants qu'elle pût imaginer. Les plus incrédules perdirent leurs doutes quand la dame Burdet leur fit admirer le Christ en émail champlevé que Robert lui avait donné à Sidmouth. Les yeux de chacune s'enflammèrent, emplis des visions mirobolantes de toutes ces splendeurs orientales à venir.

À l'arrivée de l'été, une touffeur lourde et harassante s'installa, déroutant un temps les Normands accoutumés à la clémence de leur climat. L'attente se doubla d'une chaleur torride et étouffante. Quand, au crépuscule, les cognées et les scies se taisaient, la voix du muezzin s'imposait, irritante, dans le silence torpide. L'appel perçant la sérénité nocturne résonnait aux oreilles des troupes comme une affolante provocation, aussi entêtante qu'un insecte agaçant qui serait venu perturber leur sommeil. La nervosité montait alors irrépressiblement d'un cran. Dans cette demi-veille exaspérante, n'apportant ni repos ni fraîcheur, les guerriers, les yeux grands ouverts, ne pouvaient réprimer leur fébrile désir de se lancer à l'assaut de la fabuleuse cité. Saragosse était le cadenas qui verrouillait la porte d'entrée des mirifiques jardins d'al-Andalus.

L'ordre fut enfin donné de le faire sauter !

28

Un terrifiant craquement assourdissant suivi d'un impressionnant éboulis de pierres déchira avec fracas le ciel clair de cette fin d'automne 1118. Les acclamations triomphales des soldats chrétiens fusèrent de toutes parts ; les coups de butoir acharnés de leurs béliers ferrés n'avaient pas été vains ! La pluie redoublée de flèches sarrasines ne put entamer leur joie, et dans un même élan combatif, simple piétaille et chefs de guerre exercés s'apprêtèrent à manœuvrer les puissantes machines offensives de Gaston de Béarn. Au son de l'olifant du Béarnais, de petits groupes de guerriers s'élancèrent vers les mangonneaux minutieusement élaborés selon ses directives, et ils commencèrent alors à pousser méthodiquement l'étrange convoi roulant. Savamment protégés par des archers experts dont les tirs calculés favorisaient leur progression, ils arrêtèrent les engins de guerre à une courte distance de la muraille de l'Aljafería et, tandis que leurs ennemis effarés poussaient des cris horrifiés devant ces surprenants artefacts, ils en armèrent les longs bras articulés. Sous le regard vigilant d'Alphonse Ier et sous les ordres conjugués de Robert et de Gaston le Croisé, les assaillants chargèrent les réceptacles des machines de lourdes pierres coupantes, de pelotes incendiaires et de chaudrons de feu grégeois qui bientôt inondèrent l'esplanade de la Almozara bordant le palais.

À la vitesse d'étoiles filantes traversant le firmament, des fulgurances enflammées strièrent l'air de torches incandescentes qui s'abattirent sur les assiégés terrifiés. Épuisés par la faim et la soif de ces longs mois de siège, seuls face à l'imminence du danger, la faible riposte de leurs traits fit bien piètre figure devant le déferlement des puissants projectiles ignés. Un grand nombre de défenseurs furent mis en pièces, et tandis que l'incendie se propageait, beaucoup d'entre eux tombèrent, écrasés par les boulets, les membres disloqués. Les gémissements des agonisants mêlés aux cris d'épouvante des survivants montaient dans les cieux comme une longue plainte funeste augurant la fin prochaine de Saragosse.

L'affolement crût encore dans leurs rangs quand, après ce préalable travail de sape réalisé par les catapultes, les habitants de Saragosse, terrorisés, virent approcher au plus près des remparts dix grosses tours d'attaque, dépassant en hauteur celles du palais derrière lesquelles ils étaient retranchés. La douve asséchée qui isolait l'intérieur de la cité des hordes chrétiennes ne serait bientôt plus qu'un illusoire obstacle, vite franchi à l'aide des énormes ponts portatifs que le Croisé avait pris soin de faire assembler par ses soldats. En proie au désespoir, on vit apparaître en haut de la muraille une femme éplorée, se tordant convulsivement les mains et s'arrachant les cheveux d'angoisse avant de se jeter tragiquement dans le brasier. L'esplanade de la Almozara ainsi investie, les grands beffrois de bois, recouverts de peaux de bête fraîchement écorchées les rendant pratiquement ininflammables, se préparèrent à déverser leur flot de soldats ennemis.

Sans laisser le temps de se ressaisir à leurs adversaires effarés, Alphonse le Batailleur abaissa énergiquement le bras.

Des pontons de bois jaillit alors du sommet des tours une déferlante humaine, braillant à tue-tête les noms de saint Georges et de saint Michel. Les Normands ne furent pas en reste, et tout en brandissant haches et piques assassines, on pouvait les entendre monter à l'assaut en beuglant leur terrifiant cri « Normannia ! ». Quand ils n'étaient pas la cible des arbalétriers, les défenseurs qui réussissaient à esquiver leurs puissants carreaux meurtriers s'efforçaient de repousser tant bien que mal les coups de masse d'armes ou d'épée qui mettaient en pièces les plus valeureux des leurs. Le sang jaillissait des corps béants, ruisselait sur les pierres et poissait les visages et les armures. Les assiégés résistaient avec acharnement mais ils ne durent leur salut momentané qu'à la nuit qui tomba sur la citadelle. Des cors résonnèrent dans le camp chrétien, on sonnait le repli. Comme la mer qui se retire laissant derrière elle carcasses d'épaves et poutrelles brisées, le flot de la soldatesque chrétienne abandonna l'esplanade jonchée de corps éparpillés et démembrés. La nuit s'emplit alors d'une entêtante pestilence de mort, flottant telle une ombre rapace étendant ses ailes carnassières sur Saragosse prise au piège.

Car ce rappel des troupes n'était en rien un recul et les semaines suivantes, les assauts se reproduisirent à l'identique et laissèrent la population retranchée dans la forteresse de l'Aljafería exsangue, coupée d'hypothétiques renforts et amputée de toute espérance. Les habitants avaient eu beau multiplier les appels à l'aide auprès de l'émir de Valence, les secours étaient arrivés trop tard et les hommes de son frère Temin avaient été promptement défaits. Leurs alliés musulmans de Tudela avaient tenté de forcer le blocus mais ils n'avaient que rarement réussi à leur faire parvenir du ravitaillement. Les troupes chrétiennes les tenaient maintenant à distance et ils ne pouvaient plus que maudire l'imposant déploiement de force et leur propre impuissance. La nourriture vint à manquer. Les maigres ressources en eau furent insuffisantes à étancher les soifs et à éteindre les flammes. Qui à Saragosse pouvait encore évoquer les trilles d'un merle ou d'un rossignol ? Quand avait-on aperçu pour la dernière fois chat, écureuil ou rat ? Nul le savait, chacun ne gardait au fond de son esprit que le souvenir nébuleux et obsédant de saveurs à jamais égarées dans une opulence disparue. Les nourrissons mouraient de tant s'égosiller, rageurs, à la mamelle desséchée de mères rachitiques, et les vieillards dépités se consumaient de chagrin.

Après plusieurs malheureux mois de résistance infructueuse, tous les habitants, rendus à l'évidence de leur impuissance, ne purent que se plier à la capitulation que l'ambassade du monarque aragonais vint leur proposer à la nuit tombée du 11 décembre. Du haut d'un tertre dominant la cité, ce dernier, absorbé dans la contemplation des lumières de la ville, ne doutait aucunement de l'issue heureuse de l'entreprise menée par ses émissaires. Il se récitait avec jubilation les vers de la *Chanson de Roland* autrefois écrits pour Charlemagne et qu'il faisait maintenant siens :

Le jour passe, la nuit est descendue.
La lune est claire et les étoiles scintillent.
L'empereur a pris Saragosse.

29

En ce mémorable 18 décembre de l'an de grâce 1118, fatidique an 512 de leur hégire, les gentils de Saraqusta ouvrirent enfin en grand les portes de leur cité pour livrer passage à un Alphonse le Batailleur rayonnant de triomphe. À son image, les valeureux croisés exultaient de joie, gonflés de l'orgueil d'avoir fait la démonstration de leur force invaincue. Sibylle n'avait été conviée qu'en spectatrice à la spectaculaire avancée des troupes chrétiennes. Les femmes qu'elle avait initiées au tir à l'arc et elle ne figuraient pas dans le bataillon masculin des stratèges et des guerriers. Une soif d'action inassouvie bouillonnait encore dans ses veines, mais force lui fut de constater avec amertume que ses compagnes et elle avaient été cantonnées à une discrète place d'auxiliaires.

Sommée de se regrouper sur l'esplanade de la Almozara, la population y attendait, anxieuse, la lecture de l'acte de capitulation qui y serait faite en sa présence. L'inquiétude se lisait sur les visages harassés. On ignorait le sort réservé aux vaincus. Mais au fur et à mesure que l'attente s'étirait, les langues se délièrent et on entendit les propos les plus alarmants : on parla de séparation des familles et de déportation ! La peur fut à son comble quand des hérauts d'armes firent irruption sur la place, annonçant à grand renfort de leurs trompes, l'arrivée imminente du souverain aragonais.

Le cortège royal apparut enfin. En tête, venait à pied Pierre de Librana, le nouvel évêque de Saragosse, portant haut devant lui la croix de Notre-Seigneur. La priorité avait été donnée à la conquête, mais la terre reprise aux infidèles nécessitait maintenant que la sainte Église en purifiât le moindre recoin par des aspersions d'eau bénite. Suivait Alphonse Ier, monté sur un splendide destrier recouvert d'un caparaçon sang et or, entouré selon son souhait de ses valeureux compagnons d'armes : Gaston de Béarn et son épouse Talesa, Rotrou du Perche, puis Robert et la jeune dame Burdet. Le monarque avait voulu associer à cette entrée triomphale les noms de ceux qui passeraient à la postérité comme étant les plus ardents défenseurs de la chrétienté.

La petite communauté des Normands, amassée sur le passage de la suite royale, guettait le jeune couple de Culei. Tous espéraient en leur for intérieur qu'avoir emprunté le sillage de leurs maîtres leur apporterait, sinon la gloire, quelques miettes de leurs richesses. Aëlis, Nicolette et Roselyse, les plus jeunes des compagnes de Sibylle, s'étaient groupées autour des plus âgées et scrutaient dans le regard de Guillaumette, de Margaux, de Jeanne et de Mathilde la certitude de l'avenir meilleur que toutes étaient venues chercher en terre espagnole. Leurs espoirs et leurs interrogations s'entrelaçaient inextricablement dans une fébrilité communicative. Agnès, momentanément écartée de la lumière dans laquelle baignait son amant, s'était jointe à elles, escortée par Galtier. Ce dernier avait à cœur de protéger sa sœur de la multitude ; l'enfant qu'elle abritait en son sein n'était-il pas aussi de son sang, tout bâtard de Robert Burdet qu'il était ?

Les trompettes se turent, et comme une douce brise couche en un seul mouvement les blés ondoyants de l'été, les étoffes des burnous de ceux qui ployaient l'échine devant leur nouveau seigneur se murent dans un même élan de soumission. Pas un murmure ne s'éleva parmi les rangs des chrétiens : hommes, femmes, enfants et soldats s'immobilisèrent, ébahis, prenant la déconcertante mesure de ce monde nouveau que des années d'attente avaient paré des rêves les plus fous. Encore quelques instants, et ils palperaient la fructueuse récompense de tous leurs sacrifices. Un rai de lumière traversa l'arc en plein cintre de l'entrée du palais, auréolant le roi Alphonse d'une lumière angélique. Un faisceau de rayons coruscants s'étendit alors sur les dos courbés des vaincus, et Sibylle, traversée d'une subite révélation, sembla revivre, l'espace d'un instant, ses audacieux rêves d'adolescente.

L'évêque héla un huissier de la cour. Ce dernier lui remit le parchemin de la capitulation, et avant que le prélat n'en fît la lecture, il envoya un interprète auprès de lui. L'homme d'Église commença à lire, empreint de gravité. Alphonse Ier, oubliant volontairement que les tentatives de négociations antérieures avaient échoué, voulait se montrer magnanime. Il assurait la population de la sécurité de ses personnes et de leurs biens. Loin de lui l'idée de priver ses nouveaux sujets de liberté : moyennant un tribut, ceux qui le souhaitaient pouvaient rester sous sa protection ; quant à ceux désireux de rejoindre leurs frères d'al-Andalus, il ne mettrait aucune entrave à leur départ. Les notables qui avaient survécu aux affres du siège optèrent pour cette alternative et décidèrent d'aller se placer sous l'autorité du gouverneur de Murcie dont ils dépendaient depuis qu'Ibn Tifilwit, l'émir de Saragosse, était mort à l'hiver 1117.

Quand le prélat eut terminé la lecture de l'acte de reddition, le groupe des vaincus se scinda en deux. Ceux qui se disposaient à partir en exil sortirent des rangs et ce furent de furtives accolades, de tendres pressions des mains et des larmes difficilement contenues. Ils tournèrent une dernière fois les yeux en direction de l'Aljafería pour contempler la forteresse qui ne méritait plus de porter le nom qu'Al-Muqtadir, son fondateur, lui avait donné : *Qasr al-Surur*, le palais de la Joie ! Celui qui était leur chef, un homme richement vêtu de brocart vert et à la tête un turban immaculé surmonté d'un diamant rutilant, s'inclina majestueusement, la main sur le cœur, en direction d'Alphonse Ier, posté à l'entrée de la cité. Deux de ses valets firent alors passer le porche de la forteresse à sa monture, dont l'apparition arracha des exclamations admiratives aux chrétiens qui n'avaient jamais vu pareil animal : l'éléphant blanc qu'ils amenèrent à sa hauteur plia les pattes devant ce grand seigneur et, celui-ci aidé de ses serviteurs, grimpa dans la nacelle qu'on avait fixée sur le dos de l'étrange bête. Sans regarder davantage en arrière, l'homme se mit en marche. Escortées par sa garde personnelle, les femmes de son harem, guidant de la main leurs enfants apeurés, passèrent à leur tour sous l'arche, enveloppées de longs manteaux dont les pans servaient à masquer leur visage. Venait ensuite une multitude de muletiers, aiguillonnant vivement des bêtes de somme, chargées de coffres ouvragés, de balles de tissu rebondies et de luminaires précieux. Le roi d'Aragon suivit un moment du regard le cortège mauresque puis, impatient de prendre ses quartiers dans sa nouvelle capitale, il s'engouffra dans Saragosse conquise, imité par les seigneurs de sa suite.

À peine le roi Alphonse tourna-t-il le dos à l'esplanade de la Almozara qu'un flot de captifs chrétiens, libérés des geôles musulmanes, se rua hors les murs en hurlant. Ils se répandirent en embrassades reconnaissantes pour leurs frères qui les avaient sortis de ces infâmes cachots, mais bientôt ils se mirent à pointer du doigt ceux qui abandonnaient la cité. Ils gesticulaient et en montrant le poing, les maudissaient pour les souffrances qu'ils leur avaient fait endurer. Sans plus hésiter, ils se jetèrent à la poursuite de ceux qui avaient choisi l'exode. Les soldats qui les avaient délivrés, compatissant à leur soif de vengeance, et flairant le butin qu'ils pourraient tirer des trésors entraperçus, se lancèrent sur leurs pas. Alors, dans un pêle-mêle indicible, tous se bousculèrent pour être dans les premiers à en grappiller de juteuses miettes. Toute cette piétaille hurlante se précipita vers le convoi, bien décidée à jouir de toutes ces splendeurs dont elle espérait aussi sa part. Les femmes maures épouvantées, regroupant les enfants comme elles le pouvaient, se mirent à courir, emportant les plus jeunes dans leurs bras tandis que l'escorte de leur chef faisait volte-face. Mais que pouvaient les mains nues de ces hommes auxquels on avait refusé d'emporter des armes ? Quiconque résista fut passé au fil de l'épée. Les coffres furent fracassés, leur contenu éparpillé et foulé aux pieds, les balles de tissu éventrées et les voiles des femmes arrachés avant qu'elles ne soient livrées à la soldatesque qui, elle, n'avait pas juré d'être magnanime.

L'éléphant blanc barrit de frayeur. Soudain, une doloire fendit l'air et vint se ficher dans le dos de son maître. Celui-ci, hébété, s'agrippa un instant au rebord de la nacelle avant de plonger dans le vide, les yeux exorbités, la bouche emplie de son sang.

Robert se précipita vers lui et le dépouilla du diamant de son turban.

Étrangers au drame qui se produisait derrière eux, les barons et les grands seigneurs s'apprêtaient à découvrir les somptueux palais de la nouvelle capitale aragonaise. Dans un grand élan de magnanimité, le monarque avait récompensé tous ceux qui avaient contribué à sa retentissante victoire. Le butin accumulé était considérable, les premières parts furent destinées aux grands seigneurs : le quartier mozarabe de la ville revint à Gaston de Béarn qui, en plus du titre de seigneur de Huesca, fut honoré de celui de vicomte de Saragosse. Rotrou du Perche, quant à lui, obtint la riche demeure d'Ibn Alimen, un cadi de la cité maure, ainsi que toutes les terres comprises entre le sanctuaire de Nuestra Señora del Pilar et l'église San Nicolás. Puis, sur ordre du roi, l'intendant Atón Fortuñones, qui avait dressé la liste des maisons désertées, les répartit entre tous les combattants venus de France. Robert reçut une des maisons du quartier de la Pellejería.

Les chefs de guerre victorieux s'adonnèrent alors aux inédites délices orientales. Après tous ces longs mois de siège passés dans de rustiques campements inconfortables, les colonnes d'albâtre rose, les dalles de marbre immaculé et les frises de stuc dentelé que tous ces barons découvrirent ravirent leurs sens. Un à un, ils prirent possession des demeures abandonnées. Adoptant la mode mauresque, ils s'allongèrent négligemment sur de profondes banquettes surélevées et pourvues de coussins moelleux aux teintes chamarrées. De jeunes serviteurs empressés étanchèrent leur soif en leur offrant les nectars de splendides coupes turquoise émaillées de motifs d'un noir intense ; et pour éblouir leur palais, ils leur présentèrent d'éclatants plateaux en cuivre martelé débordant de grenades charnues, de figues fondantes et de pignons enrobés de miel. Les intrépides guerriers écoutèrent les chants suaves d'esclaves s'accompagnant au rebec ou à la harpe. Tous se laissèrent charmer par les délicates arabesques florales des portiques et par les courbes graciles de jeunes femmes aux affriolants voiles opaques.

Les râles des agonisants de l'esplanade de la Almozara ne parvinrent pas jusqu'à eux.

30

— Galtier, arrête, je t'en prie ! implora en riant Sibylle, hors d'haleine, à son compagnon. Je n'en peux plus !

Le rire qui les secouait et la course effrénée dans laquelle Galtier l'avait entraînée essoufflaient la jeune femme ravie de retrouver le goût des escapades enfantines de Sidmouth. Galtier lui lâcha enfin la main et se planta devant elle. D'un large geste circulaire, il se justifia avec impatience :

— Il y a tant à voir ! Hâtons-nous ! La nuit va tomber !

— Nous aurons bien le temps demain ! plaida Sibylle.

Galtier dénia de la tête et enchaîna tout à trac :

— Demain, tu ne le pourras pas. Les évêques feront des discours, tu voudras aller les écouter, le roi donnera ses ordres, ton époux les exécutera et te voudra à ses côtés, et toi, la dame Burdet, tu ne pourras plus consacrer une seule once de ton temps à l'affreux bossu de Sidmouth, termina-t-il, feignant d'être dépité.

Sibylle sourit en l'entendant évoquer leur ville natale. Leur complicité d'antan n'était pas si lointaine, et quel bonheur de l'avoir retrouvée dans ces ruelles tortueuses de Saragosse ! Galtier continuait de l'observer, le bras tendu vers elle, paume ouverte, attendant sa décision. La jeune femme résolut de ne pas le décevoir et mit sa main dans la sienne.

— Par où aller ? s'enquit-elle, déroutée par le lacis de ruelles qui les environnait.

— Suis-moi ! répondit le jeune homme avec détermination.

D'un pas décidé, Galtier se dirigea vers une minuscule rue soigneusement pavée. Elle serpentait entre de grandes maisons hautes et resserrées, blanchies à la chaux et aux étroites fenêtres grillagées. Après y avoir fait quelques pas, ils débouchèrent devant l'entrée d'une riche demeure que les deux battants brutalement dégondés ne soustrayaient plus à la vue des passants. Des éclats de potiche brisée jonchaient le pavage d'un bassin rectangulaire à l'eau croupie nauséabonde, parsemée de lambeaux d'une pièce de soie que des pillards avaient dû se disputer. L'endroit paraissait abandonné.

Sibylle et Galtier décidèrent de s'y aventurer. Ils pénétrèrent dans un long couloir orné de carreaux de faïence bleu et jaune alternant avec des zelliges d'argile ; les *azulejos* s'étalaient en une large bande vernissée, surmontée de délicates colonnettes en stuc. La magnificence du lieu étouffait les mots dans leur gorge ; jamais encore ils n'avaient vu logis plus raffiné. Ils frémirent de ravissement à l'unisson, soudainement transportés dans un univers inconnu qui les laissa bouche bée et extasiés. Le couloir conduisait à une ample pièce circulaire inondée de faisceaux de lumière où dansaient mille paillettes dorées. Le jour filtrait à travers des trous ingénieusement percés dans une coupole de bois aux allures de ciel étoilé. Tous deux avancèrent lentement, le nez en l'air, éblouis par les rayons lumineux déversés au-dessus de leur tête comme la caresse divine du Saint-Esprit.

Mais un bruit étrange, sourd comme une complainte étouffée, vint briser cette quiétude céleste. Sibylle se figea sur place et la pression de sa main se fit plus forte sur celle de Galtier. D'un geste de ses doigts portés à la bouche, elle lui intima l'ordre de se taire. Le souffle feutré se répéta ; un animal prêt à bondir sur eux se terrait-il dans cet antre trompeusement paradisiaque ? Le démon les avait-il attirés jusque-là pour mieux les appâter et les réduire à sa volonté ? Cette respiration entrecoupée semblait provenir de deux jarres qu'ils n'avaient pas remarquées tant l'attraction irrésistible de la lumière les avait captivés. Sibylle s'en approcha.

Rencogné entre les deux grandes poteries d'argile, apparut un enfant malingre et fluet, âgé de 7 ans tout au plus, au regard hébété. De longs cheveux noirs bouclés retombaient sur ses joues hâves. Il était hirsute et crotté, et serrait dans ses bras un paquet de linges informe. Le désolant spectacle arracha à Sibylle un cri de compassion. Elle se précipita vers le garçonnet, s'accroupit à sa hauteur, s'apprêtant à le questionner, quand elle s'aperçut, horrifiée, que l'amas de toiles qu'il cramponnait n'était autre qu'un nourrisson au visage cireux. Galtier s'approcha à son tour, écarta les haillons entourant le petit corps, mais force lui fut de constater que le bébé ne respirait plus. Quand Galtier le lui ôta des bras, le petit garçon leva vers eux ses grands yeux noirs bordés de longs cils, vidés de toute émotion, hagards.

— Pauvre enfant, s'émut Galtier. Que fait-il là, avec pour seule compagnie ce bébé mort ? Comment t'appelles-tu, mon petit ?

Le garçonnet, dérouté par la question formulée dans une langue qui ne lui était pas compréhensible, ne répondit pas.

— Que va-t-il advenir ? s'inquiéta de nouveau Galtier. Je doute que ses parents soient encore de ce monde.

Sibylle détourna son regard du petit garçon et confirma son intuition.

— Tu as raison, Galtier, s'ils étaient en vie, ils seraient restés à ses côtés pour le protéger. Une mère n'abandonne jamais son enfant. Sans doute est-il le dernier survivant de sa famille, ajouta-t-elle avec gravité.

Puis elle rabattit respectueusement un pan des toiles du nourrisson, que Galtier tenait toujours, sur son visage parcheminé.

L'enfant les observait maintenant. Ses yeux allaient, alarmés, de l'un à l'autre, comme s'il avait soudainement pris conscience que sa destinée allait se jouer à cet instant. Sibylle tendit la main dans sa direction. Elle frissonna au contact des doigts du petit inconnu. Elle connaissait cette sensation. Elle l'avait déjà éprouvée autrefois, quand Lesceline enserrait sa main dans la sienne pour gravir l'escalier menant à la chambre de la dame. Comme à son habitude, Guillaume Capra s'était emporté, avait hurlé et tempêté, plongeant la gamine effrayée dans un îlot de solitude dévastatrice. Lesceline, femme privée d'enfant, avait alors la douceur des gestes maternels. Sibylle n'était plus aussi désemparée.

Les larmes vinrent irrépressiblement aux yeux de la jeune guerrière. Un sursaut infime vibra au tréfonds de son ventre infécond, au cœur de ses entrailles qui se refusaient à porter la vie. Cette vie qui arrondissait outrageusement le ventre de la maîtresse de son époux. Elle attira l'enfant à elle, lui caressa les cheveux, et expliqua, sans qu'il pût comprendre le sens de ses paroles :

— Nous t'appellerons Lescelin.

Puis elle se tourna vers Galtier et répéta :

— Une mère n'abandonne jamais son enfant.

31

— Honte à vous ! Que le courroux du Seigneur retombe sur vos têtes ignobles ! hurlait l'homme d'Église, hors de lui, en pointant un doigt accusateur vers le ciel pour convoquer les foudres divines.

Tous ceux qui étaient réunis dans le Salon Doré de l'Aljafería évitaient soigneusement de croiser son regard. Alphonse Ier lui-même, siégeant sur une estrade au milieu de la salle, baissait piteusement le nez face à l'être scandalisé qui arpentait la pièce de long en large, en proie à une fureur irréductible. L'homme qui fulminait ainsi guerriers et soldats n'était autre qu'Oleguer. L'évêque Oleguer ! Car, depuis que Sibylle et Talesa avaient fait la connaissance de l'abbé à Huesca, ce dernier avait fait du chemin. Le pape l'avait nommé évêque de Barcelone au début de l'an de grâce 1118. Il arborait maintenant sur son austère robe de bure le pallium reçu des mains du légat du pape Pascal II, deux ans plus tôt à Maguelonne. Le saint pontife était certes mort en janvier 1118, mais son successeur, Calixte II, avait ajouté à cette prestigieuse nomination celle d'archevêque de Tarragone. Il en avait fait son légat pour l'Espagne afin d'y renforcer la croisade contre les Almoravides.

Il reprit de plus belle :

— Vous avez traîtreusement attaqué dans le dos des êtres sans défense !

— Des mécréants, chuchota sournoisement quelqu'un dans l'assistance.

Oleguer fit brusquement volte-face en direction de la voix qui avait osé ainsi s'élever contre ses propos. Il incendia du regard ceux qui étaient à proximité de lui et laissa libre cours à sa rage.

— Des mécréants, osez-vous dire ? Ces mécréants désarmés que vous avez honteusement massacrés, sont morts dans le péché à cause de vous ! Vous avez envoyé leurs âmes tout droit en enfer, sans que le saint sacrement de baptême puisse les purifier de leurs souillures. Honte, honte à vous ! vociféra-t-il encore.

Le silence retomba. L'évêque embrassa du regard tous les présents, et chacun se sentit la cible désignée de la vindicte divine. Oleguer se dirigea alors résolument vers le petit groupe entourant le monarque. Il écarta les barons et se fraya un passage jusqu'à Sibylle, postée à côté de Robert et donnant la main à Lescelin. Depuis que Galtier et elle l'avaient découvert, l'enfant apeuré ne la lâchait plus. Dans cette grande salle d'apparat, écrasé sous la magnificence d'un plafond à caissons rehaussé d'or, perdu au milieu de tous ces individus dont il ne saisissait aucune des paroles, sans regard familier vers lequel se tourner, il se collait à elle, désemparé. L'évêque s'effaça devant la jeune femme et, penché vers elle, d'un signe courtois, l'invita à le précéder. Sibylle, accompagnée de Lescelin, alla se placer au centre de la pièce.

— Voyez cette femme, reprit-il gravement. Et prenez exemple sur elle qui a su ramener une brebis égarée à Notre-

Seigneur ! Comme elle, marchez sur le chemin de la sainteté ! Mettez votre personne tout entière au service de Dieu ! (Il lui adressa un sourire bienveillant.) Non seulement Sibylle a décidé d'élever cet enfant comme s'il était le sien, mais elle l'éduquera dans la foi du Christ.

De la place qu'il occupait à côté du roi, Robert, préoccupé, fronçait les sourcils à chaque mot prononcé par Oleguer. Les lèvres pincées, il maudissait intérieurement l'homme d'Église qui ne faisait que renforcer la bigoterie d'une épouse déjà si difficile à gouverner. De quoi se mêlait-il, avec ses bons sentiments et cette intromission que le chevalier jugeait parfaitement déplacée ? Il serra les poings. S'élever contre ce protégé du pape ne servirait à rien et pourrait même lui coûter cher. L'affronter, c'était risquer de se couper le chemin vers la fortune et la gloire ; une excommunication avait tôt fait de vous envoyer dans le clan des parias ! Son regard s'attarda sur le ventre proéminent d'Agnès, qui était en face de lui, debout au premier rang de l'assistance. Que n'était-elle son épouse légitime ! Il aurait eu un héritier car quelque chose lui disait qu'elle allait lui faire un enfant mâle. Et sa pécore de femme qui se fabriquait un fils de substitution ! Il regarda de nouveau l'évêque. Ce fanatique allait bientôt regagner son évêché de Barcelone et tout rentrerait dans l'ordre. Qui sait ? Si le ciel lui était clément, peut-être serait-il débarrassé de son épouse, et rien ne s'opposerait alors à ce qu'il convolât en justes noces avec sa concubine. Mais il lui fallait patienter, faire bonne figure et écouter les élucubrations de cet insensé !

Ce dernier reprit :

— L'âme de cet enfant n'est plus en perdition. Dorénavant, Dieu et Sibylle, Son humble servante, veilleront sur lui. Par le baptême qu'il recevra aujourd'hui, la lumière de l'Esprit-Saint descendra sur lui. Réjouissons-nous, car cet enfant lavé du péché originel sera le premier païen de Saragosse auquel j'administrerai le saint sacrement du baptême.

Ayant dit ces mots, il s'empara de l'autre main du garçonnet et se dirigea vers la sortie afin de rejoindre l'église de Santa Engracia. Il y avait bien longtemps que les habitants du quartier mozarabe n'avaient entendu sonner les cloches à toute volée et ils s'étaient massés sur le passage de l'évêque dont beaucoup tentaient de baiser le surplis. D'autres manifestaient leur allégresse en agitant des mouchoirs ou en faisant de grands signes de leurs bras levés au ciel. La liesse se répandait parmi ceux qui ne seraient jamais plus affublés du nom de *dhimmi* que les musulmans leur donnaient en même temps qu'ils les autorisaient à pratiquer leur foi catholique. La tolérance s'exerçait le plus souvent à coup de tributs ou de brimades ; tout cela était bel et bien fini et les catholiques trop longtemps réprimés laissaient éclater leur joie. D'autres dans la foule se bouchaient les oreilles, certains couvraient leur bouche de leurs mains pour contenir leur effarement, des femmes se tordaient les mains : avec ces cloches qui carillonnaient de plus belle, les Maures comprenaient qu'ils étaient passés dans le camp des vaincus.

Oleguer, Sibylle et Lescelin franchirent le porche de l'église sous les vivats de la foule. L'enfant fut mené jusqu'à l'autel où la jeune femme entreprit de le dépouiller de ses vêtements païens. Quand elle en écarta les pans, à la surprise générale, une petite main dorée de Fatma apparut sur la poitrine du garçonnet. Oleguer recula d'un pas, les sourcils froncés, et avant que Sibylle eût le temps de l'ôter du cou de Lescelin, il sortit de sous sa chasuble un couteau qu'il pointa un instant sous le nez effaré de l'enfant. Celui-ci poussa un cri de frayeur et se mit à trembler de tous ses membres, persuadé que la lame allait le traverser de part en part. Tandis que Sibylle le maintenait serré contre elle, d'un geste vif, Oleguer trancha le lien impie. Les larmes inondèrent le petit visage blême. L'eau bénite et glaciale dont l'évêque aspergea son front le suffoqua et ses pleurs redoublèrent. Émue par son désarroi, Sibylle ne savait comment consoler le gamin secoué de hoquets, et, mêlant ses larmes aux siennes, elle lui caressa maternellement la tête. L'enfant blotti contre elle retrouva peu à peu un semblant de sérénité. La cérémonie achevée, la jeune guerrière l'emmena à l'écart ; on avait préparé pour lui des vêtements semblables à ceux des enfants des vainqueurs : chausses, braies et tunique courte remplaceraient dorénavant le long burnous tombé au sol. On s'apprêta à sortir. Lescelin entrait dans une vie nouvelle.

Le silence retomba dans l'église vide. Seule Agnès était restée à se recueillir devant la croix de l'autel. Après s'être assurée que tous étaient partis, elle souleva le manteau de l'enfant. Elle récupéra la main de Fatma abandonnée et l'introduisit dans un des plis de son corsage.

32

Après la cérémonie du baptême de Lescelin, Sibylle prit très au sérieux la mission qu'elle s'était assignée. Elle commença l'instruction de l'enfant au plus tôt. Ce rôle allait bien au-delà de celui de simple éducatrice. Au plus profond d'elle-même, elle espérait faire retrouver le sourire au petit orphelin, et à chaque progrès, à chaque avancée, elle n'épargnait ni ses encouragements ni ses caresses. Peu à peu l'enfant reprit confiance. Mis à l'écart des jeux des gamins des vainqueurs et promis à l'esclavage domestique des petits Maures de son âge, il avait perdu son insouciance enfantine, et en l'absence de tout autre guide, ne pouvait que s'en remettre aveuglément à la jeune femme.

Celle-ci le traînait partout. Une de leurs premières sorties était le marché quotidien où l'occasion d'apprendre de nouveaux mots ne manquait jamais et où elle le laissait faire quelques emplettes récompensant sa bonne volonté. Ravis de sa curiosité et de ses progrès, les marchands glissaient une poignée de dattes ou de figues sauvages dans la petite main de Lescelin. Ils traversaient aussi régulièrement le quartier de la Pellejería pour se rendre à l'église San Salvador, qui n'était autre que l'ancienne mosquée reconvertie en sanctuaire chrétien. Sur le chemin, Sibylle instruisait le jeune garçon de la vie de Jésus et des saints, et ce dernier semblait avoir tout oublié des préceptes religieux qui avaient régi sa vie antérieure. Une complicité s'établit entre eux qui rappelait à Sibylle celle qui avait existé autrefois entre Galtier et elle.

Mais hélas, ces moments qu'elle évoquait avec nostalgie ne s'étaient plus reproduits que de loin en loin. Après leur découverte commune de Lescelin, ils ne s'étaient plus répétés. De surcroît, la grossesse d'Agnès accaparait tout entière l'attention de son ancien compagnon de jeu ; depuis que sa sœur lui avait annoncé son état, et qu'à force de cajoleries elle l'avait réclamé auprès de lui, il s'en était considérablement rapproché. Quant à la jeune concubine, elle ne se gênait pas pour lui dire que l'attachement porté par Sibylle au petit Maure était parfaitement injustifié. Quand Robert et elle se retrouvaient, elle ne manquait pas non plus de stigmatiser cet engouement maternel pour un infidèle et de le qualifier de déplacé. La hargne de Robert pour son épouse ne faisait alors que s'accroître. Si par hasard, il croisait Lescelin, il lui décochait des regards incendiaires, le rabaissait à la moindre occasion, quand il ne le gratifiait pas d'une chiquenaude, voire d'une bourrade. Agnès, après avoir bien échauffé l'esprit du chevalier, lui prenait souvent la main, la portait à son ventre et lui rappelait que son fils était bel et bien là, niché au plus près de son cœur, et qu'il connaîtrait bientôt le bonheur d'être père. Lescelin courait systématiquement se réfugier dans les jupes de Sibylle.

Or, un matin, le désarroi s'empara du jeune Maure. Comme à l'accoutumée, Sibylle et lui revenaient de l'église San Salvador, quand ils durent faire une halte sur le chemin. Un cortège d'une trentaine de captifs les obligea à freiner l'allure puis à s'arrêter pour leur laisser le passage. Lors d'un raid alentour, Robert avait localisé des villageois retranchés dans une forteresse vétuste qu'il n'avait eu aucun mal à investir. La moisson avait été bonne et il caracolait maintenant en tête de son lot de prisonniers qu'il conduisait à la sortie de la cité. Raoul de Condé y emmènerait le convoi jusqu'à Barcelone où il en tirerait un bon prix. En guenilles, sales et harassés, des enfants de son âge avançaient au milieu de vieillards chenus et de femmes hagardes. Soudain Lescelin se figea sur place, incapable de mettre un pied devant l'autre, happé par le regard d'un vieil homme enchaîné qui s'était arrêté de marcher et le fixait lui aussi avec insistance.

— Ibrahim ! cria brusquement ce dernier. Ibrahim. C'est bien toi ? interrogea-t-il en arabe.

Bien que Sibylle ne comprît pas la teneur de sa question, le trouble du petit garçon ne lui échappa pas. Elle pressentit un danger dans les bras tendus de l'homme vers Lescelin. Cloué sur place, déstabilisé par l'appel du vieillard et par le nom qu'il lui donnait, l'enfant le dévisageait, effaré. Le prénom d'Ibrahim résonna à ses oreilles comme un gong fracassant ses certitudes. L'homme tendait toujours ses bras vers lui et, ému jusqu'aux larmes, répétait dans leur langue :

— Ibrahim, mon enfant, c'est toi ! Qu'Allah le Miséricordieux soit remercié ! Tu es vivant !

Comme il faisait un pas en avant dans la direction de Lescelin, son voisin de captivité tira sur la chaîne qui les unissait pour ne pas briser l'allure du convoi. Le vieil homme trébucha sous la poussée en même temps que l'enfant amorçait un pas vers lui. La voix, le sourire, les yeux, tout lui rappelait ce grand-père aimant et attentif qu'il n'avait pas revu depuis la chute de Saragosse. Sibylle, pressentant un danger qu'elle ne pouvait identifier, retint fermement dans sa main celle du garçonnet. Elle ordonna :

— Lescelin, ne restons pas là ! Cet homme se trompe, tu ne le connais pas.

L'enfant habituellement si docile n'en était pas aussi persuadé qu'elle aurait aimé lui faire croire. Chacun tira alors de son côté dans un mouvement contraire. La résistance de Lescelin surprit la jeune femme mais elle ne lâcha pas prise et l'attira à elle d'un coup plus sec. Ce fut à ce moment qu'apparut Robert. Aucun élément de la scène ne lui avait échappé, et, furieux du ralentissement, il vociféra en levant son fouet au-dessus des captifs :

— Que se passe-t-il ici ? Avancez, avancez ! glapit-il en faisant claquer les lanières sur le dos de l'infortuné vieillard.

— Grand-père, grand-père ! hurla soudain Lescelin, tentant une dernière fois de se libérer de la pression de Sibylle.

Et comme celle-ci le retenait, de toutes ses forces il planta ses dents dans la paume de la jeune femme. Surprise par la douleur soudaine, Sibylle le laissa échapper. Robert se désintéressa instantanément du prisonnier. Il se précipita sur l'enfant, le saisit à bras-le-corps et, sans se soucier le moins du monde des coups de pied que Lescelin essayait de lui décocher, l'emporta au galop sur son cheval, tandis que Sibylle et l'aïeul de Lescelin, éplorés, les voyaient disparaître hors de leur vue.

Sibylle n'attendit pas davantage, et mue par un ressort incontrôlable, se lança à la poursuite de la monture de Robert. Elle empoigna les pans de sa robe, les releva et entreprit une course effrénée derrière l'homme qui lui enlevait son enfant. Elle renversa des paniers de fruits, bouscula les paisibles passants, se griffa les mains aux murs de ruelles trop étroites encombrées de charrettes et de marchands. Elle arriva, haletante et en nage, aux portes de la Aljafería, juste à temps pour voir Robert s'arrêter au porche de la maison qu'ils occupaient. Une peur irrépressible monta en elle et une question heurta, lancinante, ses tempes en feu : où emmenait-il son petit ? Qu'allait-il faire de lui ? Galtier apparut soudain et avant que le chevalier normand n'eût le temps de descendre de cheval, il se hissa à la hauteur de Robert et lui délivra un message. Sibylle ne pouvait entendre ce que ce dernier disait à son époux, mais celui-ci jeta brusquement son fardeau à bas de sa monture. Il fit faire volte-face à son cheval et s'élança vers son épouse. Arrivé à côté d'elle, il la toisa de toute sa hauteur et ordonna :

— Hâtez-vous de rejoindre votre servante. Son mal d'enfant a commencé.

33

— *Normannia!*

Au moment précis où les combattants normands massés sur l'esplanade de la Almozara hurlaient leur terrifiant cri de guerre, l'enfant d'Agnès poussait son premier vagissement. Quand Sibylle reçut le petit corps visqueux du nouveau-né braillard entre ses mains, des sentiments partagés l'assaillirent. Comme elle aurait aimé remercier le Seigneur d'avoir fait appel à elle pour mettre au monde une de Ses créatures ! Mais elle fut incapable de réprimer une impulsion de rejet et les larmes d'amertume qui affleurèrent à son visage à l'accueil de ce souffle vital. Le nourrisson l'avait fixée de ses yeux immenses, grands ouverts à la vie. Elle avait frémi, soudainement angoissée. Que lui réservait la venue au monde de l'enfant de Robert et d'Agnès ? Un être aussi fragile et innocent pouvait-il représenter une réelle menace pour elle ?

Tout le temps qu'avait duré le travail de l'enfantement, la parturiente ne s'était jamais rendue à la douleur qui tenaillait inlassablement ses reins. Poings serrés, gorge haletante, arc-boutée pour expulser l'enfant déchirant ses entrailles, elle avait étouffé toute plainte. Seule la délivrance finale lui arracha un cri de libération qui résonna comme l'éclat d'un triomphe ; il se superposa aux hurlements des guerriers normands partant à l'assaut du dernier foyer de résistance.

Ils ne doutaient pas de l'issue de la bataille. Le regard d'Agnès exsangue avait pétillé d'une flamme inédite : celle de l'assurance de la victoire !

Robert était parti tambour battant. Il en était sûr : à son retour, il reviendrait en vainqueur et Agnès lui aurait donné un fils ! En chevauchant avec superbe aux côtés de Rotrou du Perche, il se sentait invincible ! Alphonse Ier avait décidé de frapper vite et fort. Il n'y avait pas de temps à perdre. Il envoya ses alliés normands à l'assaut de Tudela. Les bravades insensées dont ses habitants avaient fait preuve pour ravitailler leurs frères assiégés de Saragosse l'avaient profondément irrité. De surcroît, la cité maure entravait depuis trop longtemps la circulation sur l'Èbre et l'accès à la fertile vallée que le fleuve arrosait. Quand il s'en serait emparé, il deviendrait le maître incontesté de la région. Tout l'empire almoravide d'al-Andalus serait alors à ses pieds ! Tudela allait ployer un genou en terre devant le roi croisé !

Rotrou et Robert furent les artisans de sa perte. Le roi d'Aragon mit à disposition de son cousin six cents cavaliers, encore galvanisés par la prise de Saragosse et prêts à en découdre. Le plan ourdi ne pouvait faillir, Robert en était la pièce maîtresse : il accepta d'emblée cette mission de confiance.

Il fut convenu que le gros de la troupe se cacherait dans les bois autour de Tudela tandis que Robert, à la tête d'une trentaine de guerriers, en saccagerait tous les environs. Il lui fallait surprendre et frapper vite, en tous lieux ravager les masures et massacrer leurs habitants. Sans merci, jamais. Un tel acharnement ne laisserait pas insensible le gouverneur de Tudela.

Les Normands ne s'étaient pas trompés. La réaction des chefs militaires de la ville ne se fit pas attendre. Quand Robert et ses compagnons vinrent les narguer sous les fortifications de la forteresse, ils se lancèrent à leur poursuite, cimeterres au poing et vociférant des imprécations vengeresses. Ils étaient tombés dans le piège. Tandis que Robert feignait de prendre la fuite, rien ne fut alors plus facile à Rotrou que de s'introduire dans la citadelle sans défense. À leur retour, les hommes qu'il posta aux portes de la cité cueillirent un à un les Sarrasins bernés et exténués et passèrent au fil de l'épée les plus belliqueux.

En cette fin de février 1119, lorsque Robert et Rotrou revinrent tous deux auréolés de la gloire de la capitulation de la ville, le roi d'Aragon les reçut en héros et décréta plusieurs jours de libations et de banquets en leur honneur. Robert exultait de joie. À l'insigne honneur de servir le comte du Perche et son cousin, s'ajoutait maintenant la virile distinction d'être père ! La mine contrariée affichée par Sibylle à son retour n'entama en rien sa superbe. Bâtard ou pas, peu importait, il avait engendré un enfant mâle, le petit Guillem était son fils ! Et si cette femelle contristée incapable d'être mère y trouvait quelque chose à redire, il la répudierait ! On ne cheminait pas sur la voie de la gloire, un caillou dans la chaussure ! On l'extirpait et on le jetait !

De surcroît, la grande nouvelle de son avancement accaparait Robert jour et nuit. Rotrou du Perche avait décidé son retour en Normandie et lui avait délégué ses pouvoirs. C'était maintenant lui, le petit cadet de famille normand inconnu, qui allait devenir le gouverneur de Tudela à la place du comte Rotrou ! Jamais Robert n'eût imaginé administrer un jour une cité pour le compte du roi Alphonse. Rien à Tudela désormais ne se ferait sans qu'on prît son avis. Il en jubilait de plaisir. Habitants vaincus, femelles rebelles, serviteurs indolents, tous seraient logés à la même enseigne. Il les mènerait à la baguette!

Agnès fut alors parée de toutes les vertus. Sibylle s'en morfondit d'autant plus que Lescelin lui-même semblait succomber à l'entreprise de séduction de la concubine de son époux. Celle-ci comptait bien mettre à profit l'avantage de sa maternité. Elle s'ingéniait à isoler la dame Burdet et à lui ravir toute once d'affection que quiconque pût lui témoigner. Prenant prétexte, en l'absence de Robert, de la faiblesse de son état puis des liens qui unissaient son enfant à Galtier, elle avait réussi à complètement accaparer son frère, qui s'était découvert une tendresse inconditionnelle pour son neveu. Elle forma ensuite le projet de détourner le petit Maure de Sibylle. Rien ne lui fut plus facile; l'enfant était jeune et malléable, et depuis l'épisode malheureux de la réapparition de son grand-père, sa confiance aveugle en Sibylle s'était émoussée. Il reporta sur le bébé joufflu et potelé toute la tendresse qu'il avait eue naguère pour sa petite sœur. Il le couvait du regard, et la première fois qu'Agnès le lui déposa dans les bras, ses yeux brillèrent de joie et il en conçut le même attachement qu'autrefois pour sa sœur défunte. Patiemment, méthodiquement, Agnès avançait ses pions un à un. Elle avait la première place dans la couche de Robert, la naissance de Guillem était son atout majeur pour évincer Sibylle, quelques manœuvres supplémentaires et la dame Burdet serait définitivement écartée de son chemin.

C'était compter sans Oleguer!

34

— *Pater noster qui es in coelis, sanctificetur nomen tuum.*

— Bien, bien, dit Oleguer en hochant la tête avec bienveillance.

Assis sur une cathèdre à coté de Sibylle, il adressait régulièrement à celle-ci de larges sourires de satisfaction. Lescelin lui semblait être un élève docile et la capacité qu'avait eue l'enfant à mémoriser si rapidement une prière différente de celles qui avaient bercé sa vie antérieure l'impressionnait fortement. En face d'eux, le petit Maure gardait les yeux rivés au sol, concentrant tous ses efforts sur le texte que Sibylle lui avait appris. Il poursuivit :

— *Adveniat regnum tuum...*

Il s'interrompit brusquement. L'évêque de Tarragone, se figurant que la mémoire de l'enfant lui jouait des tours, l'encouragea doucement :

— Continue, mon petit, c'est très bien.

Mais l'attention de Lescelin était perturbée. Il dansait maintenant d'un pied sur l'autre et tournait sans cesse la tête en direction de la porte. Un bruit diffus était la cause de sa distraction. Il reprit cependant :

— *Fiat...*

Sibylle fronça les sourcils. Lescelin se désintéressait complètement de sa récitation. Les pleurs répétés du petit Guillem l'en détournaient. Quand ils redoublèrent d'intensité, Lescelin n'y tint plus, et sans en demander la permission à quiconque, il se précipita hors de la pièce en courant. Sibylle eut beau lui crier de revenir, il n'y prêta pas la moindre attention. La jeune chevalière et l'évêque se retrouvèrent seuls.

Sans que rien ne le laissât supposer, Sibylle éclata alors subitement en sanglots irrépressibles qui jaillirent de sa poitrine secouée de hoquets. L'insidieux travail de sape d'Agnès avait fait son œuvre. Un trop-plein de vexations accumulées inondait la digue de sa retenue. Le mépris affiché de son époux, la distance instaurée par sa jeune servante entre Galtier et elle, la naissance lourde de menaces de Guillem, et maintenant l'éloignement de cet enfant qu'elle tenait pour sien, c'était plus qu'il n'en fallait pour venir à bout de ses belles résolutions. Comme un minuscule coin de bois éclatant une bûche, une once de fragilité venait entailler la fierté de la jeune guerrière.

— Allons, ma fille, intervint Oleguer en lui tapotant la main. Ressaisissez-vous ! Ce petit n'est qu'un enfant, et comme tout enfant de son âge, il se laisse distraire facilement !

Alors Sibylle, qui depuis trop longtemps supportait toutes les avanies et ne savait à qui confier ses craintes, s'épancha auprès de l'évêque. Elle livra ses angoisses les plus secrètes à son oreille compatissante. Le front de ce dernier se barrait d'un grand trait soucieux à mesure qu'il découvrait les machinations et les humiliations dont elle était la victime. La fureur le saisit quand la jeune épouse évoqua sa peur d'être répudiée. Que pensait-il, ce chevalier normand si peu scrupuleux ? Qu'on pouvait, sans impunité, balayer d'un revers de main les plus saints préceptes de l'Église ? Avait-il déjà oublié que, là-bas en Normandie, un prêtre avait scellé devant l'Éternel son union avec Sibylle ? Que faisait-il de la parole donnée ? On ne plaisantait pas avec le pieux serment du mariage ! Oh, bien sûr, Oleguer aurait pu fermer les yeux sur l'existence de cette concubine et de son bâtard, mais la place légitime revenait à celle qu'il avait épousée en saintes noces. Il ne pouvait l'en évincer ! Dieu en avait été le témoin ! Mais pour l'heure, il appartenait à l'homme d'Église de réconforter la jeune femme.

— N'ayez crainte, ma fille, reprit-il avec fermeté, je veillerai personnellement à ce que rien ni personne ne brise le lien sacré de vos épousailles. Je m'en porte le garant. Je parlerai à messire Burdet ; je lui ferai entendre raison.

Sibylle se jeta à genoux, et, éperdue de reconnaissance, lui baisa la main. L'évêque la bénit et ajouta :

— Je pars dans quelques jours pour la Terre sainte. Dieu m'y envoie négocier le rachat de captifs tombés aux mains des Sarrasins. À mon retour, je ferai rentrer Robert Burdet dans le rang, je vous le garantis.

La détermination d'Oleguer tranquillisa Sibylle. Quand ils se quittèrent, la sérénité revint sur ses traits. Les paroles du saint homme l'avaient réconfortée. Elle ne se doutait pas encore qu'elle allait bientôt avoir besoin de toutes ses forces rassemblées pour affronter les foudres de Robert.

— Ma croix en émail ? Vous avez donné ma croix en émail à l'évêque ?

Le chevalier était sidéré de ce qu'il venait d'apprendre, il écumait de rage. Il regardait son épouse comme un enfant qu'on vient de prendre en défaut, la main dans le sac.

Sa révélation lui parut la pire des inepties entendues de la bouche de Sibylle depuis qu'il en avait fait sa connaissance à Sidmouth. La jeune femme allait rétorquer que cette croix était avant tout la sienne, mais elle n'en eut pas le temps. Robert éructa :

— Et pour quelle raison, je vous prie ?

Cette façon de lui demander d'un air supérieur qu'elle se justifiât irrita Sibylle au plus haut point. Elle n'était nullement disposée à s'en laisser imposer ; sa résistance s'était autrefois culottée aux accès de colère paternels, l'emportement de Robert ne l'impressionnait pas. Elle avança le menton, volontaire, et décida de tenir tête à son époux. L'évocation rapide d'Oleguer et celle du service de Dieu l'y aidèrent.

— Pour la sainte cause du rachat de nos frères captifs !

— Cela n'est pas votre affaire ! s'enflamma de nouveau Robert, hors de lui.

— Le salut des âmes est l'affaire de tous ! L'évêque Oleguer en est parfaitement convaincu, lui !

C'était donc cela, pensa le guerrier devenu soudainement mutique en entendant Sibylle mentionner l'homme d'Église. Quelles fadaises avait-il réussi à lui fourrer dans la tête ? se demanda-t-il, irrité.

— Cette croix, je l'ai obtenue au péril de ma vie, et…

— Comme ce diamant que vous avez arraché au turban du gouverneur de Saragosse !

Robert ne savait pas comment cet épisode était arrivé aux oreilles de Sibylle, mais son épouse commençait sérieusement à l'exaspérer. Elle ne remplissait aucune des promesses que lui avait laissé espérer ce mariage contracté trop hâtivement. Il craignait maintenant de s'en mordre les doigts. Passe encore qu'elle ne lui donnât ni plaisir ni héritier, il les trouvait ailleurs ! Mais qu'elle mît en danger ses projets de gloire et de fortune, en voilà plus qu'il ne pouvait supporter. Bien sûr, il avait répondu présent à l'appel de croisade en Espagne, mais que par ses velléités excessives de charité, son épouse fît vaciller le piédestal où il commençait à se hisser, bataille après bataille, victoire après victoire, il ne pouvait le tolérer. Il ne risquait pas sa vie pour qu'il ne lui restât que des miettes de succès et que la dame Burdet gratifiât l'Église de récompenses et de dons qui lui revenaient de droit. Il n'enrichirait pas l'Église à ses dépens ! Pas maintenant que tout lui souriait ! Cette maudite femelle devenait par trop gênante.

35

Le tourbillon des expéditions armées et des raids punitifs absorba tout entière l'énergie de Robert Burdet. La conquête de Tudela et de Saragosse avait fragilisé le royaume musulman, effaré devant l'accumulation fulgurante de victoires remportées par Ibn Ramir, le fils de Ramiro, comme les habitants des cités qu'il assiégeait dénommaient maintenant Alphonse Ier. Sa réputation de guerrier invincible se répandait dans tout al-Andalus et rien ne semblait pouvoir freiner ses avancées. Le roi d'Aragon engrangeait victoire sur victoire ! Cutanda tomba en juin 1120, puis les années suivantes ce fut le tour de Borja, Daroca, Tarazona, Calatayud ! Sous la poussée des guerriers croisés, l'occupation musulmane fut alors définitivement éradiquée du royaume d'Aragon.

Robert avait d'autres chats à fouetter que de mettre au pas son épouse. En cette année 1123, Oleguer s'apprêtait à partir de nouveau pour Antioche. L'immensité de sa tâche d'intercesseur ne lui avait permis que d'épisodiques séjours sur le sol espagnol, et encore n'y avait-il fait que d'y collecter les fonds nécessaires au rachat de captifs. Sibylle ne pouvait plus se prévaloir de son soutien ; elle s'effacerait d'elle-même, se complaisait à penser le chevalier normand. Son isolement était de plus en plus patent : la plupart de ses femmes s'étaient établies avec leurs maris sur les terres alentour ou tenaient de petits commerces. Seules deux d'entre elles les avaient suivis à Tudela : Aëlis, qu'Agnès continuait à instruire du secret de ses plantes, et Margaux, l'indépendante meunière de Culei que rien ne retenait à Saragosse. La comtesse Talesa ne séjournait plus à la cour aragonaise, et Lescelin, son protégé, s'attachait de plus en plus à Guillem ; jusqu'à son bossu qui semblait complètement dévoué à Agnès. Bien que, dans un premier temps, la présence de ces deux derniers l'eût fortement irrité, le chevalier s'en félicitait maintenant. Sibylle ne pouvait plus compter sur l'appui de personne.

Absorbé par ses pensées, Robert chevauchait en tête du convoi menant à Tudela. Dès que Rotrou du Perche l'avait nommé gouverneur, il avait ordonné à ses gens d'organiser son départ. La maison qu'il occupait à Saragosse n'était plus digne de ses nouvelles fonctions ; elle ne lui apparaissait désormais plus que comme une immonde bicoque. Une demeure plus noble seyait au gouverneur qu'il était devenu ; à Tudela, il occuperait le château de la cité. Un château ! s'était étonné le petit Guillem lorsque son père, le faisant sauter sur ses genoux, lui avait annoncé qu'ils quittaient leur logis de Saragosse. L'air stupéfait et les rires de l'enfant l'avaient amusé. Quand, au moment de partir, Galtier avait aidé Agnès, grosse du deuxième enfant qu'elle attendait, à monter dans la charrette, Robert avait soulevé d'autorité l'enfant dans les airs et l'avait assis sur la selle de son cheval. Tous deux précédaient maintenant l'expédition en paradant sur la monture du chevalier. Robert exhibait son bâtard avec fierté. Il retrouvait ses propres qualités dans le bambin de cinq ans. L'enfant maniait déjà avec dextérité la petite épée en bois qu'il lui avait offerte et prenait un plaisir évident à ferrailler à tout instant. Encore quelques années et il associerait Guillem à son poste de gouverneur de Tudela. L'enfant et ceux qui suivraient seraient ses relais vers la gloire ! Sibylle ne saurait s'y opposer. Bien sûr, il ne pouvait pas encore l'écarter définitivement ; elle restait l'épouse légitime. Rien ne pressait.

À son arrivée à Tudela, Robert clama haut et fort ses intentions. Il y avait déjà quelques années que les Maures avaient quitté la médina pour aller vivre hors les murs. La plupart de leurs maisons étaient passées aux occupants chrétiens. Mais du point de vue du chevalier normand, trop d'éléments rappelaient encore que la primitive fondation de la cité leur était due. Il fallait effacer ces traces. Robert n'y alla pas par quatre chemins.

— Raser la mosquée ? s'inquiéta Durán Pixón, le magistrat de la ville.

Rendre la justice faisait partie de ses attributions. Durán avait aidé autrefois à la rédaction de l'acte de capitulation et à passer des accords avec les musulmans : le roi en personne leur avait laissé une entière liberté de culte. Il avait son mot à dire dans ce domaine. Mais Robert n'entendait pas partager ses nouvelles prérogatives.

— Nous aurons une émeute, s'effraya Durán, les yeux riboulant d'effroi, ou pire, une révolte, un soulèvement ! Que sais-je encore !

— Ne doivent-ils pas déjà s'estimer chanceux que le roi Alphonse les ait autorisés à pratiquer leur religion ?

— C'est un droit stipulé mot pour mot dans l'accord de reddition ! s'indigna le magistrat avec véhémence.

Robert marqua une courte pause, parut réfléchir profondément et arbora un air soucieux.

— Vous n'ignorez pas qu'il va nous falloir construire une église.

L'autre l'observait avec crainte, anticipant avec angoisse le cours de la pensée du nobliau normand. Robert poursuivit :

— Les matériaux manquent, les murs de la mosquée nous les fourniront. J'ai promis à l'évêque Esteban que je poserai la première pierre du sanctuaire qu'il veut consacrer à la Vierge.

— Mais le roi a promis sa protection à ses nouveaux sujets ! s'insurgea de nouveau Durán.

— Et ils continueront à l'avoir ! trancha Robert, en colère. Là n'est pas le problème !

Il fit quelques pas décidés vers le magistrat et alla se planter sous son nez.

— Ce territoire est maintenant catholique. J'entends l'administrer à ma guise. Il n'y a pas à discuter. Nous raserons la mosquée !

36

Durán Pixón ressortit dépité des appartements de Sibylle. Les nouveaux arrivants lui avaient pourtant affirmé qu'il s'agissait d'une femme d'une grande bienveillance ; certains lui avaient relaté le dévouement exemplaire dont elle avait fait preuve en recueillant Lescelin. Avec ingénuité, le magistrat avait cru que la dame Burdet pourrait infléchir la volonté de son mari. Mais Robert avait habilement manœuvré. Il ne lui avait pas échappé qu'il aurait besoin de l'appui de l'Église pour s'assurer du contrôle total de la ville. Sibylle en avait l'estime ; grâce à son intercession, elle pouvait servir ses desseins de gloire et d'expansion. Elle avait été la première à être avertie de sa résolution de raser le sanctuaire mauresque. La réponse qu'elle donna à Pixón fit vaciller les dernières illusions du magistrat.

— Je le voudrais que je ne le pourrais pas, messire Pixón. Cela n'entre pas dans mes attributions. Le chevalier, mon seigneur et maître, est le gouverneur de cette cité. Il décide de son avenir.

Le magistrat crut déceler une once d'ambiguïté dans les propos de la jeune Normande.

— Mais dame Burdet, le voulez-vous réellement ?

Le silence s'était soudain installé. Sibylle avait croisé les mains, un instant absorbée par ses pensées. Ses rêves de jeune fille n'étaient pas si loin ; elle s'était longtemps imaginée en artisane d'une reconquête spirituelle, c'était le seul point qui la rapprochait de Robert. Elle planta ses yeux dans ceux de Pixón et, en guise de réponse, lui renvoya une question :

— Messire Pixón, avez-vous vu comme moi ces captifs enchaînés sortir hagards des geôles mauresques ? Ignorez-vous les brimades dont nos frères dans le Christ ont été victimes ?

Le magistrat connaissait parfaitement les humiliations subies par la communauté mozarabe. Elle avait payé cher son attachement sincère à la chrétienté et avait dû se plier autrefois aux exigences de l'envahisseur. Dépossédés de leurs terres, soumis à des taxes exorbitantes sur le bétail et les récoltes, les mozarabes vivaient la plupart du temps dans la misère. *Dhimmis* ? Des protégés, oui, mais à quel prix ? Construire des églises, il n'y fallait pas penser, réparer celles qui tombaient en ruine était interdit, quand on n'affublait pas les plus récalcitrants de masques de porc pour leur rappeler leur impureté ! Quand la première cloche de Tudela appela à l'office divin, nombreux furent alors les mozarabes reconnaissants qui s'agenouillèrent, pétrifiés de bonheur. Sibylle en avait eu les larmes aux yeux. L'esprit empli de cette vision, elle reprit :

— Je ne peux que me réjouir de l'édification prochaine de l'église Santa María. C'est justice d'effacer tout ce qui a écarté nos frères humiliés du Seigneur. Nous raserons la mosquée.

Agnès elle-même en avait éprouvé un vif dépit. Non pas que la destruction de l'édifice la chagrinât, non, elle servait exclusivement ses propres intérêts ; elle s'y accrochait comme un molosse à sa proie. Elle pressentait que l'adhésion totale de Sibylle au dessein de son mari risquait fort de fissurer les premières pierres du fragile édifice de son ascension sociale.

Quand Robert l'avait installée dans sa propre maison, porte Ferreña, elle avait jubilé de joie. Il la visitait certes toutes les nuits, mais après leurs ébats, il retournait loger dans son château de gouverneur. Auprès de Sibylle...

Se contenter de cette deuxième place l'exaspérait maintenant au plus haut point. Elle enrageait à l'idée de laisser marquer des points à Sibylle. Mais rien n'était encore perdu. La concubine de Robert se prit à penser que cette mosquée rasée ne lui serait peut-être pas aussi funeste qu'elle se l'était figuré. Agnès avait l'intuition qu'une opportunité allait s'offrir à elle ; elle ne la laisserait pas passer. Elle avait promis à Guillem de l'emmener le lendemain jusqu'à l'esplanade où se déroulerait le spectacle inédit. Depuis que son fils avait entendu son père faire allusion à la destruction de l'édifice, celui-ci ne tenait plus en place. Il ne se passait pas un seul instant que le gamin, armé de son épée, ne jouât au pourfendeur de Maures, s'appliquant avec entrain à fracasser les jarres et à éventrer les paniers traînant à sa portée. Les réprimandes de Galtier n'avaient eu aucun effet sur lui, et avec un plaisir non feint, Robert l'encourageait à poursuivre ses exploits.

Le jour venu, Agnès partit de bonne heure en compagnie de son frère, de Guillem et de Lescelin. Ils se mêlèrent à la foule des Maures réunis là ; sommés pour la plupart d'entre eux d'assister à l'anéantissement du bâtiment, les hommes roulaient des yeux effarés, les femmes pleuraient, d'autres se tordaient les mains de chagrin, impuissants. Assis sur des cathèdres juchées sur une estrade surélevée, Robert et Sibylle leur faisaient face, protégés par un cordon de gardes entourant la place. Le chevalier fit un signe de la main à son second, et Raoul indiqua d'un mouvement de tête à une demi-douzaine de sapeurs qu'ils pouvaient commencer leur travail. Quand le premier coup de maillet s'abattit sur une des colonnes de la mosquée, un murmure de réprobation s'éleva tandis que les femmes horrifiées poussaient des cris et que les hommes, tenus en respect par la troupe, serraient les poings de rage.

Guillem trépignait de joie sur place. Lescelin, quant à lui, observait la scène, mutique, tandis que son regard allait des pierres descellées aux visages bouleversés de ceux qui assistaient, impuissants, au démembrement de leur sanctuaire. Au fond de lui-même, le jeune Mauresque semblait partager leur souffrance. De temps à autre, Agnès lui jetait un regard à la dérobée et percevait le trouble qui l'affectait. Arguant qu'il n'y voyait rien, ce fut ce moment que choisit Guillem pour demander à son oncle de le hisser sur ses épaules.

— Je ne le peux pas, Guillem, tu le sais bien, lui répondit ce dernier en lui montrant la bosse de son dos.

L'enfant se renfrogna et rétorqua avec suffisance :

— Mon père, lui, le peut !

Il lâcha soudainement la main de Galtier, alla se planter devant Agnès et décréta :

— Je veux aller voir mon père !

— Hélas, nous n'y sommes pas autorisés.

Elle allait caresser la joue de l'enfant pour le consoler quand celui-ci fendit d'un trait la rangée où ils se trouvaient, aussitôt talonné par Galtier. Lescelin amorça le geste de les suivre, mais Agnès le retint par le bras.

— Laissez-moi le rattraper, dame Agnès ! implora-t-il.

— Galtier va s'en charger, ne t'inquiète pas.

— Mais s'il se perd ?

— Il n'y a rien à craindre. Il sait où est son père.

L'enfant n'insista plus. Agnès reprit :

— De plus, ta place est ici.

— Près de vous, dame Agnès, lui répondit-il en souriant.

— Tu n'aurais pas préféré plutôt être aux côtés de Sibylle ?

L'enfant dénia de la tête.

— Tu as raison, les tiens sont là, lui souffla-t-elle à l'oreille, c'est là que tu dois être.

Comme Lescelin ne disait rien, elle poursuivit :

— C'est bien naturel. Ils font un peu partie de ta famille. Tu vénérais leur dieu autrefois.

Le mutisme de l'enfant s'accentua. Du bout du pied, il jouait à pousser un caillou comme s'il ne voulait pas accorder la moindre importance aux propos de la mère de Guillem. Celle-ci, notant sa perturbation, ajouta :

— Et si Sibylle ne t'avait pas arraché à ton grand-père, tu l'adorerais encore.

Lescelin cessa tout mouvement et planta ses grands yeux stupéfaits dans ceux d'Agnès.

— C'est Sibylle qui t'a enlevé aux tiens, je le sais, dit-elle en lui prenant la main. Elle aurait aimé jusqu'à en effacer le souvenir.

Elle lui ouvrit la paume et déposa en son creux la main de Fatma qu'elle avait récupérée lors du baptême de Lescelin.

— Mais vois-tu, ton dieu ne l'a pas voulu ainsi. Et moi non plus. Tu peux compter sur moi, Lescelin, termina-t-elle en refermant les doigts de l'enfant sur le bijou.

37

Malgré l'isolement qui la frappait, Sibylle ne se laissait pas aller à la mélancolie. La perspective de continuer à restaurer le service de Dieu dans Tudela, ville où la foi chrétienne avait été bafouée, l'animait. Elle s'en réjouissait d'autant plus qu'Oleguer avait annoncé sa prochaine visite. Aussitôt rentré d'Antioche, l'évêque de Barcelone avait consacré un autel de la cathédrale de la cité comtale aux captifs que le Seigneur l'avait aidé à libérer. Le prélat sillonnait maintenant l'Espagne en tous sens pour inviter les malheureux qui avaient subi les affres du joug musulman à venir rendre grâce à Dieu de leur libération. Nombreux étaient ceux qui partaient pour Barcelone afin de déposer au pied de l'autel les chaînes détestées de leur ancienne captivité.

Mais l'homme d'Église avait une autre idée en tête. Lui qui avait la confiance du pape Honorius II et qui le représentait en Espagne, avait condescendu à demander très solennellement à Robert Burdet de le recevoir. Ce dernier en avait conçu un immense orgueil car enfin, avait alors pensé le nobliau normand, n'était-ce pas là la preuve de sa spectaculaire réussite ? Le comte Rotrou lui avait témoigné sa faveur, l'évêque Oleguer voulait le consulter, qui sait si à l'avenir le roi Alphonse lui-même ne lui demanderait pas son conseil ? Et maintenant que le repas donné en l'honneur du prélat s'achevait et que la plupart des serviteurs étaient congédiés, Oleguer allait enfin révéler à Robert et Sibylle la vraie raison de sa visite. Robert n'y tenait plus ; il pressentait que les propos aimables échangés jusque-là n'étaient que vains prétextes et, si dans un premier temps la demande d'Oleguer avait flatté sa vanité, sa curiosité était maintenant piquée au plus haut point. Il faillit s'étrangler quand l'évêque de Barcelone lui confia ses intentions :

— Gouverneur de Tarragone ! balbutia Robert, bouffi de suffisance.

— Plus que cela, mon fils ! rectifia Oleguer. Gouverneur, vous l'êtes déjà ici à Tudela. À Tarragone, vous serez prince !

Robert n'en croyait pas ses oreilles. Il se rengorgea d'aise. Il fut un moment pris de court par la perspective annoncée, et les mots lui manquèrent. Pour se donner une contenance, il indiqua son hanap vide à son échanson, et pendant que ce dernier le remplissait, il fit une rapide estimation de sa position future. Oleguer lui offrait sur un plateau rien de moins qu'un titre de prince ! Le vertige le saisit. Maître de toutes ses actions, sans aucun compte à rendre ni à Rotrou du Perche ni au roi Alphonse, lesquels, en plus de lui être redevables tous deux des services rendus à Saragosse, le traiteraient dès lors d'égal à égal ! Le prélat ne lui laissa pas le temps de se ressaisir et enchaîna :

— Je vois ici l'admirable travail que vous faites. En peu de temps, vous avez pacifié la région, permettant ainsi à des colons de s'installer durablement sur les terres conquises. Vous redonnez espoir à tous ceux qui tremblaient de peur sous la férule musulmane.

Robert semblait avoir perdu l'usage de la parole tant les compliments d'Oleguer l'exaltaient. Ce dernier posa sa main sur le bras du chevalier et assena une dernière flatterie :

— Messire Burdet, vous êtes un exemple pour toute la chrétienté. Ces contrées inexploitées autour de Tarragone ont besoin d'âmes nobles comme la vôtre.

Robert avala une gorgée de son vin. L'homme d'Église l'observait maintenant, un sourire au coin des lèvres. L'ambitieux Normand avait mordu à l'hameçon.

— Inexplorées, dites-vous ? Ces terres ne sont-elles pas habitées ?

— Hélas, non, mon fils ! Elles l'ont été autrefois, mais les razzias des Sarrasins et la hantise des raids barbaresques ont fait fuir nos infortunés frères.

— Mais vous-même, n'êtes-vous pas intervenu pour empêcher toutes ces calamités ?

L'évêque prit un air contrit et se lamenta :

— L'Église est bien frêle pour supporter seule le poids de ces agressions répétées. Tarragone a longtemps été aux mains des païens ; ils ont dévasté la région et l'ont laissée exsangue ; nos sanctuaires ont été saccagés, il n'en reste que des ruines envahies de ronces et de vermine. L'Église, pour y être restaurée, a besoin d'un homme fort, rompu à l'entreprise de conquête. Si vous acceptez ma proposition, vous en serez le bras armé. Vous deviendrez le prince de Tarragone.

Robert allait ouvrir la bouche pour remercier le prélat de son attention quand celui-ci se tourna vers Sibylle, restée silencieuse.

— Vous êtes l'homme qu'il nous faut. Remerciez votre épouse ; elle m'en a convaincu.

La vision de Sibylle, haranguant les paysans de Culei, traversa les pensées de Robert comme un éclair. L'alliée de sa gloire, voilà comment il avait alors perçu la jeune femme. Il lui jeta un regard fugace. La dame Burdet gardait les yeux baissés, un sourire béat sur le visage. Était-il possible que cette épouse bafouée continuât à placer les intérêts de Dieu au-dessus de toutes les vexations endurées ? Quelle déconcertante abnégation que celle de cette femme qui s'oubliait et semblait ne pas connaître le moindre ressentiment à son égard, tant importait de faire don de son sacrifice au Seigneur ! Voilà un atout que Robert se devait de ne pas gaspiller, pensa-t-il un instant. Mais Oleguer continuait, flagorneur :

— Et moi-même, j'irai vous recommander au Saint-Père. Je lui ai déjà parlé de vous et je n'aurai aucun mal à le persuader que vous êtes l'homme de la situation. Vous aurez sa faveur, soyez-en certain : deux époux voguant de concert sur une voie si exemplaire ne peuvent que remporter son adhésion. Mais il se fait tard, termina l'évêque en se levant, un long voyage m'attend jusqu'à Barcelone. Vous savez comme moi que les prisonniers auxquels vous avez rendu leur liberté meurent d'impatience de déposer leurs chaînes dans la cathédrale.

Robert se précipita pour tirer en arrière la cathèdre du prélat ; celui-ci lui donna son anneau à baiser et le chevalier, empreint de reconnaissance et encore stupéfait à l'idée d'être propulsé prince de Tarragone, s'agenouilla et y posa ses lèvres avec gratitude. Tout en le bénissant, l'homme d'Église adressa un sourire à Sibylle. Le visage de la jeune femme rayonnait et ses yeux radieux trahissaient son émoi :

Oleguer avait tenu sa promesse. En invoquant son intercession en faveur de son mari, le saint homme lui avait redonné la première place, celle de l'épouse dont le dévouement serait bientôt reconnu par le pape en personne. Robert pouvait bien continuer à entretenir toutes les concubines qu'il voulait, il resterait lié à elle par un indéfectible lien conjugal qu'il ne pourrait plus bafouer, à moins d'en répondre devant le Saint-Père ! Le chevalier normand était audacieux, mais ni Oleguer ni Sibylle n'ignoraient qu'il fût profondément cupide. Jamais il ne prendrait le risque de compromettre les prodigieux intérêts qu'il n'avait fait qu'entrevoir mais dont il soupçonnait qu'ils feraient de lui un des hommes les plus respectés de la chrétienté. Un prince !

Oleguer s'écarta et, prenant Sibylle par le bras pour l'entraîner à sa suite, il ajouta à l'intention de Robert :

— Prenez le temps de la réflexion, messire Burdet, ne me donnez pas votre réponse de suite. Mais n'oubliez pas, si vous acceptez le titre que je vous propose, dame Sibylle, votre chère épouse, sera, elle aussi, princesse de Tarragone.

38

Quand Aëlis vint lui apprendre la nouvelle, Agnès ne se contint plus. Elle aurait voulu arracher les yeux de Sibylle, qu'elle considéra dès lors comme une intrigante hypocrite et sournoise. Ah, elle avait bien caché son jeu, la dame Burdet ! enrageait la maîtresse de Robert. Sous ses airs de sainte-nitouche, elle avait parfaitement manœuvré et avait réussi à obtenir l'appui de plus puissant que son époux ! Agnès les maudit tous : Oleguer, Sibylle et Robert ! Ah, le pleutre ! Ce dernier ne lui avait-il pas promis qu'elle serait princesse un jour ? La concubine écumait de rage. Elle ne savait pas ce qui la faisait plus souffrir : la couardise de Robert ou la douleur qui s'était emparée de ses reins.

Car le mal d'enfant l'avait prise inopinément au moment précis où Aëlis, chargée de surveiller les faits et gestes de Sibylle, lui avait révélé la proposition du prélat. Aëlis courut aussitôt chercher des potions et des onguents pour diminuer les souffrances de la parturiente et elle envoya Galtier avertir la matrone. Telle une furie déchaînée, Agnès laissa alors saillir de sa poitrine des hurlements de haine et de colère. L'enfant qui venait ne lui laissait pas de répit. Elle ahanait sous l'intensité des contractions répétées. Mais elle lui en sut presque gré de déchirer ses entrailles : comme une lionne défendant son petit, elle s'accrochait à ce nouveau-né qu'elle allait mettre au monde. Car ses enfants étaient son trésor, sa force, l'unique richesse qu'elle pourrait, le jour venu, opposer à l'inféconde et prude épouse Burdet. Ils étaient ses armes, ensemble ils vaincraient ! Et comme dans sa folie furieuse, elle appelait l'enfant, l'encourageait à venir et saluait sa vigueur, la certitude de bientôt porter le titre de princesse de Tarragone jaillit en même temps que le vagissement forcené du deuxième fils de Robert. Seule, elle avait mis au monde l'enfant seule ! Et s'il le fallait, seule contre tous, seule contre Robert même, elle s'acharnerait à détrôner Sibylle de la place qui lui revenait à elle, Agnès, la mère des enfants de Robert, la fondatrice de la lignée des Burdet ! En serrant le nourrisson contre son sein, elle en pleurait de joie. Les larmes qui inondaient son visage cédèrent soudain place à un rire effréné et communicatif que Galtier, Aëlis et la matrone partagèrent en découvrant entre ses bras un bébé joufflu hurlant à tue-tête. Agnès décida aussitôt de l'appeler Richard.

Robert, accouru voir son fils, le couvait fièrement du regard. Le nouveau-né n'en était pas moins illégitime, mais le chevalier ne s'en souciait guère. Submergé par la joie d'être père une deuxième fois et par la perspective de se hisser au titre de prince de Tarragone, rien n'aurait pu alors entamer sa foi en cet avenir prometteur de richesses qui se déployait devant lui. Il allait multipliant les succès et ne doutait pas d'en allonger la liste. En cette fin de novembre 1123, le roi Alphonse préparait une campagne contre le royaume musulman de Grenade ; Robert faisait partie de l'expédition : il en reviendrait couvert de gloire et de butins fabuleux ! Encore quelques préparatifs et le convoi se mettrait en route.

— Pour Grenade ? s'étonna Agnès. Ne craignez-vous pas que les intempéries de l'hiver freinent votre progression ?

— C'est qu'il n'y a pas de temps à perdre, ma douce amie, dit-il en détachant les yeux du berceau où dormait leur enfant.

Il vint à elle et lui prit les mains. Agnès jubila d'aise. Ces tendres attentions et la naissance de l'enfant lui confirmèrent que tout espoir de supplanter Sibylle n'était pas vain. Le chevalier reprit :

— Le roi d'Aragon a reçu de nombreux appels de la communauté mozarabe. Les brimades et les humiliations s'intensifient, les arrestations arbitraires se multiplient et les taxes de toutes sortes pèsent de plus en plus lourd sur les épaules de nos frères chrétiens. Leur situation est devenue invivable !

— On dit les forteresses de ce royaume inexpugnables ! frémit-elle.

— Oui, mais nous ne pouvons tolérer plus longtemps cette infamie. L'Église m'en saura gré, suggéra-t-il d'un air entendu.

Il marqua une pause et laissa divaguer ses pensées. Le calcul n'était pas mauvais, pensa-t-il. Les risques d'une défaite étaient insignifiants ; l'armée du roi d'Aragon augmentée du renfort des guerriers francs était l'une des plus puissantes du moment. Jamais encore Alphonse le Batailleur n'avait subi de revers de fortune. Le pape soutenait toute initiative visant à rétablir le prestige de la sainte institution, la contribution de Robert ne manquerait pas d'être encensée, son image de champion de la chrétienté en sortirait renforcée. Le souverain pontife serait d'autant plus enclin à voir en lui l'instrument de la Providence pour la restauration de l'Église sur la terre espagnole. Robert en porterait haut les couleurs et il couronnerait l'entreprise de son propre étendard. Prince ! Il serait prince !

— L'évêque Oleguer m'a laissé entendre qu'il demanderait pour moi le titre de prince de Tarragone, reprit-il. Je rentrerai victorieux de Grenade et le Saint-Père ne pourra alors rien me refuser !

Le visage d'Agnès s'assombrit et elle retira vivement sa main de celle de Robert. Sa bouche se tordit en une moue contrariée :

— Et votre épouse, dit-elle avec hauteur, en sera la princesse.

— Mon épouse n'est rien ! s'enflamma le chevalier. Quand je serai dans la place et que j'aurai la faveur du pape, je la répudierai ! Je prouverai que ce ventre sec, confit en perpétuelles oraisons, se refuse à moi et qu'elle ne remplit pas ses devoirs conjugaux !

— Sibylle a l'appui d'Oleguer, vous l'oubliez, lui rappela Agnès.

— Oleguer ! Mais Oleguer se berce de belles paroles, s'emporta-t-il de nouveau, excédé par tout ce qui pouvait limiter son futur pouvoir. Crois-tu que les pieuses prières de Sibylle et de l'évêque réunies suffiront à reconquérir Tarragone ? Cet homme d'Église n'est qu'un beau parleur, il ne sait pas se battre, il en est bien incapable ! J'enlèverai la place, et ce jour-là, tu seras princesse de Tarragone ! Foi de Robert Burdet !

39

Contrairement à ce que tous en attendaient, l'expédition contre Grenade se solda par un échec. Après plus d'un an de sièges improductifs et de vaines incursions aux portes de ce royaume, le cadi de la place ne manifesta pas la moindre intention de capituler. La situation des mozarabes se dégrada au plus haut point. Fort de l'appui d'Ali ben Youssef, l'émir de Marrakech dont il avait pris le conseil, le chef de la cité maure décida de mener la vie dure aux chrétiens d'al-Andalus. Ses nombreux espions avaient intercepté les courriers mozarabes d'appel au secours lancés en direction du roi d'Aragon, et le verdict de leur expiation tomba, terrifiant. Rompre le traité accordé autrefois par le pouvoir musulman entraînait la perte de leur statut de protégés. Ceux qui n'avaient pu franchir à temps la porte d'Elvira de Grenade pour rejoindre l'armée chrétienne furent impitoyablement déportés vers l'Afrique en septembre 1126. Quant à ceux qui purent miraculeusement en échapper, ils remirent leur destinée entre les mains du monarque aragonais.

Le roi d'Aragon traîna alors dans son sillage tout un cortège de pauvres hères, mozarabes abattus et exsangues, qui arrivèrent à sa cour à la fin du mois de décembre. Après avoir vécu toutes ces années dans une peur perpétuelle, ils connaissaient maintenant les affres d'une tragique séparation. En quittant leurs terres, ils laissaient derrière eux leurs demeures et leurs morts quand ils n'étaient pas sans nouvelles d'êtres chers transplantés du jour au lendemain dans l'émirat de Marrakech !

La fureur du roi Alphonse ne tarissait pas. Sa volonté d'éradiquer la présence sarrasine en Espagne redoubla. En dépit de la rumeur populaire qui se défiait de ces étrangers qui avaient adopté, bien malgré eux, vêtements, coutumes et noms mauresques, il se montra d'une grande générosité à l'égard des mozarabes. En présence des évêques de Huesca et de Pampelune, du comte du Perche et de Gaston de Béarn, il signa la charte qui faisait de ces malheureux persécutés ses sujets.

Sa décision fut entièrement approuvée par l'évêque de Barcelone. Oleguer envoya immédiatement un messager chargé de transmettre au monarque sa volonté d'accueillir les chrétiens démunis que le souverain avait, selon les termes mêmes du propre Batailleur, soustraits aux Sarrasins. Les terres ne manquaient pas autour de Tarragone, arguait l'archevêque de la cité, désireux d'y installer au plus tôt ces ouailles à la foi inébranlable ; elles pourraient y vivre en hommes libres et y bâtir une nouvelle existence. Il ne fallait plus qu'une poigne de fer pour assurer leur sécurité, disait un autre courrier rédigé à l'intention de Robert.

Échaudé par la campagne grenadine, le chevalier normand comprit qu'il était temps pour lui de jouer cavalier seul. Ce n'étaient pas les maigres babioles glanées lors du partage du chiche butin qui allaient faire de lui l'homme puissant qu'il aspirait à devenir. Il n'y fallait pas réfléchir à deux fois. S'il atermoyait la réponse qu'attendait Oleguer, qui sait si ce dernier n'irait pas chercher ailleurs un serviteur zélé qui s'engagerait à le rétablir dans son archevêché tarragonais? Les ambitieux de tous crins ne manquaient pas dans l'entourage du roi d'Aragon. L'occasion ne se représenterait pas de sitôt, il fallait la saisir aux cheveux. En loyal vassal du comte, Robert se devait d'informer son suzerain de la proposition du prélat et il s'ouvrit donc de ses projets à Rotrou. Le nobliau normand administrait le gouvernement de la cité de Tudela en son nom et il ne pouvait seul rompre cet engagement. Comme il l'espérait, le comte du Perche accueillit sa requête favorablement. Car ce dernier vit alors l'opportunité de le remplacer par son neveu Geoffrey Bertrand, qui remplissait les fonctions de bouteiller royal à la cour d'Alphonse.

L'homme de terrain pragmatique qu'était Robert laissa soudain libre cours à ses rêves. Ses espoirs les plus fous allaient enfin devenir réalité! Le compte-rendu alarmiste fait par Oleguer ne le troublait en aucune façon. Ce n'était pas une poignée de Maures embusqués dans les bois de Siurana qui allaient décourager ses prétentions ni l'intimider. Il en avait vu de plus récalcitrants sur tous les champs de bataille où il avait fait avec maestria la démonstration de sa force toujours invaincue. Ce qu'il voyait en songe, c'étaient les moulins qu'il faudrait construire sur des rivières poissonneuses, les étals regorgeant d'épices ou de soieries des marchés, les gemmes cristallines des salines immaculées et les terres vierges où brouteraient les moutons et les bœufs de son cheptel. Et tout cela tomberait dans son escarcelle grâce à la seule puissance de son épée! Agnès ouvrait de grands yeux ébahis en l'entendant énumérer leurs futures acquisitions

– Robert n'y associait jamais Sibylle qu'il semblait bien avoir rayée de son esprit d'un coup de plume alerte. Le chevalier ne cessait de le lui affirmer : l'avenir de leurs fils était assuré. Leurs enfants seraient les piliers d'une nouvelle dynastie qui passerait à la postérité comme celle qui avait repoussé toujours plus loin les frontières de l'empire païen ayant osé défier l'équilibre de la chrétienté. Tour à tour Agnès riait, observait le silence, pétrie d'une admiration sans bornes, buvait ses paroles bouche bée, ou, soudain redevenue volubile, posait mille questions. Elle attirait tendrement ses enfants à elle, caressait les boucles brunes de Guillem, berçait le petit Richard en les appelant ses « jeunes princes » ou ses « petits princes de Tarragone ».

Alors Robert, exalté au plus haut point, promettait monts et merveilles. Il faisait sauter Guillem sur ses genoux et renchérissait :

— Guillem, toi et moi, nous bâtirons un royaume !

Il chahutait avec l'enfant et le taquinait :

— Messire Guillem, es-tu bien prêt à défendre ton château ?

— Je n'ai pas de château, père ! se rembrunissait son fils.

— Ici, non, mais quand nous serons à Tarragone et que tu seras prince, tu auras le plus grand des châteaux que tu aies jamais vu !

— Un château pour moi tout seul ? s'extasiait ingénument l'enfant avant de poursuivre, alarmé : Mais Richard, quand il sera grand, ne voudra-t-il pas m'en chasser ?

Robert éclatait de rire et rassurait l'enfant :

— Certainement pas. Richard aussi aura le sien et vous ne vous chamaillerez jamais. Tout au contraire, chacun dans son château, vous m'aiderez à construire notre royaume, le royaume des Burdet !

Ce n'était pas des propos en l'air, juste destinés à amuser Guillem, que lançait le chevalier. Il croyait dur comme fer à la mainmise des Burdet sur la plaine de Tarragone. Voilà à quoi servirait sa ménie dont chaque membre, soudé aux autres comme les cinq doigts de la main, le propulserait au plus haut degré de la dignité et de la noblesse. Et quand Robert laissait Guillem aller prendre ses premières leçons d'escrime, et que ce dernier emplissait les salles du logis de la porte Ferreña de ses cris vengeurs de « Sus aux Sarrasins ! », il jubilait d'orgueil en imaginant ses fils et lui maîtres incontestés de l'antique Tarraco romaine. Pourtant, Agnès s'inquiétait :

— Cette région de Tarragone est bien grande, à ce qu'on dit. Ne craignez-vous pas que des jaloux ne la convoitent et vous l'enlèvent ?

Robert, que rien n'ébranlait, répondait par une question :

— Où as-tu vu, Agnès, qu'un seigneur, un chef, a des jaloux à sa cour ? Il n'a que de loyaux vassaux qu'il récompense pour leurs services, l'instruisait-il. On voit bien que tu ne connais pas ces choses !

Il lui pressait les mains et continuait en s'enflammant de plus belle :

— Je distribuerai des terres, j'y ferai construire des tours de guet, des forteresses, nos amis normands en seront les gardiens. En mon nom, Agnès ! Ils viendront à ma cour pour me rendre hommage, ils mettront leurs mains dans les miennes et me donneront le baiser de paix ! Ils ploieront un genou en terre devant leur prince !

40

Robert dut cependant tempérer son ardeur. Le roi Alphonse s'était entiché de son bouteiller et tardait à libérer le jeune Geoffrey Bertrand de ses obligations palatines. Ce ne fut qu'après de longs mois que Robert vit avec soulagement arriver en 1128 à Tudela la troupe que le neveu de Rotrou venait substituer à celle du chevalier normand. Celui-ci se hâta de laisser la garde de la cité à Geoffrey, recommanda à Agnès de veiller à l'éducation martiale de ses fils en son absence et de se décharger de toutes ses tâches sur Aëlis, maintenant qu'elle espérait un troisième enfant de Robert. Enfin, il confia la surveillance discrète de Sibylle à Raoul de Condé. Puis, escorté de quelques cavaliers, il fila ventre à terre à Barcelone.

Cela faisait des années que l'archevêque de Tarragone n'avait pu mettre les pieds dans l'antique cité romaine. En attendant des jours meilleurs, il était contraint de résider dans la cité comtale de Barcelone. L'insécurité complète qui régnait tout autour de Tarragone l'empêchait d'y établir ses quartiers. Ce fut dans le cloître de l'église barcelonaise de la Santa Cruz que ce dernier reçut le nobliau normand.

— Ah, messire Robert, s'exclama l'évêque de Barcelone d'un air chafouin, votre visite ne saurait davantage me faire plaisir ! Car j'en déduis que vous acceptez mon offre ?

Robert, tout aussi matois que pouvait l'être Oleguer, flagorna avec emphase :

— Là où le service de Dieu me réclame, je vais, monseigneur ! s'empressa-t-il de dire en baisant l'anneau à la main de l'homme d'Église.

Les deux hommes s'observèrent un court moment en silence, pesant dans la balance de l'hypocrisie les vraies motivations de leur association : le savoir-faire guerrier de Robert servait les desseins colonisateurs d'Oleguer, et la confiance de l'archevêque aplanissait le chemin du chevalier vers la fortune et la gloire. Nul doute que chacun ressortirait gagnant de cette aventure, pensa fugacement Robert.

— Je ne vous cache pas, mon fils, que l'entreprise peut s'avérer fort périlleuse. Tarragone est entièrement dévastée et les bois alentour, tout particulièrement ceux des montagnes de Prades, sont infestés de hordes sarrasines qui rançonnent, pillent et réduisent en esclavage les infortunés chrétiens qui ont l'audace de s'y aventurer.

— Ne vous inquiétez pas, monseigneur, il n'aura fallu que deux ans au roi Alphonse pour réaliser l'unité de son royaume ; j'ai été à bonne école, et à son image, je me fais fort de soumettre la région en quelques mois.

— Je ne pourrai vous être d'aucun secours, l'avertit le prélat, je ne dispose que d'une maigre garde personnelle. C'est d'ailleurs pour cette raison que je n'ai encore jamais mis les pieds dans mon archevêché.

Oleguer marqua une courte pause et soupira :

— Fasse le Seigneur que je puisse un jour y établir ma résidence !

Le plus tard possible sera le mieux, pensa Robert. Ainsi il n'aurait de compte à rendre à qui que ce fût. Seul maître à bord de ce territoire parti à la dérive, il disposerait à sa guise de ses habitants et de ses ressources. À cette idée d'avoir les coudées franches, il frétilla de joie.

L'homme d'Église reprit :

— Je ne puis non plus vous promettre une demeure digne d'un prince, s'excusa-t-il. Le plus sûr pour vous et votre épouse sera d'occuper l'antique tour romaine du Prétoire. Elle est imprenable, dit-on.

— Nous bâtirons une multitude d'autres forteresses tout aussi imprenables, monseigneur, soyez-en certain !

L'archevêque joignit les mains et se signa en levant les yeux vers le ciel.

— Avec l'aide de Dieu, elles abriteront les nouvelles églises de la chrétienté restaurée !

— C'est mon plus cher désir, cela va sans dire !

— Ainsi que celui de dame Burdet, renchérit Oleguer.

— Bien sûr, monseigneur, acquiesça brièvement Robert.

Le chevalier commençait à se lasser des mentions répétées que l'évêque faisait de Sibylle. Celui-ci perçut un début d'exaspération dans la réponse convenue de Robert et décida de revenir à des considérations plus matérielles.

— De combien d'hommes disposerez-vous, messire Burdet ?

— La garnison de Tudela est forte de quarante hommes qui viendront avec moi. Et quand nous aurons installé nos quartiers dans Tarragone, j'effectuerai un voyage en Normandie. J'irai recruter des hommes de confiance à la cour du comte du Perche.

— Avant de vous lancer dans cette fière entreprise, notre très Saint-Père a émis le souhait de rencontrer l'homme qui va défendre son Église.

— Le Saint-Père ! balbutia Robert, visiblement troublé.

— Oui, mon fils, Anaclet II veut vous accorder sa bénédiction. Dès que j'aurai dit une première messe à Tarragone, nous irons ensemble lui rendre visite dans son palais du Latran. Puis vous partirez pour la Normandie.

Oleguer frappa soudain dans ses mains et un huissier portant une écritoire apparut.

— Il nous reste une seule formalité à accomplir, si vous le voulez bien, messire Burdet. C'est justement la rédaction de la charte d'accord que le Saint-Père m'autorise à signer en son nom.

L'archevêque commença alors à énumérer les futurs privilèges que Robert retirerait de son engagement auprès de la papauté. Les mots tourbillonnaient dans la tête du nobliau normand. C'était une ronde étourdissante et une succession sans fin de richesses incommensurables : taxes sur les draps, les laines, les équipements militaires, droits sur les pêcheries, les fours banaux, les salines, impôts sur les transactions entre colons, péages sur les voyageurs et les marchandises. Oleguer, peu gourmand, ne demandait que la dîme sur les fruits et le blé ainsi que les revenus des moulins, encore le profit n'en était-il pas pour lui, jugea-t-il bon de préciser, mais pour sa chère Église.

Comme l'huissier avait fini de consigner les indications fournies par le prélat, celui-ci le congédia et demanda à Robert de revenir au plus vite pour mettre en œuvre l'immense chantier de l'implantation de l'Église dans son archevêché.

— Monseigneur, lui assura Robert, vous direz votre première messe à Pâques fleurie, je m'y engage.

À cette annonce, Oleguer rosit d'aise. Associer la résurrection du Christ et la restauration de l'Église à Tarragone lui sembla du meilleur augure.

41

Robert tint parole. Sans coup férir, en mars 1129, il pénétra avec femmes et enfants dans Tarragone désertée. Tout un contingent de nouveaux arrivés s'était enhardi à le suivre, futurs colons prêts à tenter l'aventure du peuplement de la ville : ils y gagnaient l'assurance d'y être traités en hommes libres. Quant aux compagnes de Sibylle, certaines choisirent de rester à Tudela où elles avaient fondé une famille. D'autres, comme Mathilde, flanquée de sa nombreuse progéniture, Aëlis maintenant veuve et définitivement entrée au service d'Agnès, ou Margaux, l'indépendante meunière de Culei, n'y ayant pas d'attache, se joignirent à l'expédition.

Oleguer n'avait pas menti. L'état de désolation de la cité était tel qu'il fallait être insensé, ou formidablement ambitieux, pour décider d'y vivre. Le chevalier, en présence de Sibylle invitée elle aussi à apposer sa signature sur la partie la concernant, put alors signer les différentes copies de la charte rédigée en latin que le prélat lui présenta. Bien qu'il n'entendît pas cette langue, un mot ne lui échappa cependant pas : celui de *princeps* ! Prince ! Il était enfin prince de Tarragone ! Patrouillant sans relâche de jour et de nuit dans la cité, il fut en mesure d'autoriser l'archevêque à dire, en toute sécurité, la messe à Tarragone, au cours de laquelle le premier enfant baptisé fut Robert, le troisième fils auquel Agnès venait de donner naissance. Cette dernière n'était certes pas encore princesse de Tarragone, comme elle l'escomptait, mais le camouflet infligé à Sibylle lors de ce premier office divin l'emplit d'une jubilation extrême. Après avoir entendu la messe dans l'amphithéâtre romain jouxtant la tour du Prétoire, là même où saint Fructueux[1], l'un des premiers évêques de la ville, avait enduré son martyre, Robert et Oleguer partirent aussitôt pour le Saint-Siège.

Robert n'était pas peu fier quand, au matin de leur départ pour Rome, il enfourcha son plus beau destrier tout caparaçonné de cuir neuf et qu'il ceignit la rutilante épée qu'il avait lui-même fourbie avec le plus grand soin. Le pape en personne allait le recevoir ! Le Saint-Père lui accorderait sa bénédiction ! Anaclet II lui-même lui concéderait le titre de prince de Tarragone ! Droit sur son cheval, il bombait le torse à chaque fois que cette pensée lui traversait l'esprit. Oleguer, habitué à côtoyer le souverain pontife en de multiples occasions, ne se laissait pas prendre à l'air important que le Normand se donnait et s'amusait intérieurement de son infatuation. De haltes aux couvents en arrêts aux auberges, il se força à écouter benoîtement l'exposition des prétentions de Robert. Persuadé du caractère indispensable de sa personne, la jactance de ce dernier redoubla tout au long du chemin. Ainsi bercé de sa propre suffisance, le chevalier normand piaffait d'impatience de

1. Évêque de Tarragone, victime des persécutions antichrétiennes sous l'empereur Valérien. Il fut brûlé en 259 sur un bûcher édifié dans l'amphithéâtre de la ville.

toucher au but de leur périple. Quand ils furent en vue des tours de la résidence papale, la superbe du Normand s'enfla de plus belle à l'idée de la proche audience que le pape allait lui accorder.

Un jeune clerc sec et longiligne faisait nerveusement les cent pas devant les écuries et dès qu'il aperçut leur convoi, releva les bords de sa soutane et accourut vers eux. Le tonsuré écourta les salutations d'usage et tandis qu'il faisait signe à un valet d'emmener leurs montures aux écuries, il avertit :

— Hâtez-vous, le Saint-Père vous attend.

Puis, sans plus de préambules, il franchit rapidement l'entrée du palais du Latran et accéléra l'allure sans s'inquiéter de savoir si Robert et Oleguer le suivaient. Après avoir parcouru précipitamment un dédale de couloirs obscurs, tous trois débouchèrent dans une vaste pièce largement éclairée en son centre par de grosses chandelles. De longues perches, croulant sous le poids de lourdes chasubles brodées et de soutanes empesées, pendaient du plafond et les étagères d'armoires profondes regorgeaient d'étoles, de mosettes et de calottes. Le *vestiarium* où s'entassaient les vêtements du pape et ceux des officiants de la chapelle voisine de Saint-Nicolas servait d'antichambre à Anaclet II. Celui-ci y faisait patienter ceux qui auraient l'honneur de lui être présentés. Un clerc, tout aussi raide et compassé que le précédent, déboucha d'un escalier, et tandis que le premier s'éclipsait, il s'adressa à l'évêque de Barcelone et expliqua :

— Si vous voulez bien me suivre, sa Sainteté va vous recevoir.

Comme il s'effaçait pour laisser passer le prélat, Robert fit alors un pas pour suivre son compagnon de route, mais d'un geste énergique du bras, le serviteur du pape lui barra l'accès de l'escalier.

— Le Saint-Père vous enverra chercher, s'entendit-il dire sans plus de façons.

Robert chercha des yeux un siège mais la pièce en était dépourvue. Oleguer ne tarderait pas à réapparaître, se rassura-t-il. Il passa la langue sur ses lèvres desséchées par la poussière du chemin et regretta un instant de ne pas s'être muni de sa gourde. Une gorgée d'eau fraîche aurait étanché sa soif. Il s'efforça de ne plus y penser ; la table du pape devait être bien garnie et quand Oleguer le manderait chercher, nul doute que le Saint-Père lui offrirait à goûter un subtil vin d'Italie. Mais l'évêque ne revenait pas et Robert se mit à pester intérieurement contre ces maudits clercs qui le tenaient décidément bien longtemps à l'écart. Il se posta au bas des marches et tendit l'oreille. Pas un bruit ne venait de l'étage. L'aurait-on oublié ? s'inquiéta-t-il. Cette pensée ridicule eut le don de l'irriter au plus haut point. Allons, se sermonna-t-il, tout pape qu'il était, Anaclet II ne pouvait se passer de ses services, et encore moins ce couard d'Oleguer qui défaillait de peur à la simple idée de mettre un pied dans son archevêché ! Pourtant, l'attente se prolongea bien au-delà de ce que Robert avait pu imaginer. Las de l'inconfort où on le tenait, il finit par s'asseoir à même le sol et commençait à piquer du nez quand des bruits de pas se firent entendre dans l'escalier. À peine eut-il le temps de se mettre debout en s'ébrouant et en défroissant ses vêtements que le jeune clerc acerbe lui communiquait :

— Le Saint-Père vous réclame, messire Burdet.

Ils traversèrent la chambre papale à la hâte et pénétrèrent dans la salle des Conseils secrets, réservée aux négociations les plus importantes. Quelle ne fut pas la déception de Robert ! Point de table surchargée de mets raffinés ! Point de capiteux nectars italiens ! Depuis l'estrade où il siégeait, le Saint-Père regarda d'un œil morne le nouveau venu entrer dans la pièce. Oleguer se penchait à son oreille, lui confiant une information que Robert ne put capter. L'évêque se redressa et, tandis qu'Anaclet continuait d'observer Robert en silence, l'homme de confiance du pape prit la parole.

— Notre Saint-Père vous accorde la très haute mission d'aller planter l'étendard de la chrétienté sur ces terres qui n'auraient jamais dû sortir du giron de notre Sainte Mère l'Église. Depuis des temps immémoriaux, comme il a été rappelé dans la charte que vous avez signée, elles sont la propriété exclusive de saint Pierre. Vous pouvez être sûr que le souverain pontife ne vous oubliera pas dans ses prières et qu'il intercédera auprès de Notre-Seigneur pour qu'Il vous accueille en son paradis éternel.

Le pape hocha alors la tête et intervint :

— Notre bien-aimé archevêque de Tarragone m'a dit le plus grand bien de vous, messire Burdet. C'est ainsi que nous avons décidé de vous donner en fief toutes les terres que vous reprendrez aux Sarrasins.

Le chevalier, abasourdi, n'en crut pas ses oreilles. Vassal du souverain pontife ! Jamais Oleguer n'avait mentionné une quelconque dépendance à l'égard du pape. Ce n'était pas là ce qu'ils avaient convenu ; le titre de prince le faisait seigneur de toutes les terres conquises. *Princeps*, c'était bien ce qu'il avait lu dans cette maudite charte rédigée en latin. Et Sibylle, la gueuse, réfléchit-il en un instant, la traîtresse qui s'était targuée à leurs fiançailles de lire cette langue, pourquoi ne l'en avait-elle pas averti ? La sueur lui coula dans le dos, ses pensées s'embrouillèrent et avant qu'il eût pu réagir, il fut congédié en un tournemain.

— Allez en paix, mon fils, conclut Anaclet en esquissant vaguement un signe de croix en direction du chevalier.

Robert en resta bouche bée. Et tandis qu'il quittait la pièce après s'être respectueusement incliné, il se prit à maudire et le pape et l'évêque. Ah, le bel accord ! Voilà donc ce que les deux hommes avaient mijoté pendant qu'on le laissait faire le pied de grue ! Ainsi, ces contrées qu'il allait arracher à la barbarie païenne, il n'en serait pas le maître absolu ! Il les conquerrait pour le compte d'un autre, certes d'un pape, mais qui n'avait pas daigné un seul instant aborder le sujet de son engagement et de sa récompense. Qu'avait à faire Robert d'une éternelle vie céleste ! L'aumône concédée claquait comme une gifle. Robert enrageait. Comment ces deux fats avaient-ils pu croire qu'il renoncerait à ses rêves de gloire ? Saint Pierre avait bon dos, écuma-t-il encore. Oleguer n'avait qu'à bien se tenir. Il allait voir de quel bois Robert se chauffait ! Le chevalier normand n'avait que mépris pour celui qui ne respectait pas sa parole. Il lui démontrerait que la seule autorité qui vaille dans la plaine de Tarragone était la sienne ! À l'issue de l'audience, l'évêque devait partir pour le concile de Clermont ; comme il l'avait prévu, Robert irait en Normandie, mais il ramènerait des alliés qui lui seraient fidèles, et alors saint Pierre, le pape ou le diable en personne pourraient bien venir lui disputer la place, Robert en serait le prince indiscuté !

42

Robert quitta Rome, seul et pétri de rage. Il n'avait plus qu'une seule idée en tête, rejoindre la Normandie à bride abattue. Il avait décidé de ne pas s'encombrer de sa suite et renvoya tous ses compagnons à Tarragone. Il fallait prévenir Raoul de Condé de toute urgence. Que ce dernier se tînt sur ses gardes, et si jamais il venait à l'idée de ce félon d'Oleguer de prendre possession de son archevêché, qu'en aucun cas son second n'obéît à ses ordres et qu'il organisât la résistance ! Pendant ces longs mois où Robert avait traqué toute trace suspecte d'hostilité dans la cité tarragonaise désertée, jamais le chevalier ne s'était figuré que l'ennemi viendrait de l'intérieur, du traître auquel il avait tendu la main et qui s'imaginait maintenant l'inféoder au pape !

Ce n'était pas les rares infidèles qui, après quelques semaines, avaient tenté de timides apparitions dans l'antique cité romaine pour y vendre le produit de leurs potagers, qui l'inquiétaient. Il ne s'agissait que de pauvres bougres, cultivant de maigres lopins de terre à l'extérieur de la ville, venus proposer leurs récoltes au petit marché rassemblé autour de l'amphithéâtre. Il y avait longuement patrouillé ; ces maraîchers mauresques n'étaient pas belliqueux, ils ne venaient là que pour écouler leurs fruits et légumes. Convaincu de leur caractère inoffensif, Robert avait autorisé Agnès et ses fils à s'y rendre, accompagnés cependant d'un garde par mesure de précaution.

Rien de semblable n'avait été prévu pour Sibylle qui fréquentait également l'endroit quotidiennement. Ce n'était pas tant le marché qui l'intéressait que la présence de Lescelin. Elle avait exigé de son époux que l'adolescent pût l'y rejoindre chaque matin pour lui servir si besoin d'interprète, le jeune homme ayant commencé à lui enseigner les rudiments de sa langue natale. Robert avait accédé à sa demande, non pas qu'il cherchât à complaire à son épouse, mais la requête ne manquait pas d'à-propos : le chevalier n'entendait rien à leur baragouin ; que son épouse, par l'intermédiaire de Lescelin, réussît à maîtriser le sabir des habitants de la région pouvait s'avérer fort utile pour contrôler la situation.

L'attitude des marchands à l'égard de Lescelin était mitigée. Certains, méfiants et surpris de voir l'un des leurs pactiser avec ceux-là mêmes qui avaient chassé leurs frères de Saragosse et de Tudela, ne répondaient que chichement à ses questions ; d'autres, plus curieux, l'interrogeaient ou essayaient de se gagner sa sympathie et celle de ces nouveaux envahisseurs. La plupart du temps, Lescelin s'exécutait de mauvais gré et, l'air boudeur, suivait résigné celle qui l'avait sauvé d'un esclavage certain. Sibylle feignait de ne pas s'en préoccuper, heureuse en contrepartie d'établir un premier contact avec cette population autochtone qu'elle espérait faire entrer un jour dans le giron de l'Église.

Quand Sibylle avait fini le tour d'inspection des marchands, elle renvoyait alors Lescelin auprès d'Agnès et de ses enfants qui réclamaient la présence du jeune homme à cor et à cri. Galtier accompagnait souvent sa sœur, et celle-ci ne manquait pas de le surveiller du coin de l'œil, de telle sorte qu'il ne se hasardait guère à s'approcher de Sibylle. Leur complicité enfantine semblait irrémédiablement perdue.

Quand le souvenir en était trop prégnant, Sibylle poussait jusqu'à la berge de la rivière Francolí. Elle était sûre d'y retrouver Margaux, la fidèle paysanne normande qui la suivait partout depuis leur départ de Normandie. La meunière de Culei surveillait les travaux de réfection d'un moulin abandonné. Quand elle avait fini de donner ses directives aux ouvriers, toutes deux faisaient alors quelques pas le long de la rivière, repéraient les nouvelles terres à emblaver, spéculaient avec entrain sur les prochaines moutures de farine. Tout le voisinage viendrait y moudre son blé, les colons mais aussi les paysans des alentours. Tarragone se repeuplerait en un clin d'œil ! Elles reprenaient aussi parfois leur entraînement à l'arc et, ensemble, elles se réjouissaient des progrès de Margaux et de sa dextérité. Quand le soir déclinait et que Sibylle rejoignait sa chambre du dernier étage de la tour du Prétoire, elle s'agenouillait devant la statue de sainte Thècle, patronne de la cité, et la priait de lui accorder sa protection. Elle s'endormait, apaisée et confiante en la réussite de sa mission.

Pourtant, un matin de ce début de printemps 1130, la routine de ces journées prometteuses fut brutalement interrompue. Un homme grimpa quatre à quatre les marches qui menaient aux appartements de Sibylle. Arrivé à la porte, il toqua comme un forcené et appela la jeune femme à tue-tête. Celle-ci ouvrit à la hâte et le garde, sans reprendre son souffle, expliqua tout à trac :

— Les ouvriers du chantier du moulin ont tous été tués. On a retrouvé trois d'entre eux accrochés à la roue du moulin et deux autres ont été massacrés au moment où ils prenaient la fuite.

Sibylle porta les mains à sa bouche, effarée. Elle demanda, bouleversée :

— Qui te l'a dit ? Comment est-ce arrivé ?

Les traits livides, Margaux fit alors irruption dans la salle :

— C'est moi qui les ai découverts ce matin. Quand je suis arrivée sur le chantier, tout m'a paru trop calme, il n'y avait pas un bruit. La roue était immobilisée et quand j'ai levé les yeux pour en connaître la cause, je les ai vus, écartelés, rivés aux pans de bois.

Au souvenir de la macabre découverte, Margaux ne put réprimer ses larmes. Sibylle s'approcha d'elle et la serra dans ses bras quelques instants avec émotion. Puis, se reculant, elle se tourna vers le garde et affirma :

— Nous retournons au chantier. Je veux voir ce qu'il s'est passé. Cours avertir Raoul de Condé ! Qu'il nous y rejoigne !

— Mais, dame Burdet, sauf votre respect, balbutia le soldat, je ne peux pas vous laisser y aller seule. Vous êtes sous la protection de messire Raoul et il lui faudra rendre des comptes à messire Burdet. Si jamais…

Sibylle, les yeux traversés d'un éclair d'acier, lui coupa abruptement la parole :

— Je suis la princesse de Tarragone ! L'aurais-tu oublié ? En l'absence de mon époux, le seigneur du château, c'est moi ! Je t'ai donné un ordre : trouve au plus vite Raoul de Condé !

43

Le temps pour Sibylle de revêtir son armure et de seller son roncin, et les deux femmes, Margaux en croupe derrière la jeune guerrière, partirent pour le lieu du drame. Plus elles s'en approchaient et plus Sibylle sentait la pression crispée des mains de la meunière autour de sa taille. En arrivant au moulin, cette dernière, confrontée de nouveau à l'horrible vision, se mit à trembler de tous ses membres et ne put contenir le flot de bile qui la plia soudainement en deux. Sibylle, la gorge nouée par l'émotion, constata avec effroi l'acharnement dont les malheureux avaient été les victimes : les trois hommes accrochés à la roue pendaient grotesquement, pareils à des pantins désarticulés, la gorge tranchée, et maculés de leur propre sang ; quant à ceux qui avaient tenté de fuir, ils gisaient dans l'herbe, face contre terre, une flèche fichée dans le dos de l'un et un cimeterre planté entre les omoplates de l'autre.

Un bruit de galop les détourna subitement de l'horrifique spectacle. Raoul de Çondé, accompagné de quatre cavaliers, arrivait au grand galop. Il lui suffit d'un seul regard pour mesurer toute l'étendue du massacre. Il sauta prestement à terre et rejoignit les deux femmes.

— Vous n'auriez pas dû venir ici sans être escortée, dame Burdet, incrimina-t-il Sibylle.

Il se saisit autoritairement des brides du roncin et lui fit faire demi-tour.

— Je vous rappelle que vous êtes sous ma responsabilité. Mes hommes et moi allons vous raccompagner à Tarragone.

Le sang afflua au visage de Sibylle. Les velléités de Raoul de Condé l'exaspéraient au plus haut point. Ce fat ne l'avait-il pas déjà vue à l'œuvre à Juslibol ? La croyait-il tout juste bonne à filer la quenouille ? Avait-il oublié aussi comment elle avait pris la défense de Galtier ? Elle se redressa fièrement au souvenir de cette scène. Ainsi donc il s'imaginait pouvoir l'impressionner ! Même Robert n'avait pas réussi à la soumettre ce jour-là ! D'un geste vif, elle lui reprit les rênes de sa monture et le toisa sèchement :

— Je n'ai nul besoin de votre protection ! Je sais me défendre seule !

Ne sachant comment la rallier à ses arguments, Raoul invoqua l'autorité de Robert Burdet :

— Messire Robert vous a confiée à moi et...

S'accompagnant d'un geste de la main et relevant le menton, la jeune femme désigna les suppliciés :

— Et mon époux a eu tort ! Votre incompétence est manifeste : vous n'avez pas su protéger ces pauvres diables !

Le second de Robert blêmit et déglutit avec difficulté. Il chercha désespérément une excuse qui ne vint pas. Sibylle ne lui laissa pas le temps de la trouver. L'atrocité de la situation agissait sur elle tel un aiguillon mordant et ranimait sa volonté de lutter. Son armure qui collait à elle comme une seconde peau lui insufflait de nouveau vaillance et intrépidité. Tout la révulsait : les individus ignobles qui avaient perpétré ce crime, mais aussi la prétention de cet homme qui se targuait d'en imposer à une femme de sa qualité. Une envie irrépressible de lui river son clou tenaillait Sibylle. Elle reprit de plus belle :

— Oui, vous avez raison, vous aurez des comptes à rendre à votre chef ! Où étiez-vous quand ces malheureux se faisaient massacrer ? À la taverne ? Dans les bras d'une catin ?

Raoul de Condé baissa le nez, contrit. Avec autorité, Sibylle disposa :

— En l'absence de messire Burdet, c'est moi qui donne les ordres !

La dernière phrase avait claqué comme un coup de semonce. Raoul de Condé, mortifié, dut alors écouter les directives de celle qui s'affirmait comme son seigneur.

Donner une sépulture chrétienne aux infortunés suppliciés fut la première mesure d'urgence prise par Sibylle. Elle ordonna qu'un homme apprêtât une charrette pour ramener leurs dépouilles dans la cité tarragonaise. Puis la jeune femme commanda au second de Robert de patrouiller dans les bois environnant le moulin et de mettre en place des équipes pour le relayer dans cette tâche de jour comme de nuit. L'hideur de la scène, la cruauté sans limite des agresseurs, leur monstrueux déchaînement contre de pauvres hères sans défense, tout laissait à supposer que cette violence gratuite était susceptible de se reproduire à n'importe quel instant. Le danger n'était pas écarté. Tarragone avait beau être pacifiée, les forêts alentour et les montagnes escarpées du Prades abritaient des êtres immondes qui – ils venaient de le prouver – pouvaient d'un moment à l'autre quitter leurs antres les plus reculés et fondre avec malignité sur d'inoffensifs colons. Sibylle décida de rentrer ventre à terre à Tarragone. Il fallait s'organiser. Elle ne laisserait pas exterminer ses gens !

La rumeur du massacre perpétré au moulin se répandit dans la cité à la vitesse d'une traînée de poudre. Lorsque Sibylle et Margaux arrivèrent en vue de la tour du Prétoire, elles remarquèrent aussitôt l'attroupement qui s'y formait. Les habitants s'étaient regroupés là dans l'attente d'informations et dès qu'ils aperçurent l'épouse de leur seigneur, ils entourèrent sa monture. L'inquiétude et la surprise de la découvrir en armure transparurent sur tous les visages. Tout en flattant de la main l'encolure de son cheval effarouché par tant d'agitation, Sibylle se fraya un passage parmi eux. Elle laissa Margaux glisser à terre, et toujours juchée sur son fidèle roncin, elle décida de haranguer l'assistance. Elle leva une main pour solliciter l'attention.

— Paix, paix, mes amis ! réclama-t-elle.

Le silence revint. Chacun était suspendu à ses lèvres. Sibylle poursuivit :

— Mes amis, Margaux et moi revenons du moulin. Vous savez sûrement tous déjà que cinq des nôtres y ont été victimes d'une attaque félonne et qu'ils ont trouvé la mort.

— Mais mon Jacques... mon mari..., la coupa, bouleversée, une paysanne.

Sibylle dénia de la tête. Une femme plus âgée retint la précédente dans ses bras. Ses sanglots se mêlèrent alors au discours de Sibylle.

— Hélas, il n'y a aucun survivant, confessa amèrement la guerrière. J'ai ordonné qu'une sépulture décente leur soit donnée, reprit-elle. Dieu, dans Sa bonté infinie, les accueillera auprès de Lui. Ce sera notre seule consolation.

Elle se signa et tous l'imitèrent.

— Les Maures embusqués dans les forêts du Prades ont lâchement profité de leur isolement, poursuivit-elle.

Un frémissement de peur parcourut l'assemblée. Sibylle s'empressa d'ajouter :

— Nous sommes en sécurité ici, rien de tel ne peut nous arriver. J'ai envoyé Raoul de Condé en reconnaissance. Il capturera les meurtriers et ils seront châtiés.

Dans l'assistance, nombreux acquiescèrent.

— Il nous faut rester cependant très prudents. Ce soir, je vous demande à tous de vous barricader dans vos maisons. Ne sortez jamais seuls, mais toujours groupés. Demain, au retour de messire Raoul, nous punirons les coupables et tout rentrera dans l'ordre. En tant que princesse de Tarragone, j'y veillerai personnellement.

La fermeté de son discours sembla rasséréner la foule. L'esplanade se vida doucement et chacun regagna son logis, confiant dans les propos rassurants du seigneur de la cité. Sibylle resta un moment à les contempler. Lorsque tous eurent disparu, la jeune femme ôta son casque et s'épongea le front. Elle exhala un profond soupir. Un poids indicible pesait sur ses épaules. Elle aurait aimé croire à ses propres paroles.

44

Un cri horrifié déchira la sérénité du petit matin suivant. Réveillée en sursaut et pressentant aussitôt l'imminence d'un danger, Sibylle fut sur pied d'un bond. Elle courut jusqu'à la fenêtre de la tour donnant sur l'amphithéâtre et découvrit alors, révulsée, toute l'ampleur du drame. Dans l'arène de la place étaient fichées une dizaine de longues piques atrocement couronnées de têtes décapitées et grimaçantes. Dans un hideux rictus de mort, les chefs figés de Raoul de Condé et des hommes de sa patrouille, tournés vers la tour du Prétoire, lançaient un sinistre avertissement aux colons de Tarragone : il était clair que tous ceux qui ne déguerpiraient pas connaîtraient un sort identique ! L'endroit choisi parlait de lui-même : leur martyre avait eu lieu là où saint Fructueux avait subi le sien ! D'autres suivraient...

Bien que ce fût l'heure à laquelle les marchands confluaient habituellement vers la place, quand Sibylle y fit irruption, aucun d'entre eux n'était installé sur l'esplanade. Quelques rares vendeurs, reconnaissables à leur long burnous, se hâtaient d'enfourcher leur mule et de les aiguillonner sans parer pour tourner au plus vite le dos à l'endroit. Une fois passée la sidération de l'affreuse découverte, les pacifiques acheteurs de la veille risquaient fort de leur en attribuer la responsabilité et de déchaîner leur courroux contre eux. Sibylle aurait voulu les retenir, les assurer de sa protection, les appeler ses frères, mais la haine qui se faisait jour dans le regard des colons l'en dissuada. Hébétée et outrée, la population des colons pouvait laisser exploser sa rage à tout moment ; il fallait qu'un chef les contrôlât. Sibylle assumerait cette mission ; c'était son devoir de seigneur de la cité.

Un grand nombre d'habitants se regroupaient maintenant tout autour des ignobles piques. Beaucoup se signaient, certains tombaient à genoux en implorant le Seigneur. Des femmes se tordaient les mains de douleur en reconnaissant les visages familiers des pauvres hommes martyrisés ; certaines sanglotaient, effarées, et les enfants, interdits, cachaient leur visage dans leurs mains. Le petit dernier de Mathilde tirait désespérément sur la tunique de sa mère pour fuir l'horrible spectacle. Aëlis et Agnès les avaient rejointes, et c'était la même terreur qui se lisait dans leurs yeux effarés. Au milieu de toutes ces femmes, Margaux, le visage blême et grave, se remémorait l'horrifique scène du moulin.

Sibylle fendit résolument la foule. Il ne fallait pas laisser s'installer un vent de panique parmi les colons. Au moment où elle atteignait les immondes lances, une femme l'agrippa par le bras. Elle paraissait terrifiée.

— Nous allons tous mourir, dame Sibylle ! glapit-elle en s'accrochant à son bras, les yeux riboulant de peur.

Sibylle se dégagea de la pression de sa main et la tança durement :

— Cessez de dire des âneries ! Pensez à nos enfants, vous allez les terroriser ! Et pensez aussi à ces pauvres malheureux, dit-elle en désignant les victimes, qui sont morts sans avoir pu préparer leur âme pour leur long voyage jusqu'au Seigneur !

La femme ainsi rappelée à l'ordre baissa les yeux. Mais une autre voix féminine prit le relais.

— Elle a raison, affirma Agnès, presque tous les hommes de la garnison sont morts. Robert mettra des mois à revenir ! Il ne retrouvera aucun de nous vivant…

Tous les regards se tournèrent vers elle. Entourée de Galtier et des enfants, le plus jeune dans les bras de Lescelin, la maîtresse de Robert défiait Sibylle avec hauteur. En un éclair, Sibylle remit la servante à sa place.

— Sans doute veux-tu parler de messire Burdet, la toisa-t-elle. (Elle se tourna vers l'assistance.) Je vous rappelle à tous que messire Burdet, mon époux, est parti il y a déjà plusieurs mois pour Rome et qu'il doit être maintenant en route pour la Normandie, et…

Agnès, n'entendant pas être reléguée au rôle subalterne de concubine, lui coupa effrontément la parole.

— Il faut lui envoyer un messager ! Qu'il rentre immédiatement ! Lui seul pourra nous sauver !

— Cela suffit, trancha Sibylle sèchement.

Puis elle s'avança, menaçante, vers son ancienne servante de Sidmouth, et lui rappela, martelant de l'index la poitrine d'Agnès :

— Tu n'es rien ici pour donner des ordres. Ton avis ne compte pas. Je suis le seigneur de la cité, et comme tel, je refuse de me priver de la protection du moindre soldat. Je n'enverrai pas de messager à Robert, mon époux, dont on ne sait exactement dans quels parages il se trouve !

S'adressant à tous, elle ajouta :

— Il arriverait bien trop tard et nous n'avons pas de temps à perdre. Nous organiserons nous-mêmes notre défense. J'en prends la décision !

— Sans Robert, nous mourrons tous ! cria Agnès, hystérique.

Alors Sibylle, exaspérée au plus haut point par le défaitisme de sa servante et la familiarité avec laquelle elle bafouait son honneur d'épouse, fit brusquement volte-face, se planta devant elle et lui administra une gifle sonnante qui cloua instantanément le bec à la pécore. Guillem, voyant sa mère agressée de la sorte, s'interposa crânement et décocha un coup de pied à Sibylle, tandis que Richard, épouvanté, se cachait derrière Lescelin dans les bras duquel le petit Robert se mit à brailler de peur. Agnès hurla à Galtier :

— Mais fais quelque chose, tu vois bien que…

Galtier, sans mot dire, allongea le bras dans la direction de sa sœur, et lui assena une deuxième gifle qui claqua sur la joue en feu d'Agnès, consternée. Sans lui accorder davantage d'intérêt, Sibylle reprit avec autorité :

— Écoutez, vous tous ! Nous ne pouvons désormais compter que sur nos propres forces. Nous allons nous battre !

Des murmures approbateurs coururent dans l'assistance. Bien sûr qu'ils allaient se battre ! Ils n'attendraient pas, comme de vulgaires connils apeurés, que Robert revînt de son long périple pour se défendre ! Là-bas, dans leur lointaine Normandie, jamais les fiers villageois ne s'en étaient laissé imposer : voleurs de poules, trousseurs de filles, leurs fourches savaient repousser les malandrins de tous crins. Ils n'étaient pas avares de leurs poings quand, au village, ils partaient rosser leurs adversaires à une partie de soule !

Le temps n'était pas si loin où colons et Normands, main dans la main avec les plus grands barons de la chrétienté, avaient fait tomber Saragosse. Combien de fois n'avaient-ils pas prouvé leur bravoure ! Un homme s'avança et proclama :

— J'ai manié la masse à Saragosse, j'en suis !

— Et moi ! intervint un autre, bombant le torse.

Leurs yeux pétillaient de fierté. La princesse de Tarragone leur en sut gré et affirma :

— Je n'ai jamais douté de votre vaillance ! Je sais que je peux compter sur vous.

Mais une jeune fille, nouvellement arrivée avec les colons, déclara, le visage empreint de peur :

— Nos hommes n'auront jamais le dessus, ils ne sont pas assez nombreux.

— Tu as raison, petite, confirma Sibylle. Et nous, les femmes de Tarragone, nous irons au combat avec eux ! Ensemble, nous triompherons de l'adversaire !

— Nous les femmes, nous battre ? Mais c'est impossible ! se récria-t-elle avec effarement.

— Et pourquoi donc ? rétorqua Sibylle.

— Personne ne nous a appris, déplora la jeune fille en baissant la tête.

— Moi, je sais tirer à l'arc, intervint fièrement Mathilde. Dame Sibylle nous a montré autrefois à Margaux et à moi comment nous en servir, termina-t-elle en adressant un sourire à cette dernière.

— Mes amies, ne sommes-nous pas venues en Espagne, au même titre que nos compagnons, pour soutenir la croisade lancée par notre Sainte Mère l'Église ? Rien ne nous empêche de nous battre ! les encouragea de nouveau Sibylle.

— Mais ce n'est pas pareil ! balbutia l'une d'elles... Nous avons suivi nos hommes et...

— Moi, je n'en ai pas, d'homme, et je suis venue tout de même, intervint Margaux qui s'était rapprochée de Sibylle.

— Mais... justement, l'Église... On nous dira... que ce n'est pas notre place.

— Rien n'interdit aux femmes de se croiser, trancha Sibylle. Et dans l'urgence, Notre-Seigneur accepte l'engagement de chacun de Ses enfants.

Un tambour résonna dans le lointain. Les femmes se regardèrent, soudainement horrifiées.

— De toute façon, il semble bien que nous n'ayons pas le choix, reprit Sibylle. Ils vont attaquer d'un moment à l'autre, c'est certain.

— Messire Robert est loin ; si nous ne faisons rien, nous serons toutes mortes à son retour ! lança une femme.

— Nous ne pouvons compter que sur nous-mêmes, prit le relais une autre. Elle enfla le ton de sa voix et proclama : Nous saurons nous battre ! Et prouver que nous aussi nous avons de l'honneur !

Sœurs dans le combat, unies derrière leur seigneur, toutes se resserrèrent alors imperceptiblement autour de Sibylle. Des larmes dans la voix, mais les yeux pétillant d'une hardiesse inédite, elles s'exclamèrent en chœur :

— Nous nous défendrons !

— Oui, nous nous battrons ! Tous ensemble, nous nous battrons ! conclut Sibylle en passant son bras autour des épaules de Margaux.

Son regard chercha celui de Galtier. Son compagnon de jeux de Sidmouth ne la quittait pas des yeux. La fierté transparaissait sur son visage. Il leur avait suffi d'un instant et ils avaient retrouvé la complicité d'autrefois ! La confiance de son ami réchauffa le cœur de Sibylle. Un sourire radieux illumina ses traits. Elle s'exclama avec ardeur :

— Et nous vaincrons !

45

Les roulements de tambour cessèrent aussi brusquement qu'ils étaient apparus. Chacun crut alors à un répit, que Sybille mit à profit pour organiser leur défense. Une des premières mesures prises fut d'ouvrir la tour du Prétoire à tous les habitants de la ville afin de leur fournir un refuge sûr. La princesse de Tarragone ordonna qu'on y regroupât bœufs et moutons, poules et cochons, placés sous la bonne garde des vieillards, et qu'on y engrangeât des provisions en vue de l'éventualité d'un siège. Sibylle fit encore doubler la ration de picotin des chevaux et de son vieux roncin ; ils auraient besoin de toutes leurs forces s'ils devaient charger et poursuivre l'ennemi. Il convenait également de protéger les plus jeunes ; Sibylle leur céda ses appartements et décréta qu'Agnès et Aëlis y seraient confinées avec les enfants. La guerrière n'avait cure de conserver le confort de ces pièces, et surtout elle écartait ainsi la maîtresse de Robert de son champ d'action. Malgré les jérémiades de cette dernière, elle lui interdit l'accès à la cour de la tour du Prétoire et lui refusa l'assistance de Lescelin et de Galtier : chaque homme valide était une aide trop précieuse pour s'en priver à cause des caprices d'une gourgandine.

Chacun s'arma comme il le put et selon son office. Parmi les artisans, regroupés à l'intérieur de l'édifice du Prétoire, on vit un boulanger rapporter d'immenses pelles à pain, des paysans se munir de leurs fourches et de leurs fléaux, un boucher aiguiser toutes les lames qu'on lui déposa sur un étal improvisé et un charpentier expliquer avec dextérité le maniement de ses haches. Le seigneur de la cité envoya les femmes investir un endroit qui leur était habituellement interdit : la salle des gardes de la tour. Elles s'y ruèrent sans hésiter et en revinrent les bras chargés d'épées, d'arcs, de cottes de mailles et de gambisons à destination de celles qui seraient le plus exposées. Margaux revêtit un haubert, des chausses de fer et un casque car, armée de son arc, elle serait en première ligne. La meunière de Culei en fit une brève démonstration à celles qui voulaient apprendre à le manier, mais bien que personne ne fît allusion à l'imminence d'une attaque, chacune savait que leur entraînement était bien dérisoire. Le temps jouait contre elles. Galtier aida la plupart des femmes à ramasser des pierres et à confectionner des frondes. Les plus démunies les accrochèrent à leur ceinture, tandis que d'autres entassaient dans des cabas des gravats que l'on lancerait sur l'adversaire. Le forgeron entretint un feu permanent où l'on chauffait de la poix bouillante qui serait déversée sur les assaillants.

Sibylle était partout, inspectant ses troupes, plaçant des sentinelles aux points stratégiques, réconfortant les plus timorées, et complimentant toutes les combattantes pour leur ferme résolution de résister. Mais quand la princesse de Tarragone prenait quelque repos et qu'elle observait son « bataillon de femmes », comme elle l'appelait, le manque d'entraînement et la pauvreté flagrante de ses armes l'altéraient profondément. Elle implorait alors sainte Thècle, la pieuse gardienne de la cité de Tarragone, de récompenser la plus infime de ces meilleures volontés. Chaque geste, chaque initiative contribuait à la sauvegarde de la ville. Y compris les plus ingénus, souriait la guerrière en se remémorant les maladresses des unes ou des autres, et tout particulièrement l'apparition d'une jeune fille dépourvue d'armure, un chaudron retourné sur la tête en guise de casque[1] !

Puis une attente lourde, chargée d'une appréhension délétère et de funestes pressentiments, succéda à l'effervescence. Que signifiait ce silence si pesant ? Chacun était sur le qui-vive, aux aguets du moindre bruit révélateur d'une présence suspecte. Le plus petit murmure du vent dans les branches, le plus infime pépiement d'oiseau, un lièvre furtif surgissant de la bruyère, tout hérissait les sens d'une manière intolérable.

Soudain, le roncin de Sibylle se mit à encenser frénétiquement. Les autres chevaux, naseaux palpitants et oreilles frémissantes, l'imitèrent tout en piaffant nerveusement. Ils avaient détecté une présence suspecte. Rien n'était encore visible alentour, mais une odeur pénétrante de cuir tanné et de pissat écorcha brusquement les narines des réfugiés de la tour. Ils se précipitèrent tous, Sibylle et Margaux en tête, en haut des remparts et comprirent aussitôt ce qui affolait les bêtes. Les yeux écarquillés de frayeur, ils découvrirent alors, enveloppés d'un nuage de poussière, six méharis de combat, nerveux, superbement harnachés, galopant sur

1. Marguerite de Beverley, lors du siège de Jérusalem en 1187, aura recours au même expédient, ainsi que le rapporte son frère, le moine cistercien Thomas de Froidmont.

leurs frêles pattes élancées en direction de la forteresse. Ils étaient suivis de fantassins enturbannés, armés de longs cimeterres recourbés et de masses d'armes hérissées de fer, qui se rapprochaient inexorablement de la tour du Prétoire en beuglant de sinistres imprécations.

Arrivée à une courte distance de la muraille, la horde féroce s'arrêta net. Un homme juché sur un dromadaire pourvu d'un tambour à chacun de ses flancs se mit à marteler en cadence la peau de ses instruments tandis que, lentement, un fantassin équipé d'un arc sortait du rang. D'un geste souple et parfaitement calculé, il tira une flèche en direction de la tour. Les gardiennes des murailles eurent à peine le temps de suivre sa trajectoire que déjà la troupe des assaillants rebroussait étonnamment chemin. Alors tous les regards se portèrent sur la flèche fichée au pied de la tour. Un parchemin y avait été enroulé.

Les femmes s'observèrent, terrorisées et intriguées. Elles attendaient un signe de leur chef. Sibylle elle-même était indécise. Les roulements de tambour persistants emplissaient l'air d'une menace indéfinie et d'un écho lancinant. Ce ne fut que lorsqu'ils s'estompèrent et que Sibylle comprit que la troupe ennemie s'éloignait qu'elle donna l'ordre d'ouvrir les portes pour aller en personne récupérer le message. Les caractères du parchemin déroulé la déconcertèrent : elle n'en comprenait pas les termes. Seul Lescelin pourrait en livrer le contenu.

Le bataillon des femmes et les occupants de la tour, resserrés autour du jeune homme et anxieux d'en connaître le sens, écoutèrent avec consternation la traduction qu'il en donna : *Nous reviendrons demain à la première heure du jour, et vous quitterez alors Tarragone pour n'y jamais revenir. C'est à ce prix que vous aurez la vie sauve. Toute tentative de résistance sera réprimée sans merci.* Au fur et à mesure de la lecture, les visages se décomposaient. Chacun blêmit. Il y allait de leur vie. Le jour qui déclinait jetait des ombres lugubres sur la muraille, l'enveloppant d'une aile sordide. Bien sûr, tous étaient résolus à se battre, mais leurs adversaires ne l'étaient pas moins, leur armement était supérieur au leur et leurs combattants parfaitement entraînés. De quoi serait faite l'aube du jour suivant ?

46

Pendant toute cette nuit où Sibylle monta la garde, équipée de son armure de chevaleresse, les doutes et les interrogations l'assaillirent sans le moindre répit. En authentique protecteur de la cité, elle craignait pour ses vassaux. Quand elle considérait leur inexpérience de la guerre, elle tremblait pour eux à chaque instant. Les exercices qu'elle avait enseignés à ses femmes autrefois à Juslibol n'avaient pas dépassé le stade de l'entraînement ; aucune ne les avait réellement mis en pratique. L'urgence leur imposait de se battre, mais avait-elle le droit de les mener au combat ? À une mort certaine ? Promesse n'avait-elle pas été faite à tous les colons d'une vie meilleure ? Étaient-ils prêts à se battre d'arrache-pied pour l'obtenir ? Comme elle, ils avaient quitté leurs contrées pour vivre en hommes libres et maintenant qu'ils étaient sur la voie de la liberté, à son image, ils ne toléreraient plus de courber l'échine ; elle en était persuadée. Ces pensées traversaient son esprit tandis qu'elle allait de groupe en groupe donner les dernières consignes et prodiguer conseils et encouragements. Les femmes de son bataillon s'efforçaient de ne rien laisser poindre de leur faiblesse ou de leur peur, et lorsque la guerrière percevait dans leur regard quelque trouble ou hésitation, elle savait qu'il suffisait d'un mot d'elle ou d'une pression de sa main sur une épaule affaissée pour que de nouveau vibrât l'héroïsme qui sommeillait dans chacune de ses sœurs de lutte.

Le petit matin la trouva campée en haut des remparts, les yeux rougis par une interminable nuit de veille. Bientôt rejointe par Margaux, son arc en bandoulière sur la poitrine, toutes deux observèrent en silence le soleil se lever dans un ciel flamboyant annonciateur de tourmente. Elles attendaient l'assaut. Les roulements de tambour emplirent soudain l'aube naissante. Toutes les combattantes rejetèrent aussitôt les couvertures jetées sur les épaules lors de cette nuit passée à la belle étoile. Elles saisirent qui une fourche, qui une hache, tâtèrent les pierres de leur besace et ajustèrent leurs casques. À l'image de leur chef, elles se redressèrent fièrement. Le son du tambour s'accéléra, les troupes ennemies approchaient. Elles s'arrêtèrent à une courte distance de la forteresse. Une ambassade composée de trois guerriers se détacha des rangs. Celui qui semblait être leur chef leva le bras et imposa le silence. Les tambours se turent. Alors Sibylle, faisant signe à Lescelin de venir la rejoindre, donna la réponse que le détachement des trois hommes était venu chercher. Lescelin se pencha vers elle pour ne rien laisser échapper de ses propos et traduisit mot pour mot sa déclaration qui monta haut et ferme dans le ciel.

— En tant que seigneur de la cité, je ne livrerai pas Tarragone à des troupes impies. J'en resterai le seul chef. Au nom de Notre-Seigneur tout-puissant, je me battrai pour la garder en mon pouvoir.

La stupéfaction altéra les traits des membres de l'ambassade. Une importante partie de la garnison manquait ; ils n'avaient pas envisagé une éventuelle résistance. Ni qu'une femme leur tiendrait tête. Sur un geste du commandant de la troupe, des archers sortirent de leurs carquois de fines flèches entourées d'étoupe et y mirent le feu. Une multitude de traits incandescents s'abattit sur la tour du Prétoire, semant la panique parmi les assiégés : des femmes se couchèrent à terre, l'une d'elles ne cessant d'implorer de l'aide sous la pluie continuelle des flèches enflammées. Tandis qu'une chaîne s'organisait pour éteindre les multiples débuts d'incendie, Margaux et Sibylle ripostèrent, décochant aussi vite qu'elles le pouvaient les traits de leurs arcs, secondées par Galtier et les combattantes pourvues de frondes. Une fumée épaisse et âcre monta de la porte d'entrée de la forteresse, piquant les yeux et la gorge des femmes, obligées de reculer pour ne pas étouffer. L'ardeur des archers se concentra sur Sibylle et Margaux, et alors que cette dernière bandait de nouveau son arc, une flèche ennemie l'atteignit en pleine poitrine. La meunière jeta un regard désespéré à Sibylle, vacilla, terrassée de douleur. Il lui fut impossible de se rétablir sur ses pieds et elle tomba dans le vide. Des hurlements de joie saluèrent sa chute tandis que Sibylle, les larmes aux yeux et la rage au cœur, s'acharnait en vain, en multipliant les tirs, à éloigner les combattants ennemis du corps de son amie. Déjà ces derniers se jetaient sur elle, arrachant les pièces convoitées de son armure. Ils s'emparèrent de son casque, tirèrent sur ses chausses de fer, et quand ils dégagèrent le haubert et découvrirent sous sa chainse ensanglantée une poitrine de femme, leurs cris redoublèrent. Non pas de joie, mais d'indignation. Scandalisés, ils levèrent les yeux vers la tour et hurlèrent un mot, toujours le même. Sibylle n'en percevait pas le sens, mais il revenait incessamment dans leurs bouches. Sans quitter Lescelin des yeux, Sibylle demanda :

— Que disent-ils ?

— Honte ! Honte à vous ! traduisit Lescelin, accablé devant le corps de leur compagne de lutte exposé sans vergogne.

Les combattants mauresques levèrent le nez vers eux, fulminant de nouveau les chefs chrétiens, hommes lâches qui envoyaient des femmes au combat. Sibylle n'hésita pas un instant.

— Je vais la chercher ! décréta-t-elle.

Sans que Galtier ou Lescelin eussent le temps d'intervenir pour l'en empêcher, elle se précipita au bas des marches et ordonna qu'on ouvrît les portes de la forteresse. Les archers mauresques s'affairaient maintenant à charger les pièces d'armure de Margaux sur l'un des méharis et ils ne s'aperçurent pas immédiatement de la sortie de Sibylle. Mais sa tentative n'avait pas échappé à tous ; au moment où elle allait atteindre le corps de son amie, des cavaliers surgis des rangs de l'arrière-garde, montés debout sur les étriers de petits chevaux secs et nerveux, se ruèrent sur elle, cimeterre au poing, beuglant comme une horde infernale. Sibylle dégaina son épée et chargea ces détrousseurs de cadavres. Mais une flèche l'arrêta brutalement dans sa course. Tenaillée de douleur par le trait fiché dans son pied, elle fit un effort pour rester debout. Ses ennemis fonçaient sur elle. La flèche plantée dans sa chair meurtrie gênait ses mouvements, elle serra les dents et l'arracha d'un coup sec. Elle lutta pour ne pas défaillir car déjà la meute hurlante l'entourait, jouant à l'étourdir en l'encerclant de ses montures et riant de ses vains coups d'épée qui ne réussissaient pas à les atteindre.

Soudain le tourbillon diabolique cessa. Les agresseurs de Sibylle pointèrent le doigt vers le sommet de la tour. Beaucoup se mirent à crier, effarés :

— *Gibril ! Gibril !*

Et quand à son tour, Sibylle leva les yeux, il lui sembla à elle aussi que l'ange Gabriel leur était apparu ! Le messager divin écartait les bras, comme pour appeler l'arrêt du massacre et signifier qu'il prenait la communauté chrétienne de Tarragone sous son aile protectrice. Sibylle tressaillit. L'envoyé de Dieu n'était autre que Galtier ! Celui-ci fit vibrer les ailes de ses bras, les déploya majestueusement. Sibylle, pressentant l'entreprise insensée du jeune homme, hurla dans sa direction à en perdre la raison :

— Galtier ! Non ! Galtier ! Je t'en prie, non ! murmura-t-elle encore.

Son fidèle ami lui jeta un dernier regard furtif et lui sourit, puis sauta dans le vide. Les attaquants reculèrent, frappés d'effroi devant la protection divine qui leur était refusée et allait à leurs ennemis. Ils s'enfuirent sans demander leur reste. Sibylle courut à perdre haleine vers son ami.

Galtier gisait, écartelé, sur la caillasse rougie de son sang. La masse de son corps ressemblait à un sac informe délesté de toute substance, mou et inerte. Sibylle s'accroupit et se pencha au-dessus de lui. Elle caressa doucement sa joue. Un maigre sourire éclaira les traits de Galtier, mais la douleur le terrassa brusquement ; ses yeux écarquillés s'étrécirent dans son visage terrifié. Atteinte dans sa propre chair par la souffrance qui déformait les traits aimés, Sibylle lui prit la main pour le soutenir, lui signifier qu'elle était là, à ses côtés, comme au temps de l'enfance, là-bas à Sidmouth, et qu'elle ne l'abandonnerait pas. Mais la vie de Galtier ne tenait plus qu'à un fil; Sibylle voulait s'y accrocher comme autrefois à l'extrémité de la corde qui entourait la taille de son petit compagnon de jeu au moment de s'élancer dans les airs depuis la galerie de la maison forte paternelle. Elle était bien décidée à le retenir de toutes ses forces. La voix teintée d'émotion, elle tenta d'empêcher Galtier de sombrer dans le néant :

— Tu te souviens, Galtier, quand mon père t'a surpris sur le point de voler à Sidmouth ?

Galtier plongea ses yeux dans ceux de Sibylle; une lueur de complicité en raviva l'éclat terni, et dans un effort surhumain, il affirma :

— Il n'a pas pu m'en empêcher, tu vois.

Sibylle reprit, la gorge nouée :

— Oui, aujourd'hui, tu as réussi. Tu n'as pas eu peur.

— Avec toi, je n'ai jamais eu peur, petite sœur.

Malgré le torrent de larmes qui inondait son visage, Sibylle trouva la force de sourire. Ainsi Galtier savait ! Il n'en avait jamais rien dit, tout comme elle, mais il connaissait le tendre lien qui les unissait ! Un flot de sang afflua à la gorge du jeune homme et vint figer ses dernières paroles sur ses lèvres violacées; il happa désespérément l'air et ses yeux soudainement vitreux s'égarèrent dans le vide insondable de l'agonie. Il hoqueta encore puis sa tête retomba sur sa poitrine. Sibylle prit son frère dans ses bras et l'étreignit un long moment, puis elle le reposa délicatement sur le sol. Elle dégaina alors son épée et du plat de la lame, lui donna solennellement la colée et adouba celui qui avait donné sa vie pour elle. Brisée de chagrin, la voix entrecoupée de pleurs qu'elle ne cherchait pas à contenir, elle lui rendit un dernier hommage :

— Mon frère bien-aimé, tu gagnes aujourd'hui la palme du martyre. Que Dieu t'accueille en héros dans Son paradis !

Cette dernière manifestation de tendresse ne lui appartenait pas. Ainsi en avait jugé Agnès, qui accourait à toutes jambes, agrippant dans chacune de ses mains les pans de sa tunique pour courir au plus vite vers son frère. Il était trop tard, elle bouscula alors violemment Sibylle pour l'éloigner d'une place qui lui revenait. Elle ne voulait pas être dépossédée de la mort de son frère, elle avait un droit sur son trépas. À ses yeux, Sibylle n'était qu'une imposteuse. Celle-ci ne répliqua pas ; elle roula sur le côté, étonnée, et quand elle se releva, s'éloigna sans mot dire. Personne ne pouvait lui ravir son amour pour Galtier. Elle l'emportait à tout jamais dans son cœur. Mais cette douloureuse perte fendilla l'infrangible carapace d'acier que la noble paladine croyait s'être forgée il y avait longtemps de cela au contact d'un père ô combien intransigeant. Elle lui laissa au cœur la béance d'une invisible blessure.

47

Quand, à son retour de Normandie, Robert et les hommes qu'il avait recrutés entrèrent dans Tarragone, ils furent effarés de la désolation qui y régnait. La ville entière n'était plus qu'un stupéfiant champ de bataille : portes noircies de fumée, flèches jonchant le sol, casques bosselés oubliés, tout cela dans un grand désordre que personne n'avait apparemment essayé de réparer. Pris d'un mauvais pressentiment, Robert avait demandé au détachement normand de forcer l'allure. Les remparts sans surveillance, l'absence de tout mouvement à l'intérieur de la cité, tout concourait à lui donner l'impression de pénétrer dans une ville morte. Son inquiétude avait crû lorsque ni Raoul de Condé ni aucun de ses hommes ne s'était présenté pour l'accueillir. L'idée d'une fourberie d'Oleguer lui effleura l'esprit un instant, mais il la rejeta bien vite, l'homme n'était pas belliqueux. Qu'avait-il bien pu se produire pendant son absence ? Il s'était alors précipité chez sa maîtresse pour essayer de tirer l'affaire au clair.

Agnès lui fit un récit détaillé des événements. Sa version en était toute personnelle mais elle n'eut aucun mal à persuader son amant de la vraisemblance de ses propos. La seule responsable de tout était Sibylle ! Robert ne demanda qu'à la croire. Son épouse n'était-elle pas la spécialiste d'actions extravagantes : haranguer une foule, tirer à l'arc, dilapider ses biens en faveur de l'Église ou encore baragouiner le latin ? se rappela-t-il, furieux en se remémorant la malencontreuse signature de la charte. Agnès se faufila dans la brèche de la rancœur de Robert. Si la dame Burdet, faisant preuve d'une autorité sournoise, n'avait pas envoyé Raoul de Condé aux confins inexplorés de Tarragone, ses amis ne seraient pas morts lâchement assassinés ! Voilà quelle était la vérité ! Ils auraient tenu la place forte de Tarragone, coûte que coûte ! Au lieu de cela, Sibylle avait pris le commandement de la forteresse et elle avait pactisé avec l'ennemi ! Car c'était bien de cela dont il s'agissait ; la princesse de Tarragone avait délégué ses pouvoirs à Lescelin, ce faux renégat que Sibylle considérait comme son fils adoptif et qu'elle s'était mis en tête de convertir à leur sainte religion. Profitant de son rôle d'interprète, Lescelin avait renseigné les attaquants ! Il avait révélé les faiblesses de leur défense ! Au dernier moment, quand l'épouse de Robert avait compris qu'elle jouait son titre, elle avait alors tenté de résister. Et elle avait perdu la tête ! Car, sans aucun scrupule, la guerrière avait entraîné avec elle un bataillon de femmes. Des femmes pacifiques et incapables de se battre ! D'ailleurs, comment de faibles femmes, pourvues de quelques pierres, auraient-elles pu repousser l'assaut ennemi ? Les pauvres créatures n'avaient pu que se terrer, livides de peur, dans les recoins les plus obscurs, tremblant pour elles et leurs enfants !

— Ce fut horrible ! éclata Agnès en sanglotant. J'ai cru que nos fils n'en sortiraient pas vivants !

— Qui, alors, a réussi à les faire battre en retraite ?

— Mon frère, hoqueta Agnès. Mon pauvre frère a fait le sacrifice de sa vie pour nous sauver, vos fils et moi !

Au récit de l'acte héroïque de Galtier, Robert était devenu blême. Ses fils menacés, ce qu'il avait de plus cher, voué à disparaître, si cet être contrefait, qu'il méprisait, n'avait donné son existence pour la leur ! Agnès enfonça le clou.

— Sibylle n'a voulu écouter rien ni personne. La vérité, c'est qu'elle jalouse nos enfants et qu'elle s'est entichée de ce maudit Lescelin. Vous souvenez-vous de cette main de Fatma trouvée sur lui le jour de son baptême ?

Robert hocha la tête. Agnès reprit, plus enragée que jamais :

— Elle ne l'a pas jetée, elle ne l'a pas brûlée, elle la lui a redonnée !

Ce dernier point ébranla fortement Robert. Il lui était difficile d'admettre que son épouse, qui menait sa propre croisade sur ces terres nouvellement reconquises et dont le désir d'évangélisation était si fort, eût toléré, voire encouragé, le port d'un tel talisman. Mais une mère qui couvre les facéties de son enfant ne se serait pas conduite autrement.

— Qu'on aille me chercher Lescelin ! éructa le chevalier. Si je trouve sur lui cette maudite main de Fatma, je ne donne pas cher de son existence !

Agnès regarda fixement son amant, un sourire énigmatique aux lèvres. Lentement, elle introduisit la main sous l'encolure de sa chainse et en retira un minuscule sac en toile bise. Elle l'ouvrit délicatement et en sortit le pendentif appartenant à Lescelin. Robert écarquilla les yeux d'étonnement.

— Comment ce bijou est-il en ta possession ? demanda-t-il, intrigué.

— Je l'ai récupéré sur Lescelin.

— Sur Lescelin ? Tu veux dire… qu'il est mort ?

— Non, il est bien vivant, je peux vous l'assurer.

— Mais alors, où est-il ?

— À la nouvelle prison de l'archevêché. En votre absence, je l'y ai fait conduire en secret. J'ai pensé qu'il n'était pas bon de le laisser aller et venir à sa guise. Qui sait s'il n'irait pas renouer des contacts avec ses frères en religion ?

Le visage de Robert s'illumina. Agnès ne manquait pas d'à-propos. Il se prit à réfléchir que, si tout ce que sa concubine lui avait révélé était vrai, le moment était peut-être venu d'assener un coup fatal à Sibylle.

— Tu as bien fait, la complimenta-t-il. Ce Lescelin commençait à être gênant.

Avant de se rendre chez son épouse, il interrogea quelques habitants qui tous témoignèrent de la violence de l'attaque sarrasine, du rôle d'interprète endossé par Lescelin mais aussi de la bravoure de la dame Burdet, qui s'était comportée comme un vrai chef de guerre. Tous relatèrent le sacrifice de Galtier avec un infini respect. Ses fils corroborèrent la brutalité de l'assaut. Les plus jeunes en étaient encore terrorisés et l'aîné, suivant en cela l'avis de sa mère, trépignait d'indignation au souvenir de cette dame Burdet qui avait eu l'audace d'usurper la place de seigneur de leur père.

Ce fut seulement après les avoir tous entendus qu'il alla rendre visite à Sibylle. Il trouva celle-ci plongée dans la pénombre, en prière devant son oratoire chichement éclairé. Quand une servante lui annonça la visite de son époux, Sibylle tourna lentement la tête vers Robert et ce dernier remarqua immédiatement ses yeux gonflés et rougis par les larmes. L'expression hagarde de son visage interpella le chevalier. La disparition de Lescelin, l'acte de courage de Galtier et l'issue malheureuse du combat l'avaient profondément affaiblie, pensa le chevalier normand. Il fallait saisir l'occasion de marquer un grand coup ! Et de l'affaiblir encore davantage ! Qu'enfin elle disparût de sa vue et que la mère de ses fils occupât plus que la première place dans son lit !

— Ma première visite est pour vous, ma dame, flagorna-t-il. On me dit que vous vous êtes conduite héroïquement pendant mon absence.

Comme Sibylle ne répondait pas, il enchaîna :

— Mais je vous trouve dans une bien triste disposition. Je comprends que la perte d'un des vôtres vous atteigne au plus haut point, mais vous devez fièrement relever la tête. Vous en avez gagné le droit.

Le mutisme de Sibylle était désespérant. Robert tenta autre chose.

— Laissez-moi prier à vos côtés, dit-il en s'agenouillant près d'elle.

Après un long moment de recueillement qui lui parut interminable, Robert se redressa et proposa à son épouse :

— Dimanche, après l'office divin, je vous emmènerai sur les terres qui sont les nôtres et que vous avez contribué à défendre. Je veux vous faire une surprise qui, je crois, vous agréera. Ainsi qu'à notre bon évêque, Oleguer.

Il sembla au chevalier qu'au nom du prélat, le regard de Sibylle avait été traversé d'un infime éclat.

— À dimanche, donc, ma dame.

Puis il se retira sur la pointe des pieds.

Quand le dimanche arriva, Robert fit arrêter une charrette confortablement pourvue de coussins devant la tour du Prétoire. Après s'être assuré que son épouse y était bien installée, il se pencha à la portière et révéla leur destination :

— Je voudrais vous montrer les salines dont le roi Alphonse m'a gratifié. Vous pourrez ainsi en mesurer l'étendue par vous-même. Afin de remercier Dieu d'avoir épargné Tarragone pendant mon absence, je compte céder la moitié de ces revenus à votre cher évêque Oleguer.

Quand elle entendit mentionner le nom de l'homme d'Église, Sibylle sourit. Robert n'était donc pas si âpre au gain qu'elle le croyait. Cette pensée adoucit un instant sa peine. Ce dernier continua :

— J'ai pensé que vous apprécieriez ce geste. Je sais que vous êtes trop modeste pour demander quoi que ce soit pour vous. Et pourtant votre conduite héroïque mérite récompense.

Sibylle allait prendre la parole pour expliquer que tout seigneur ayant la charge d'un château se serait comporté de la même façon. Elle n'en eut pas le temps. D'un geste bienveillant de la main, Robert l'en empêcha. Il poursuivit sur le même ton doucereux :

— Je sais la place qu'occupent dans votre cœur le service de Dieu et le souci de la restauration de son Église. J'espère que ma générosité vous aidera à me pardonner quelques écarts passés. Mais nous arrivons, trancha-t-il abruptement en s'écartant de la portière.

Un surprenant paysage de monticules blancs émaillait les collines environnantes de tas réguliers et coniques, dispersés çà et là autour des bassins symétriques d'une petite lagune.

Le chevalier normand éperonna alors son cheval et rejoignit sa garde qui les avait précédés. Sibylle le regarda s'éloigner, perplexe. Le soleil réverbérait sa lumière sur les tas de sel pailletés de minuscules gemmes cristallines. Elle cligna des yeux, aveuglée. Elle eut cependant le temps de voir venir à eux un petit groupe de paludiers coiffés d'un large chapeau et tout de blanc vêtus. Aux grands gestes qu'ils faisaient en direction des cavaliers, Sibylle comprit qu'ils étaient affolés. Ils s'arrêtèrent à la hauteur de Robert et se mirent à lui parler tous en même temps, en agitant sous ses yeux un objet qui brillait dans la lumière. Robert s'en saisit et l'examina attentivement. Un de ses lieutenants se retourna plusieurs fois vers Sibylle, visiblement préoccupé. Celle-ci ne comprenait pas la raison de cette agitation mais bientôt Robert fit faire volte-face à son cheval et piqua des deux jusqu'à elle. Il mit sa monture en travers de la charrette ; la cordelette d'une main de Fatma oscillait à son poignet. Il s'écria :

— N'approchez pas, madame, il est arrivé un malheur !

Sibylle remarqua alors que des plaques rouges ponctuaient hideusement les monticules de sel qui les entouraient jusqu'à former une trace sanguinolente, semblable à un ru asséché, au bas d'un des petits tas. Un homme y avait été hissé. Le cœur de Sibylle fit un bond dans sa poitrine. Cette silhouette juvénile, elle la connaissait ! Sans que Robert tentât de l'en empêcher, elle se précipita hors de la charrette et courut jusqu'au cadavre qui en couronnait le sommet. Sibylle hurla sauvagement et s'effondra, terrassée de douleur à deux pas de la dépouille brûlée par le sel. Lescelin, son petit, gisait, enfoui, les bras en croix, dans la masse saline !

Le chevalier sourit. La main de Fatma qu'Agnès lui avait remise lui avait été de la plus grande utilité. Qu'elle eût été arrachée du cou de Lescelin était un signe : ses frères mauresques avaient estimé qu'un traître de son espèce était indigne de la porter. Robert n'eut aucun mal à en persuader Sibylle et il se réjouit de l'avoir placée à côté de son corps après l'avoir occis. L'idée d'Agnès avait été excellente.

48

Après la sordide découverte du corps de Lescelin, Sibylle se réveilla dans la chambre de la tour du Prétoire sans savoir comment elle y avait abouti. Elle était tout autant incapable de dire depuis combien de temps elle y séjournait. Plongée dans une profonde hébétude, elle végétait, vrillée à l'horrible douleur qui s'agrippait à son cœur avec une impitoyable ténacité et ne cessait de lacérer sa poitrine d'insurmontables traits acérés. Elle était accablée de visions obsédantes se répétant à l'infini : hier, Galtier rendant l'âme dans ses bras, Lesceline, autrefois figée dans un douloureux rictus, et maintenant, l'insoutenable assassinat de Lescelin. Ah, comme elles étaient douces, naguère, les âpres morsures du fouet de son père en comparaison de ce mal qui fouillait son cœur sans relâche ! Alors, elle avait la force de lutter, mais tous ceux qu'elle aimait s'en étaient allés, et dorénavant sa lutte était dépourvue de sens. Elle était seule avec sa douleur. Anéantie…

Aëlis, envoyée en reconnaissance par sa maîtresse, rendit compte à Agnès de l'inéluctable dégradation de Sibylle. La sœur de Galtier en conçut aussitôt une joie perverse et sournoise. La dame Burdet refusait de s'alimenter ? lui avait rapporté Aëlis. Parfait ! La précédente estocade portait ses fruits ! Agnès se félicitait de l'intuition qui l'avait poussée à conserver la main de Fatma. Elle se réjouissait davantage encore d'avoir soufflé à Robert l'idée de déposer le bijou auprès du cadavre du jeune Maure. Bien que le chevalier normand ignorât que sa maîtresse eut encouragé Lescelin à le porter, il ne pouvait que la remercier de lui avoir fourni l'opportunité de se débarrasser impunément du protégé de Sibylle. Tous deux avaient vu juste : son épouse ne s'en remettrait pas !

Sibylle s'étiolait de jour en jour. Cela faisait déjà plusieurs semaines qu'elle ne quittait plus la chambre, s'alimentant de l'air du temps et de sinistres considérations qui la laissaient hagarde, les yeux perpétuellement ouverts, invariablement fixés sur un immuable point du plafond. Elle languissait, baignant dans une pénombre empuantie dont elle ne se souciait pas, attendant une mort salvatrice que Dieu ne voulait pas lui accorder.

Il n'y avait plus qu'à lui donner le coup de grâce, se délecta Agnès. Maintenant qu'elle attendait un quatrième enfant de Robert, il était plus que temps pour l'ambitieuse maîtresse d'occuper la place et de venger la mort de son frère. Un beau matin, Agnès se rendit au chevet de Sibylle. Lorsque celle-ci reconnut le visage abhorré de la concubine, elle écarquilla les yeux d'épouvante. Quand la maîtresse de Robert s'approcha d'elle pour la contraindre d'avaler le contenu du gobelet qu'elle porta à ses lèvres desséchées, elle tourna brusquement la tête. Rendue furieuse par le liquide répandu, Agnès la gifla sans pitié et renouvela l'opération de lui faire boire la potion préparée à son intention. Sans succès, car Sibylle se débattit tant et si bien qu'elle réussit à repousser la décoction qu'Agnès lui présentait. Celle-ci n'était pas de celles qui abandonnent la partie; elle appela Robert à la rescousse. Sibylle, terrifiée, les vit se pencher tous deux au-dessus d'elle. Un cri s'étouffa dans sa poitrine quand son époux lui plaqua ses deux poignes puissantes sur les mâchoires; prises dans un étau inflexible, ses lèvres s'entrouvrirent. Elle sentit le liquide brûlant couler dans sa gorge. *Ranunculus sardous*, Agnès en connaissait parfaitement les vertus. Aux premières crispations du visage de Sibylle, la malveillante concubine lui palpa les joues, et constatant le début de paralysie de ses traits, sourit sournoisement. La plante faisait son effet, elle en doubla les quantités. Dans un éclair fulgurant de lucidité, le visage grimaçant de Lesceline apparut fugacement à Sibylle, et elle comprit alors, effarée, que sa chère nourrice avait été empoisonnée par Agnès. Mais il était trop tard, ses forces déclinaient d'heure en heure; elle était impuissante à régurgiter le breuvage que Robert et Agnès lui administraient. Robert et Agnès, qui, au plus fort de sa douleur, ricanaient devant la hideur grotesque de ses traits. Ils la quittaient exsangue et terrorisée. Ils la retrouvèrent un matin, le rictus des morts imprimé sur sa maigre face épouvantée.

Les deux amants s'étaient débarrassés de l'épouse gênante. Ils n'avaient pas compté que le seul ami qui lui restât lui témoignerait sa fidélité même après son trépas. Dès qu'il apprit la nouvelle du décès de Sibylle, Oleguer quitta Barcelone. Arrivé quelques jours après les funérailles de la dame Burdet, auxquelles Robert ne l'avait pas convié, il alla se recueillir sur la tombe de la fière guerrière et dit une messe pour le repos de son âme. Robert ne pouvait l'empêcher de pénétrer dans son archevêché. Mais afin de lui faire sentir que sa présence à Tarragone n'était pas la bienvenue, le chevalier refusa d'aller l'accueillir et encore moins de le loger sous son toit. À peine Sibylle avait-elle exhalé son dernier soupir que sa concubine avait d'ailleurs investi l'endroit. Ce fut donc dans la maison vide d'Agnès que Robert condescendit à héberger le prélat. C'était de loin une des maisons les plus confortables de la cité et la domesticité cédée par Agnès contribuerait à son bien-être.

Ce fut ainsi qu'Oleguer apprit la vérité sur la mort de Sibylle. Aëlis avait été mise à son service par Agnès. Une fois que la servante se fut acquittée de ses tâches, l'homme d'Église la retint auprès de lui et lui expliqua qu'il comptait profiter de son court séjour à Tarragone pour confesser toutes celles de ses ouailles qui le souhaitaient. Si Aëlis le désirait, il commencerait par elle dès le lendemain. La domestique ne répondit pas mais elle baissa la tête, le regard fuyant, tandis qu'une sueur froide lui coulait dans le dos. Depuis la mort de Sibylle, une pensée la taraudait : c'était elle qui avait accès aux drogues et aux simples de sa maîtresse. Quand celle-ci lui avait demandé de lui fournir les renoncules séchées, elle aurait pu inventer que cette plante manquait ou encore qu'elle était gâtée. Elle n'avait pas eu la force de s'opposer à Agnès et, à la place de cela, elle l'avait laissé empoisonner Sibylle. Elle se présenta à l'évêque le lendemain matin, se tordant les mains d'hésitation. Elle était partagée. Révéler qu'Agnès était venue lui chercher cette herbe, c'était avouer sa culpabilité dans le décès de la dame Burdet, cacher que la concubine de Robert avait hâté son trépas, c'était une injustice faite à la brave chevaleresse sauveuse de Tarragone.

— *Ranunculus sardous !* s'étonna le prélat quand il entendit Aëlis mentionner le nom de la plante.

Il trouvait soudain la servante bien savante.

— Comment connais-tu le nom des simples ? l'interrogea-t-il.

— Dame Agnès me les a enseignés.

— *Ranunculus sardous*…, répéta-t-il encore. Tu es bien sûre ?

L'apprentie herboriste acquiesça d'un mouvement de la tête. L'herbe sardonique ! frémit intérieurement Oleguer. Plante maléfique s'il en fut ! Ses fleurs pouvaient passer pour de champêtres boutons d'or, mais depuis des temps immémoriaux, les animaux s'en éloignaient et n'y touchaient pas ! Les Sardes avaient la réputation de s'en servir pour empoisonner les indésirables. Robert et Agnès avaient tué Sibylle !

49

— Guillem, mon fils, va donc voir quel est ce tapage dans la cour !

L'aîné des Burdet dégringola l'escalier en pierre de la tour du Prétoire, fier d'être chargé d'une mission paternelle. Robert associait de plus en plus souvent son fils à sa fonction de châtelain de Tarragone. N'en serait-il pas un jour à son tour le prince ? Quand le jeune Guillem arriva au pied des marches, il rejoignit à grandes enjambées décidées les gardes qui en barraient l'accès. Ceux-ci se dressaient, imperturbables, devant Oleguer qui vociférait :

— Laissez-moi passer ! Je veux voir messire Burdet !

— Qui le demande ? interrogea avec effronterie Guillem.

L'homme d'Église, un éclair de rage traversant son regard, s'emporta. Les veines saillantes de son cou et son visage vultueux traduisaient sa colère ; il ne put se contenir :

— Ne jouez pas au plus fin avec moi, jeune homme ! Vous savez parfaitement qui je suis !

Comme s'il retrouvait un semblant de révérence, Guillem le salua hypocritement :

— Ah, monseigneur l'évêque, je ne vous avais pas reconnu !

— Cela suffit maintenant, s'énerva de nouveau le prélat, je veux parler à messire Burdet !

— Mon père est très occupé, le nargua l'aîné des Burdet. Dites-moi de quoi il s'agit, je lui transmettrai votre requête.

C'en était trop, songea Oleguer, suffoquant de fureur. Ce béjaune qui n'avait que trois poils au menton commençait à fortement l'exaspérer. Que croyait-il, ce bâtard ? Qu'un homme de sa trempe, représentant du pape, qui plus est, allait s'incliner devant un blanc-bec ? L'évêque fit un pas en avant, bien décidé à remettre l'impertinent à sa place, quitte à en découdre avec lui, s'il le fallait ! Les deux gardes croisèrent leurs lances, Guillem retranché derrière eux, un sourire narquois aux lèvres. Une voix s'éleva soudain :

— Laisse, mon fils ! intervint Robert en lui posant la main sur l'épaule. C'est donc vous, l'évêque, qui faites tout ce vacarme ! Je vous ai connu plus mesuré.

Robert affichait le même sourire railleur que son fils.

— Oui, je comprends parfaitement, poursuivit-il, persifleur, il est très désagréable d'attendre pour être reçu. J'ai ressenti cela aussi lorsque le Saint-Père, à Rome, m'a fait patienter dans son antichambre.

Au rappel de ce camouflet passé, sa voix s'était endurcie et son regard glacial toisait Oleguer. Il reprit, perfidement doucereux :

— Mais que nous vaut votre visite ? S'il s'agit d'un nouvel accord entre le pape et moi, je suis tout à fait disposé à l'examiner, à condition toutefois qu'il ne soit pas en latin.

— Ce n'est pas là la raison de ma visite. Je veux savoir ce qui est arrivé à votre épouse, alla droit au but le prélat.

— Oh, la pauvre femme ! feignit de s'attrister Robert, faussement contrit. Tous ces malheureux événements de l'attaque de Tarragone pendant mon absence l'avaient considérablement affaiblie. Sa raison en a été ébranlée. Elle était si fragile ! Hélas, Dieu l'a rappelée à Lui.

Oleguer serra les poings, scandalisé, et l'invectiva :

— Cessez de mentir, Burdet ! Je ne crois pas un traître mot de vos affirmations.

— Modérez votre langage, l'évêque, on ne me traite pas impunément de menteur, sachez-le. Je vous l'ai dit, Sibylle n'a pas pu surmonter ces épreuves et...

Le souvenir des confidences et des brimades infligées à la guerrière surgit dans l'esprit d'Oleguer.

— La vérité, c'est qu'avec l'aide de votre concubine et de l'herbe sardonique qu'elle vous a procurée, vous avez empoisonné Sibylle ! explosa-t-il, outré.

Robert partit d'un grand rire.

— Vous voilà bien excessif, Oleguer ! Empoisonnée ! Comme vous y allez ! On vous aura raconté des balivernes ! Vous vous égarez, affirma-t-il avec aplomb.

— Vous savez parfaitement bien que non. Vous vous êtes débarrassé de votre épouse ! J'irai en référer au pape. Je ferai en sorte qu'il vous excommunie !

Robert le défiait toujours, un sourire ironique au visage. Rien de cela ne faisait trembler le chevalier. On n'excommuniait pas un champion de la foi. Un soldat du Christ qui avait remporté, en Son nom, tant de victoires et dont on en attendait encore tant d'autres ! Mais Oleguer n'avait pas abattu toutes ses cartes ; il l'atteignit dans ce qu'il avait de plus cher :

— Le souverain pontife vous retirera votre titre de prince de Tarragone ! J'y veillerai !

Robert, piqué au vif, se jeta alors sur Oleguer. L'attrapant au col, il planta ses yeux féroces dans les siens et, sans sourciller, l'avertit :

— Ne me menacez pas, l'évêque. Il pourrait vous en coûter.

Puis, d'une brusque bourrade, il fit reculer l'homme d'Église qui tituba sous la poussée. Robert lui tourna le dos, rogue. Il se dirigea vers l'escalier de la tour. D'une voix autoritaire, il ordonna aux soldats de l'entrée :

— Gardes, raccompagnez monseigneur aux portes de la cité. Il n'est plus le bienvenu à Tarragone.

— Vous n'êtes qu'un aventurier, Burdet, c'en est fini de vous ! C'en est fini du prince de Tarragone ! trouva encore la force de crier Oleguer, avant que les soldats ne l'envoient rouler à terre.

50

Craindre l'excommunication ? avait éclaté de rire Robert quand Agnès s'était inquiétée du pouvoir d'Oleguer. Guillem et Richard, voyant leur père en joie, s'étaient amusés tout autant que lui de l'ingénuité de la question de leur mère.

— Paroles en l'air ! affirma avec suffisance le prince de Tarragone.

Puis, voulant faire la démonstration de son impunité, il se dirigea vers Robert, son plus jeune fils, et lui emprunta son hochet.

— Vous voyez le jouet de votre frère ? dit-il en se retournant vers ses aînés.

Comme le petit s'impatientait et tendait les bras vers l'objet ravi par son père, celui-ci le lui rendit. L'enfant, croyant qu'il s'agissait d'un petit jeu, s'en empara et le jeta malicieusement par terre.

— Cela amuse Robert de découvrir la puissance de ses petites mains. Votre mère, voyez, lui ramasse son hochet et le lui redonne. Et regardez donc comme il s'amuse à recommencer !

Le bambin rit de plus belle en projetant le jouet aussi loin que le lui permettaient ses forces. Agnès regarda son dernier-né, attendrie.

— Et pourquoi, dites-moi ? Parce qu'il sait qu'il ne lui arrivera rien. Il en est de même avec les menaces d'Oleguer. Il les agite sous mon nez, je m'en saisis et les réduis à néant. S'il s'avise de les renouveler, je n'en tiens pas compte. La méthode est simple.

Robert fit alors le geste d'enfermer un objet imaginaire dans sa main. Il cracha sur sa paume et feignit de jeter le tout par-dessus son épaule.

— Et je continue à être maître chez moi. Oleguer est un couard, il ne se hasardera pas à en référer au pape. Pas tout de suite, à mon avis. Pas maintenant que le roi Alphonse d'Aragon va avoir besoin de mes services.

Le chevalier normand n'avait pas tout à fait tort. Tout sulfureux qu'il fût, la chrétienté ne pouvait se passer de son aide. Plus que jamais, le Saint-Siège continuait de soutenir la croisade en terre hispanique. La papauté était bien déterminée à venir à bout des territoires musulmans d'Espagne. C'était aussi le plus cher souhait d'Alphonse Ier. Pour ce guerrier infatigable, il était hors de question de s'endormir sur les lauriers des victoires précédentes, aussi gratifiantes fussent-elles. Tant que la domination sarrasine ne serait pas totalement éradiquée du royaume d'Espagne, le monarque aragonais ne connaîtrait pas de repos. Il nourrissait de grands projets. Il voulait pousser jusqu'aux confins de son royaume et l'agrandir en s'emparant des dernières enclaves maures. Une fois les villes de Fraga et de Lérida délivrées du joug musulman par ses soins, le chemin vers la mer Méditerranée serait dégagé de toute entrave. Et alors, entraînant toute la chrétienté admirative dans son sillage, rien n'empêcherait le roi croisé d'entreprendre en parfaite sécurité un pèlerinage en Terre sainte ! Alphonse Ier ferait de la vallée de l'Èbre entièrement reconquise la base de départ d'une nouvelle croisade en Orient. Ses prodigieux exploits, il ne pourrait les accomplir seul, Robert en serait. Les menaces d'Oleguer resteraient alors vaines.

— Mais en attendant, mes chers fils, dit-il en posant les mains sur les épaules de ses aînés, nous ne resterons pas les bras croisés. Nous donnerons quelques leçons à cet évêque prétentieux. Nous lui ferons la démonstration de notre force, qu'il sache bien que nous, les Burdet, nous ne nous laissons intimider par quiconque !

Les deux garçons lui sourirent, admiratifs.

— Guillem, reprit Robert, désormais, tu seras mon lieutenant à Tarragone. Yvain de Falaise, que j'ai ramené avec moi de Normandie, fera ton instruction. N'oublie pas qu'un jour, tu seras prince à ton tour ! Et surtout, mes fils, n'oubliez jamais que, lors de la signature de la charte qui devait faire de moi le prince de Tarragone, cette canaille d'Oleguer m'a traîtreusement extorqué ma signature. Ainsi, Guillem, sous la conduite d'Yvain, tu recenseras tous les biens, toutes les propriétés de ce maudit évêque, et quand tout cela sera fait, ensemble, vous prendrez une partie de la garnison avec vous et vous les saccagerez.

— Il a plusieurs moulins qui lui appartiennent, je pourrais commencer par là !

— Excellente idée, mon fils ! dit-il en le gratifiant d'une tape sur l'épaule. Tu emmèneras Richard.

— N'est-il pas trop jeune ? s'inquiéta Agnès, tandis que l'enfant ébahi demandait :

— Vous dites vrai, mon père ?

— Mais oui, Richard, tu vas sur tes neuf ans. Il est temps pour toi d'apprendre à défendre les biens des Burdet. Et à te battre ! termina-t-il en faisant semblant de donner un coup de poing à l'enfant qui l'esquiva, ravi de la complicité paternelle.

— Et ce n'est pas tout, poursuivit Robert. Comme vous le savez, le fief de Tarragone m'appartient. Toutes les villes qui en dépendent sont désormais sous ma coupe. Je les donnerai à mon tour à tous ces amis normands qui ont répondu à mon appel lors de mon séjour en Normandie. Je rédigerai des chartes de peuplement ; ils garderont le produit des taxes, et quand elles seront bien juteuses, mes vassaux seront prêts à les défendre bec et ongles contre n'importe qui.

Le prince de Tarragone se tourna vers Agnès ; cette dernière l'écoutait, béate d'admiration. Robert reprit :

— Nous ne faillirons pas pour autant à notre sainte mission. À nous trois, nous mettrons à feu et à sang les derniers réduits sarrasins. Les Burdet seront invincibles, je vous le promets, mes fils ! Et alors Oleguer fera beaucoup moins le malin ! conclut-il en riant aux éclats.

Le petit Robert, croyant qu'il était à l'origine de la bonne humeur paternelle, lança de nouveau son hochet par terre, provoquant l'hilarité générale.

51

Après la fracassante expulsion d'Oleguer de Tarragone, comme Robert l'avait annoncé à ses fils et à leur mère, il distribua à tour de bras les terres qui dépendaient de son fief. Reus, Salou, Riudoms et Cambrils furent partagées entre ses vassaux qu'il plaça à la tête de chacun de ces gros bourgs. Afin que le prélat comprît bien qui était le maître de Tarragone, il mit en place un jeu pervers : ce qu'il enlevait d'un côté, il le donnait de l'autre. Il s'appropriait sans vergogne les terres revendiquées par Oleguer, mais il voulait aussi faire la preuve que la restauration de l'Église lui tenait à cœur de telle sorte que la papauté n'eût guère de choses à lui reprocher. Ainsi, le chevalier normand gratifia-t-il le monastère de Poblet de maisons dans l'enceinte de Tarragone et d'une grasse terre à blé à Matas, près de Riudoms. Robert se comportait comme le vrai seigneur qu'il entendait être. Il aurait fait beau voir qu'Oleguer se réservât la répartition de terres qu'il n'avait pas conquises ! Le nobliau normand ne regarda pas à la dépense, et pour être sûr de s'attirer les faveurs de ses vassaux, il n'hésita pas à puiser dans sa cassette pour les aider à édifier les châteaux ou les tours de guet qui témoigneraient de la puissance des Burdet. Robert ne donnait pas cher de celui qui viendrait lui contester sa souveraineté sur la plaine de Tarragone, fût-il l'archevêque des lieux !

Il entretenait les mêmes pensées acerbes dans l'esprit de ses fils, et quand, en 1131, à la suite du décès du comte de Barcelone Ramón Berenguer III, le clan Burdet avait appris qu'Oleguer s'était prévalu du testament de ce dernier pour affirmer ses droits sur Tarragone, leur haine était montée d'un cran. L'archevêque ne savait plus quoi inventer! avait rugi Robert : ne prétendait-il pas maintenant que la cité tarragonaise lui avait été cédée par le comte il y avait de cela fort longtemps, bien avant que Robert n'en reçût le titre de prince? Le procédé était fallacieux. Propriétaire de rien du tout! s'étaient exclamés, scandalisés, comme un seul homme, les membres de la ménie Burdet. Il ne pouvait y avoir deux seigneurs de Tarragone! Robert et ses fils s'employèrent à le prouver.

Le chevalier emmena Guillem dans ses premières missions de saccage. Quand il constata avec bonheur l'ardeur infatigable de son aîné, sa rage destructrice et la terreur systématique qu'il se plaisait à répandre, il forma de grands projets pour son aîné. Il n'hésita plus un seul instant : il déléguerait à Guillem tous ses pouvoirs sans la moindre restriction. Son bâtard faisait sa fierté et la même jubilation se lisait aussi dans les yeux d'Agnès lorsque leur premier-né narrait ses exploits à sa mère : moulins ravagés, couvents incendiés, hospices attaqués, moinillons en fuite. Guillem apprenait vite et tirait un grand profit des enseignements de son père et d'Yvain, le tuteur qu'il lui avait attribué. L'aîné des Burdet se surpassait à chacune de leurs exactions. Le petit Richard, qui était de chaque expédition, vouait une admiration sans bornes à ce grand frère qui le protégeait et qu'il aspirait à imiter en tout point. Quand Robert regardait ses deux garçons, il soupirait d'aise et se rengorgeait de plaisir. Voilà comment il entendait qu'on menât sa ménie ! Une ménie florissante, qui avait le vent en poupe et, depuis la naissance de leur dernier-né, Bérenger, en perpétuelle expansion.

Ce fut confiant et rasséréné qu'en l'an de grâce 1133, le nobliau normand partit rejoindre l'armée d'Alphonse le Batailleur. Une fois de plus, ce dernier avait mis sur pied une infaillible campagne d'envergure. Les évêques Guillaume d'Auch, Arnaldo de Huesca et Pedro de Roda mobilisés et impliqués dans un grand travail de propagande, il lui fut aisé de convaincre de nombreux nobles de le rejoindre. Il put alors compter sur la participation indéfectible d'Aimeric de Narbonne, d'André de Châlons et bien sûr du contingent normand de Robert. Tous convenaient que les escarmouches et les incursions sporadiques n'étaient plus à l'ordre du jour. Car le roi croisé avait affiné son projet de reconquête. Tout bien considéré, Fraga n'était qu'un jalon sur la route de l'appropriation des domaines musulmans, le verrou qu'il fallait faire sauter pour aller de l'avant ; c'était la prise de Tortosa qu'Alphonse Ier visait. L'horizon chrétien ne pouvait être borné. Une fois cette cité de l'embouchure de l'Èbre conquise, al-Andalus serait parfaitement isolé de Lérida, au nord de l'Espagne, et cerné par les troupes de toute la chrétienté unie derrière l'étendard aragonais. Le royaume maure atterrirait dans l'escarcelle du roi chevalier comme un fruit mûr à point se détache de l'arbre, gorgé à souhait de ses incomparables richesses. Le monarque se faisait fort de le faire tomber ! De surcroît, il ferait d'une pierre deux coups, car à la suite de la chute de l'empire musulman, il s'affirmerait comme le champion de la papauté et, surtout, il limiterait l'influence dans la région de Ramón Berenguer, le comte barcelonais. Rien ne pourrait freiner l'extension de l'Aragon ! En moins de vingt ans, Alphonse Ier en avait doublé la superficie ! Cette fulgurante expansion n'était pas près de s'arrêter. Par la même occasion, Oleguer, qui avait le soutien du comte, rabattrait ainsi de ses prétentions, avait pensé Robert.

L'ambitieux chevalier adhérait donc pleinement à ce projet et, en janvier 1134, il proposa au roi Alphonse de l'accompagner dans sa reconnaissance du terrain. Il fut décidé de remonter le Sègre avec la nouvelle flotte rapide qu'Alphonse Ier avait fait construire à partir des arbres les plus résistants des forêts de San Millán de la Cogolla. L'apparition de l'escarpement rocheux sur lequel se trouvait la ville de Fraga ne désarçonna pas les deux hommes. Les deux guerriers n'étaient aucunement intimidés par les collines déchirées et abruptes qui protégeaient la ville perchée sur un promontoire desséché depuis lequel elle semblait les narguer ; il y avait longtemps qu'ils savaient qu'un siège long et organisé venait à bout des cités les plus arrogantes. Quand ils levaient les yeux vers la forteresse couronnée en son faîte par le dôme d'une mosquée, ils ne doutaient pas de remporter la victoire. Car enfin n'était-ce pas la volonté de Dieu de faire tomber cet édifice impie ?

Galvanisés par l'inébranlable conviction de leur chef, les guerriers de Dieu s'apprêtèrent à en découdre. En mai 1134, Alphonse Ier, Robert et tous les grands barons chrétiens décidèrent de tester leurs forces conjuguées sur une première bourgade, Mequinenza. Le siège de la ville ne dura que trois semaines ! Il ne fut question ni de bienveillance ni d'accords de reddition : quand les habitants capitulèrent et ouvrirent les portes de la citadelle, nombreux furent les hommes passés au fil de l'épée ou décapités. La clémence n'était plus de mise ! Le roi invaincu en faisait la démonstration et l'épouvante saisit les cités environnantes. Il fallait en finir et frapper un grand coup avant une bataille décisive : la prise de Fraga !

Au début de juillet, toute l'armée chrétienne s'en alla camper à Escarpe, à une courte distance de Fraga. Parmi l'impressionnant déploiement de tentes, l'une d'elles était la plus fréquentée, celle de la chapelle royale. La rudesse du campement s'arrêtait à ses portes car Alphonse Ier y avait entreposé de nombreux reliquaires délicats en or et en ivoire, sertis de pierres précieuses, qui témoignaient de sa ferveur. Il ne se passait pas un jour sans que le roi, les nobles de son entourage et les évêques ne vinssent se recueillir devant les saintes reliques réunies là. Nuit et jour, l'évêque de Lescar, Guy de Lons, veillait jalousement sur le *lignum crucis* sous la protection duquel le monarque avait placé la future bataille. Alphonse d'Aragon avait solennellement fait le serment sur ce précieux bois de la croix du Christ, transféré pour l'occasion depuis Sahagún, de ne pas lever le siège avant d'emporter la victoire. À tout moment de la journée, la plupart des guerriers de la foi l'imitaient et venaient ployer un genou en terre devant le vénéré morceau de la croix de Notre-Seigneur. Tous y puisaient une force incommensurable ; les premières attaques almoravides furent repoussées avec succès, Robert en fut le meilleur artisan. Chacun y vit le signe de la volonté divine, Dieu, dans Son infinie bonté, soutenait cette nouvelle croisade !

Et quand le 17 juillet 1134, des éclaireurs vinrent annoncer au monarque aragonais qu'un convoi almoravide fort de deux cents chameaux se rapprochait de la ville, Alphonse Ier refusa de prendre cet avertissement au sérieux. Avait-on jamais vu le Batailleur renoncer à la veille de la bataille ? s'était-il étonné, quand le comte Bertrand de Laon lui avait suggéré la prudence. Puis la déception et l'incompréhension avaient fait place à la colère : jusque-là le monarque n'avait jamais perçu la moindre timidité chez le vaillant comte. Pourtant Bertrand de Laon n'avait rien d'un insensé, parlant à tort et à travers. De surcroît, il n'était pas le seul à exprimer ses craintes quant à l'issue de la bataille. L'évêque de Roda les partageait : n'avait-il pas rédigé son testament un mois auparavant ?

Incrédule, Robert l'était tout autant que le roi. À l'image du monarque, il se sentait invincible ; les successives attaques des Maures qu'il venait de repousser le confortaient dans cette idée. Il se rallia à l'avis d'Alphonse.

52

Disparu ! Alphonse le Batailleur avait disparu ! Au lendemain de la bataille de Fraga, la pire défaite jamais enregistrée par les forces chrétiennes depuis des décennies, nul ne put dire ce qu'il était advenu du roi d'Aragon. Parmi toutes les dépouilles spoliées et mutilées de tous les preux chevaliers tombés au combat, il fut impossible d'identifier le corps du souverain. La stupeur courut dans tout le royaume. Et quand les premières nouvelles se répandirent, révélant l'âpreté du carnage qui avait décimé les rangs de l'armée royale, l'indignation et la douleur s'ajoutèrent à l'effarement. Comment la supercherie de l'envoi d'un convoi de vivres par l'émir Ghaniya de Murcie avait-elle réussi à leurrer ce roi si avisé, si sage ? Comment n'avait-il pas flairé la grossière manœuvre de l'encerclement de ses troupes par un contingent de deux mille cavaliers qui les avaient prises à revers ? Ah ! Que n'avait-il écouté le comte de Laon !

Fraga resterait dans les mémoires de tous comme un fracassant désastre. La fine fleur de la chevalerie fut entièrement ravagée : Aymeric de Narbonne, Centulle de Béarn et tant d'autres de leurs compagnons succombèrent sous les coups répétés des hordes sarrasines. Les évêques Arnaldo de Huesca et Pedro de Roda trouvèrent la mort après avoir combattu jusqu'à leur dernier souffle. Les saintes reliques elles-mêmes furent saccagées et foulées aux pieds, et leur infortuné gardien, Guy de Lons, évêque de Lescar, eut pour leur défense les yeux arrachés !

Bien qu'il n'y eût plus qu'un mince espoir de voir apparaître le monarque, tous ses sujets lançaient au ciel de ferventes prières suppliant Dieu de l'avoir épargné. Le Seigneur tout-puissant les exauça. La rumeur de sa fuite inespérée du champ de bataille redonna du baume au cœur du royaume entier. Rien n'était perdu, le roi allait rejoindre sa cour de Saragosse ! Hélas, au début du mois de septembre 1134, le roi croisé, jusque-là toujours invaincu, humilié par la cuisante défaite et la perte douloureuse de ses plus valeureux hommes, succomba à ses blessures à Poleniño, la petite bourgade où il s'était réfugié et d'où l'on transféra sa dépouille au monastère de Montearagón.

On était sans nouvelles de Robert.

Agnès ne pouvait croire à la mort du chevalier. Elle répétait fébrilement tout au long de la journée que lui aussi avait fui, qu'il s'était mis à l'abri, que le danger était encore trop menaçant, qu'il ne pouvait s'exposer. Il attendait qu'on vînt le délivrer, réussit-elle à convaincre ses fils. Elle envoya Guillem et Yvain, bride abattue, parcourir en tous sens des lieues et des lieues pour le retrouver. Mais quand un jour de l'hiver 1134, son fils revint, hirsute et harassé, le regard vide, elle comprit que l'ambitieux Normand n'était plus. Comme pour conjurer le sort, elle se hasarda, tremblant de tous ses membres et un filet de voix dans sa gorge nouée, à poser la question dont la réponse n'était que trop évidente :

— Ton père ?

L'aîné des Burdet hocha négativement la tête et baissa les yeux. Agnès, accablée par le mutisme de son fils, se leva précipitamment de son siège et se jeta sur lui. Elle pressa les mains de Guillem à lui en faire mal et hurla :

— Pas Robert ! Guillem, dis-moi que cela n'est pas vrai ! Robert n'est pas mort ! Pas Robert ! gémit-elle encore avant de s'effondrer en larmes dans ses bras.

À l'instar de tout un royaume qui avait refusé de croire au trépas de son roi, Agnès rejeta la nouvelle de la mort de son prince de Tarragone. Rien n'y fit et nul ne put la persuader du contraire. On la vit errer dans les rues de Tarragone, arrêter passants et étrangers en quête d'une information et monter plusieurs fois par jour au sommet de la tour du Prétoire pour y guetter l'arrivée de Robert. À toute heure du jour, elle convoquait et questionnait les soldats du château. L'attente lui était insupportable ; elle ne se souciait même pas de donner au petit Bérenger les soins que son âge requérait. Elle délaissait ses fils et ne cessait de demander à son aîné :

— Quand votre père a-t-il dit qu'il allait revenir ?

La jeunesse de Guillem et de ses frères les laissait désemparés devant cette mère qui niait la vérité et qu'il était impossible de ramener à la raison. Robert Burdet n'avait armé aucun de ses fils pour faire face à la folie s'emparant insidieusement d'Agnès. La direction paternelle leur fit alors cruellement défaut ; il n'était plus là pour leur montrer le chemin à suivre. Il ne pouvait pas non plus attendre quelque secours d'Yvain, ce dernier ayant choisi de regagner la Normandie. Guillem ne put soupçonner que son inexpérience patente allait traîtreusement servir Oleguer. Ce dernier saisit l'occasion de se venger des avanies que le chevalier normand lui avait infligées.

— Comment ! explosa Guillem hors de lui quand, frère Thomas, l'émissaire de l'évêque, lui exposa ses prétentions. Oleguer réclame la part de mon père !

— C'est exactement cela, confirma le moine d'un ton doucereux. La mort de votre regretté père implique qu'une nouvelle autorité supplée à la sienne. Nul n'est mieux placé que l'archevêque de Tarragone pour s'y substituer.

— Vous oubliez, le contredit Guillem avec morgue, que mon père m'a nommé lieutenant sur ses terres et que j'ai désormais tout pouvoir pour administrer Tarragone.

— Maintenant que Robert Burdet n'est plus, la souveraineté de votre père est caduque. Mgr Oleguer l'exercera dorénavant de plein droit.

— Qu'il n'a pas ! vociféra de nouveau Guillem. Mon père m'a transmis son titre. Désormais je suis prince de Tarragone, comme mes enfants le seront après moi !

Le moine afficha un sourire sarcastique et reprit avec détermination :

— Vous vous trompez, messire Burdet. L'Église ne vous a rien promis de tel. Tarragone appartient tout entière à monseigneur l'évêque. Ses terres ne peuvent être cédées… à un étranger.

— Qui le dit ? hurla l'aîné des Burdet, s'étranglant de fureur.

— La charte que votre père a signée autrefois et…

— Je refuse de reconnaître cette charte, le coupa abruptement Guillem, mon père l'a dénoncée jadis. Ce n'est pas ce qui avait été convenu entre Oleguer et lui.

Le moine ne se départit pas pour autant de son aplomb et, sans tenir compte des allégations de Guillem, poursuivit.

— Monseigneur a rédigé un nouvel accord qu'il vous demande de ratifier. Il prévoit que votre mère et vous-même renoncerez à porter le titre de princesse et de prince de Tarragone et à exercer le droit de justice paternel sur la cité. En revanche? vous pourrez rester gouverneur de la cité et continuerez à en assurer la protection et la défense. À condition cependant que vous acceptiez de payer les dommages que vous avez causés aux biens de monseigneur et de notre sainte Église.

La longue tirade de frère Thomas rendit Guillem blême de rage. Pris de court par cet inattendu coup du sort et interpellé par la détermination du moine, il décida de temporiser. Cela aurait au moins le mérite de lui faire gagner du temps, de consulter sa mère et d'aviser son frère Richard. À eux trois ils trouveraient bien le moyen d'échafauder un plan afin de contrer les exigences de l'évêque.

— Une nouvelle charte, dites-vous?

Son interlocuteur acquiesça d'un mouvement de la tête.

— Qui me garantira de conserver la place de gouverneur de mon père?

— C'est tout à fait cela, confirma le moine.

— Ma mère et moi continuerons à occuper le château?

— Cela va de soi, le rassura l'homme d'Église.

La succession de questions de Guillem lui laissait penser qu'il avait gagné la partie. Les premiers moments de fureur passés, l'aîné des Burdet semblait effectivement être revenu à la raison.

— J'aimerais consulter cette charte, négocia-t-il cependant. Puis-je la voir?

— Bien entendu. Je l'ai apportée avec moi.

L'émissaire d'Oleguer sortit un parchemin enroulé sur lui-même d'où pendaient de nombreux sceaux attachés au précieux document par des rubans. Y figurait celui de l'évêque mais aussi celui du pape. Il le tendit à Guillem.

— Vous comprendrez que je dois d'abord en référer à ma mère ainsi qu'à mon frère Richard, qui est maintenant en âge de comprendre ces choses. Puis-je la garder jusqu'au souper ?

— Je n'y vois pas d'inconvénient.

— Dans ce cas, vous êtes notre invité ce soir. Je vous donnerai ma réponse.

Frère Thomas se retira, sourire aux lèvres. Avec la mort du chevalier normand, la dynastie des Burdet avait perdu de son éclat. La fougue de l'héritier de Robert n'était que fanfaronnade. Guillem ne pouvait compter sur aucun soutien et il le savait. Il admettrait bien vite qu'il était de son intérêt d'accepter les conditions avantageuses d'Oleguer. L'envoyé de l'archevêque en fut pleinement persuadé.

53

L'étude de la charte confirma les dires du moine. Le titre de prince de Tarragone n'avait vécu que le temps de l'existence de Robert; Sibylle avait emporté celui de princesse dans la tombe. Le chevalier normand mort, Agnès, la concubine, ne pouvait y prétendre. Contrairement à ce que Robert avait clamé haut et fort, aucun de ses fils n'était autorisé à le porter.

Dans la naïveté de sa jeunesse et dans son désarroi, Guillem croyait qu'il pourrait demander conseil à leur mère. Il s'aperçut bien vite que cette dernière ne lui serait d'aucun secours. Quand il alla la consulter, elle avait laissé Robert et Bérenger, son dernier-né, sous la surveillance de Richard et était montée en haut de la tour du Prétoire guetter l'horizon et le retour de son amant.

— N'accorde aucun crédit aux propos de ce moine, mon fils, répondit-elle à Guillem quand celui-ci lui exposa ses craintes. Renvoie-le à Barcelone. Quand ton père rentrera, il saura faire valoir ses droits et son titre de prince.

— Mais, ma mère, avait tenté Guillem. Père n'est…

Agnès lui avait coupé abruptement la parole:

— Oui, je sais. Votre père est absent pour le moment. Mais c'est l'affaire de quelques jours. Des soldats m'ont rapporté ce matin qu'il se remet d'une mauvaise blessure que les Sarrasins lui ont infligée à Fraga. Dès qu'il sera sur pied, le problème sera réglé. Ne t'inquiète pas, termina-t-elle en lui caressant la joue.

Puis elle tourna le dos à son fils et rejoignit son poste d'observation. Guillem la regarda s'éloigner avec stupeur. La raison de leur mère chavirait et se noyait dans d'illusoires espoirs ; ses frères étaient bien trop jeunes pour lui apporter une aide quelconque. Et leur père n'était plus... Lui fallait-il renoncer ? Qu'aurait fait Robert en de telles circonstances ? Aurait-il reculé ? Guillem pensa que jamais il n'avait vu son père le faire. Jamais ce dernier ne s'était abaissé devant quiconque. Un Burdet, s'avouer vaincu ? s'enflammait-il au fur et à mesure de sa réflexion. Lui, l'aîné de la fratrie, se devait de défendre les droits de leur ménie ; il n'avait nullement l'intention de déroger à ce principe. Il damerait le pion à l'évêque et à sa clique de prétentieux, à commencer par ce moinillon par trop présomptueux ! Le titre de prince de Tarragone ne mourrait pas, il s'en fit le serment.

— Ah, frère Thomas ! s'exclama-t-il, faussement cordial, lorsque le moine apparut dans la salle des commensaux de la tour du Prétoire.

D'un geste de la main, il lui désigna une place libre à la table autour de laquelle Agnès, Richard et le petit Robert étaient installés. Tous avaient largement commencé à manger, il ne restait sur la nappe que quelques reliefs de repas épars. L'assiette réservée à frère Thomas était vide.

— Excusez-nous, dit Guillem en regardant Richard avec malice, nous ne vous avons pas attendu. Prenez place, s'empressa-t-il de dire, vous devez être affamé !

Devant l'air étonné du moine, et comme un gamin qui se réjouit du bon tour qu'il a préparé, Richard pouffa nerveusement de rire.

— Richard, cours donc aux cuisines et donne des ordres pour qu'on apporte le plat de frère Thomas.

Richard ne se le fit pas dire deux fois et déguerpit en courant. Il revint bientôt, escorté de quatre gardes. Frère Thomas pâlit. L'enfant tenait une assiette sur laquelle on avait posé la nouvelle charte proposée par l'évêque.

— Nous n'y avons pas touché, la lecture nous en a semblé trop indigeste, cligna Guillem en direction de son frère. Mais mangez, mangez ! Richard, sers donc frère Thomas !

Alors les quatre gardes se saisirent de l'infortuné messager, lui maintinrent les bras en arrière et le clouèrent sur sa chaise. Bien qu'il se débattît, le malheureux n'eut guère le temps de protester car l'un des hommes lui ouvrit démesurément la bouche tandis que Richard s'approchait et commençait à déchiqueter lentement la proposition d'accord épiscopale. Il enfourna une première part du parchemin entre les mâchoires béantes du moine. Les deux frères sourirent malignement. Frère Thomas recracha violemment, mais sur un signe de Guillem, le quatrième soldat sortit son poignard et le pressa sur sa gorge, laissant le sang perler et le contraignant à mâcher et à avaler une nouvelle portion du précieux document.

— Mangez ! frère Thomas. Cela va refroidir, le nargua Guillem tandis que Richard s'esclaffait à sa remarque.

Celui-ci, malgré les gémissements et les larmes du moine, introduisit un morceau du parchemin découpé entres ses lèvres. Tandis que le frère de Guillem répétait l'opération à loisir, l'homme suait à grosses gouttes et roulait des yeux effarés ; soudain son visage se teinta d'une rougeur convulsive. L'air lui manquait. Le pichet d'eau froide que Richard lui déversa sur la tête le suffoqua. Guillem leva la main et s'adressa à son frère :

— Cela suffit, maintenant, Richard. Laissons frère Thomas digérer.

— Il n'a pas tout fini, il en reste, objecta celui-ci.

— Une dernière bouchée, alors !

Richard éleva sous les yeux du moine le ruban du parchemin et le fit danser sous ses yeux puis le lui fourra dans la bouche sans ménagement.

Au milieu des rires et des bourrades, on détacha le pieux émissaire. Il fut reconduit chancelant sur ses jambes à l'entrée du château, les mains attachées dans le dos et monté à l'envers sur un âne, le bâillon de la charte chiffonnée entre ses lèvres étouffant les velléités épiscopales d'Oleguer.

54

Cette fois, c'en était trop ! Sale engeance que ces maudits Burdet ! Il n'y en avait pas un pour rattraper l'autre ! Comme leur crasseux de père débarqué autrefois de sa lointaine Normandie, les fils n'étaient que des manants mal dégrossis, des aventuriers sans foi ni loi qu'il fallait mettre au pas. Ils étaient allés trop loin. Que s'étaient-ils imaginé, ces rustauds malappris ? Qu'ils feraient la loi, leur loi, en terre d'Espagne ? Croyaient-ils, dans leurs fates prétentions, qu'ils pouvaient impunément bafouer notre Sainte Mère l'Église ? Le Saint-Père lui-même s'était ému du traitement indigne qu'ils avaient infligé au malheureux frère Thomas ! Il s'en était fallu de peu que le pauvre homme passât de vie à trépas sur la route qui le ramenait à Barcelone. Il fallait extirper le mal à la racine et rappeler à ces freluquets arrogants qu'on ne défiait pas l'Église et ses représentants sans risque. Avec le soutien du pape, Oleguer leva une armée.

Depuis le départ de frère Thomas, Guillem et Richard avaient multiplié les provocations à loisir. Les deux frères se confortaient mutuellement dans leur bon droit et leurs frasques réciproques les amusaient au plus haut point. Richard allait sur ses 13 ans, et l'admiration qu'il vouait à Guillem ne décroissait pas. Il n'avait qu'un seul but : l'imiter en toutes choses. Il se surpassait pour tenter d'éblouir cet aîné, qui, à l'instar de leur père, défiait toute autorité placée en travers de leur chemin. Les fils Burdet s'en donnaient à cœur joie sur cet immense terrain de jeu qu'était Tarragone. Tout ce qui touchait de près ou de loin à l'évêque ou à l'Église était leur cible préférée. Ils n'épargnaient rien et on ne comptait plus les ermitages incendiés, les chapelles souillées, les sanctuaires profanés, les moulins fracassés, les troupeaux confisqués.

Rien ne les mettait plus en joie, lorsque le soir tombait, que d'investir un couvent isolé. L'un des leurs actionnait la cloche au beau milieu de la nuit, demandant asile à cor et à cri ; les bons frères lui ouvraient leur porte et quand ils étaient dans la place, c'était un jeu d'enfant pour les deux diaboliques sacripants que d'y introduire rats, souris ou putois, quand ce n'était pas les catins du lieu, afin de semer la panique et l'affolement dans le sanctuaire. Imbibés de rasades de mauvais alcool, les deux frères se tordaient de rire et débordaient d'ingéniosité pour terroriser tout ce qui portait robe de bure.

La patrouille épiscopale pestait contre la malignité de ces pendards de fils Burdet qui, tels d'infatigables feux follets, apparaissaient et disparaissaient là où l'on s'y attendait le moins. Pourtant, l'étau se resserra peu à peu autour des deux frères et les hommes de l'évêque eurent bon espoir de réussir à les capturer. Un soir d'été 1136, Richard pressait son frère, qui lutinait deux sœurs accortes et peu farouches dans un grenier à foin, de mettre à exécution l'expédition qu'ils avaient prévue contre un moulin des environs. Lassé d'attendre, il partit sans son aîné afin d'en détruire les canaux d'irrigation et la roue à aubes. L'adolescent avait acquis une grande expérience aux côtés de son frère, et ce dernier, ne doutant pas de ses capacités destructrices, lui fit entièrement confiance et l'invita plaisamment :

— Va barboter dans l'eau de l'évêque, petit frère. C'est de ton âge. Pour ma part, je préfère goûter de ce petit vin frais en compagnie de mes charmantes hôtesses, termina-t-il en buvant à même le goulot de la bouteille que lui tendait l'une des jeunes paysannes.

Richard haussa les sourcils. Son frère pouvait bien se moquer, il saurait bien lui montrer ce dont il était capable. Il rallia des compagnons de son âge et, ensemble, ils partirent, maillet à l'épaule, vers le moulin épiscopal.

C'était à qui ferait la course pour arriver plus vite. Anticipant le mauvais tour qu'ils allaient jouer à l'évêque, Richard et sa bande forcèrent l'allure en riant et en se bousculant. Ils ne détectèrent pas la présence de soldats embusqués dans les fourrés alentour. Richard monta sur un muret et, levant son maillet au-dessus de la roue à aube pour la fracasser, fanfaronna :

— Moi, Richard Burdet, je prends possession du domaine ennemi, et je défie quiconque de m'en empêcher, conclut-il en abaissant sa masse sous les vivats de ses camarades.

L'eau jaillit du conduit et lui éclaboussa les pieds. Comme un gamin qui se complaît à patauger dans les flaques de pluie, Richard sauta à pieds joints dans le courant. Une voix derrière lui freina son enthousiasme :

— Pour un freluquet qui n'a pas de poil au menton, tu as l'air bien sûr de toi !

Les camarades de Richard, surpris, et lui-même piqué dans son orgueil, firent immédiatement volte-face. Ils découvrirent avec effarement une troupe constituée d'une douzaine d'hommes aux couleurs de l'évêque de Barcelone armés jusqu'aux dents. Ils surpassaient largement le nombre des compagnons du jeune homme. Celui qui semblait être leur chef reprit :

— Sais-tu que personne n'est autorisé à entrer sur ces terres ? Elles appartiennent à Mgr Oleguer.

Sa remarque ne décontenança aucunement Richard qui répliqua :

— À Tarragone, toutes les terres appartiennent à mon père Robert Burdet, et moi, son fils, il me plaît de prendre possession de ce moulin.

Sans plus attendre, Richard reprit sa position initiale, masse levée à bout de bras. Il allait répéter son geste quand la pointe d'une épée plantée dans sa nuque l'immobilisa. Levant haut les mains, il se retourna sans lâcher son outil. Le capitaine des gardes le railla en ricanant :

— Voilà un gentil garçon qui sait se montrer obéissant.

Richard lui lança son maillet à la tête. L'homme porta la main à son front et le sang qui en coulait le rendit furieux. Tandis que Richard en profitait pour prendre la poudre d'escampette, l'autre cria un ordre à ses soldats :

— Attrapez-les ! Et pas de quartier ! Je vais leur faire passer le goût de la plaisanterie, grommela-t-il, furieux, en se lançant à la poursuite de Richard et de sa bande.

À l'imitation de Richard, ses compagnons détalèrent en un clin d'œil. La riposte des gardes ne se fit pas attendre ; une pluie de carreaux d'arbalète tomba sur les fuyards.

L'un d'eux, atteint à la gorge, s'écroula devant Richard qui tenta de l'éviter en faisant un saut de cabri. Mais il retomba mal et la douleur lui arracha une grimace. Il trébucha et s'effondra dans l'eau rougie du sang de son camarade. Il n'eut pas le temps de se relever que déjà le chef des gardes le rejoignait, le saisissait par sa cheville douloureuse et l'attirait à lui. L'homme le railla, triomphant :

— Je t'ai dit que ces terres appartiennent à Mgr Oleguer, petit !

— À mon père ! rétorqua Richard en lui crachant au visage.

Alors son assaillant l'attrapa au collet et lui maintint fermement la tête sous l'eau. Quand enfin il le lâcha, le frère de Guillem suffoquait et happait l'air qui lui faisait défaut. Sans lui laisser reprendre sa respiration, le chef des gardes le prévint :

— Maintenant, tu vas gentiment répéter après moi : à l'évêque !

— Aux Burdet ! répliqua Richard.

Les immersions successives du jeune homme ne modifièrent pas sa réponse. Étourdi par le chœur des gardes qui s'étaient regroupés autour de leur chef et scandaient « à l'évêque ! » à chaque fois que celui-ci le tirait de l'eau, Richard ouvrait désespérément la bouche pour aspirer l'air. Puis, son assaillant, excédé par son entêtement, le plaqua longuement de ses mains puissantes sous l'onde du ruisseau. Quand il le remonta à la surface, Richard ne respirait plus.

— Gentil garçon, conclut sadiquement le chef des soldats.

Prévenu par la bande de son frère, Guillem se précipita au moulin. Mais il arrivait trop tard. Deux cadavres d'enfants flottaient dans le bassin. Il se jeta à bas de son cheval et courut vers Richard. L'aîné, qui avait failli à protéger son frère, hurla sauvagement, terrassé de douleur. Puis il s'agenouilla auprès de sa dépouille et le berça longuement dans ses bras. Il perdit la notion du temps. Quand, enfin, le froid de la nuit qui tombait le fit frissonner, il se releva, emporta son frère dans ses bras et le déposa en travers de sa monture pour rejoindre Tarragone. Il lui restait la lourde tâche de prévenir leur mère de la mort d'un de ses fils.

Lorsque Agnès vit arriver Guillem, les épaules basses et les yeux rougis, elle se précipita vers lui et l'interrogea aussitôt :

— Tu as des mauvaises nouvelles de Robert ? C'est cela, n'est-ce pas ? Il ne peut pas rentrer tout de suite ?

Devant la folie obsessionnelle qui dévorait l'esprit de leur mère, Guillem se sentit soudain impuissant. La rage et le désespoir s'emparèrent de lui. Ah, comme le réconfort maternel eût été d'un secours précieux dans cette douloureuse épreuve ! Hélas, Agnès était maintenant étrangère à tout ce qui ne fût pas Robert ; rien ne comptait plus à ses yeux. Les larmes inondèrent le visage du jeune homme. Leur mère perdait irrémédiablement la tête. À quoi bon lui rappeler qu'elle avait des fils et lui apprendre que l'un d'eux, Richard, venait de succomber à ses blessures ? Guillem la repoussa brutalement ; dans ce moment précis, il eût aimé qu'on consolât sa peine et que lui, le fils Burdet, coutumier des pires exactions, on le prenne dans des bras aimants comme un petit enfant. Il ne put soutenir le regard hébété de sa mère et, tandis qu'il fuyait à grandes enjambées la déraison maternelle, sa fureur et sa hargne se retournèrent contre le responsable de l'assassinat de son jeune frère : tout était de la faute d'Oleguer, de ses prétentions démesurées, de son acharnement à vouloir ravir la légitime place des Burdet ! Il lui ferait payer son crime au centuple ! Il était l'aîné des Burdet, le chef de leur ménie désormais ; il lui appartenait de venger son frère ! Sans plus attendre, il alla à l'écurie seller son meilleur coursier. S'il le fallait, il crèverait son cheval sous lui, mais Oleguer n'aurait pas la satisfaction de dire la première messe du lendemain matin dans la cathédrale de Barcelone ! Il en fit le serment à son frère défunt.

Guillem tint sa promesse. Il ne décoléra pas tout le long du chemin qui séparait Tarragone de la cité comtale. Quand il pénétra dans la cathédrale, le visage dissimulé sous un grossier capuchon, l'évêque n'eut pas le temps d'abaisser le saint calice qu'il venait d'élever vers le Seigneur, la lame que Guillem lui planta entre les omoplates l'en empêcha. La précieuse coupe roula à terre et le sang d'Oleguer se mêla à celui du Christ.

55

Bannis ! Telle était la sentence édictée par le comte de Barcelone et le Saint-Père. Les Burdet, qui avaient autrefois œuvré à la grandeur de Tarragone, y étaient maintenant indésirables. Ils n'y possédaient plus rien ; leurs biens, leurs possessions, étaient confisqués. On les expulsait malproprement de ces terres que leur père avait conquises pour eux, pour y établir sa ménie ! Ils n'étaient plus seigneurs à Tarragone. Les princes de Tarragone avaient vécu. Les fils, les petits-fils et les arrière-petits-fils de Robert n'en porteraient plus le titre… Où aller, quand la terre d'Espagne était maintenant leur pays ? L'Angleterre était trop lointaine, jamais leur mère ne l'avait évoquée ; la Normandie leur semblait aussi bien reculée, aucun d'entre eux ne la connaissait. Rien ne les attendait là-bas, dans ces contrées étrangères. De nouveau, les Burdet allaient connaître l'exil. Existait-il vraiment un pays où l'on pût « vivre sans peur ou sans efforts ou sans douleur » ?

La douleur, voilà ce qu'on pouvait lire sur les traits tirés des rescapés de la famille Burdet quand appareilla le navire affrété par Guillem. En ce matin gris de novembre 1137, une brume épaisse tombait en gouttelettes serrées sur les quais du port. Elle poissait les cheveux des passagers transis. Sur le pont du bateau, on avait jeté à la hâte quelques paniers surchargés et des sacs gonflés de victuailles. Agnès, princesse déchue, trônait au milieu de ces paquets amoncelés en désordre, sur un amas de cordages râpés, une mante jetée sur ses épaules. Elle caressait machinalement les boucles brunes du jeune Bérenger, endormi sur ses genoux. Elle appela soudain son fils Guillem :

— Guillem, mon enfant, sont-ce les falaises de Sidmouth que j'aperçois là-bas dans le lointain ?

— Non, ma mère, ce sont les remparts de Tarragone.

— Nous quittons Tarragone ? demanda Agnès, interloquée.

— Oui, mère.

— Mais où allons-nous si tôt ?

— À Majorque, ma mère, répondit son fils avec douceur. Je vous l'ai expliqué hier. Nous y établirons notre nouvelle demeure.

Comme si soudain le nom de la destination lui revenait, Agnès acquiesça d'un mouvement de tête. Un sourire illumina son regard.

— Je demanderai à Robert de nous construire un palais. Les princes de Tarragone méritent mieux que cette vieille tour du Prétoire décrépite exposée aux quatre vents.

— Cela ne se pourra pas, mère, objecta respectueusement Guillem.

— Tu te trompes, mon enfant, le contredit-elle avec bienveillance, mon époux m'accorde toujours tout ce que je veux. Mais ton frère Richard, pourquoi ne part-il pas avec nous ? continua-t-elle, soudain alarmée.

— Richard est…

— Ah oui, je me souviens maintenant, il nous rejoindra plus tard, sourit-elle. (L'inquiétude s'empara de nouveau d'elle.) Mais quand il arrivera, surtout dis-lui bien que nous ne pouvons pas partir sans votre père.

Les yeux d'Agnès s'embuèrent. Son esprit chaviré refusait d'admettre la vérité mais son cœur la trahissait. Guillem hésita un instant, désarçonné, puis, à voix basse, il avoua :

— Votre époux est mort, mère.

La voix nouée de détresse, Agnès interrogea :

— Mort, l'invincible prince de Tarragone ?

— Une flèche sarrasine a eu raison de sa vie à Fraga.

— Fraga… Les Sarrasins… Mais… je suis toujours princesse de Tarragone, n'est-ce pas ?

Son fils s'approcha d'elle, lui prit doucement la main et la regarda gravement :

— Mère, jamais plus vous ne serez princesse à Tarragone.

Pendant que le navire voguait vers Majorque, là-bas, en Normandie, Orderic, le moine de Saint-Evroult, prenait la plume et consignait les informations qu'Yvain de Falaise lui avait fournies sur l'épouse Burdet. Il sourit en évoquant la frêle jeune fille du jour des épousailles qu'il avait connue autrefois ; il la revit, juchée sur une botte de paille, haranguant les paysans de Culei. Il ne douta pas un seul instant de la véracité des propos d'Yvain ni de la capacité de cette étonnante guerrière du Christ à défendre ardemment le château des Burdet et l'honneur des Capra. Les mots lui vinrent aisément pour en brosser le portrait : *Elle était aussi belle que brave. En l'absence de son mari, elle monta la garde sans jamais céder au sommeil. Chaque nuit, elle enfilait un haubert comme un chevalier…*

Qui mieux que Sibylle aurait pu porter le titre de princesse de Tarragone ?

Bibliographie

Baptiste N. P. et Bouet D., *Armes et armures*, tome I VIe-XIIe siècles, Éditions Heimdal, 2022.

Bonet Donato M., *La feudalització de Tarragona (segle XII), Butlletí Arqueològic. Reial Societat Arqueològica Tarraconense*, [en línia], 1994, Núm. 16, p. 211-39, https://raco.cat/index.php/ButlletiArq/article/view/315362

Brouquet S., *Des femmes d'exception au Moyen Âge*, Éditions Ouest-France, 2020.

Cassagnes-Brouquet S., *Chevaleresses, une chevalerie au féminin*, Perrin, Paris, 2013.

Dorronzoro Ramírez P., « El episcopado "batallador" en tiempos de Alfonso 1 de Aragón y Pamplona », in *Estudios medievales hispánicos*, 3, 2014, p. 7-42.

Duby G., *Mâle Moyen Âge, De l'amour et autres essais*, Champs, Flammarion, 1990.

Gies F. et Gies J., *La Vie dans une ville médiévale*, Les Belles Lettres (pour l'édition et la traduction française), Paris, 2019.

Gies F., *Le Chevalier dans l'histoire*, traduit de l'anglais par Christophe Jaquet, Les Belles Lettres, Paris, 2021.

Giunta A., « Les Francos dans la vallée de l'Èbre (XIe et XIIe siècles) », *Études médiévales ibériques, vol. 15*, Toulouse, 2017.

Guichard P., *L'Espagne et la Sicile musulmanes aux XIe et XIIe siècles*, collection d'histoire et d'archéologie médiévales, Presses universitaires de Lyon, 2000.

Haberey G. et Perot H., *Le Moyen Âge en sept batailles*, collection « L'art de la guerre », Éditions Pierre de Taillac, Paris, 2019.

Laliena Corbera C., « Larga stipendia et optima praedia : les nobles francos en Aragon au service d'Alphonse le Batailleur », *Annales du Midi : revue archéologique, historique et philologique de la France méridionale*, tome CXII, n° 30, 2000, p. 149-169.

Mazel F. (dir.), *Nouvelle Histoire du Moyen Âge*, Éditions du Seuil, 2021.

Rodamilans Ramos F., *Revista de historia militar*, número extraordinario, 2018.

Verger F.-X., *Des Normands au secours des chrétiens d'Espagne*, Patrimoine normand n° 42, mai-juin-juillet 2002, Éditions Spart.

Weill-Parot N., *Le Vol dans les airs au Moyen Âge* : *essai historique sur une utopie scientifique*, Les Belles Lettres, Paris, 2020.

Collection
TERRITOIRES

Jean Anglade
Une vie en rouge et bleu
Le Dernier de la paroisse
Le Choix d'Auguste
Le Sculpteur de nuages
Les Cousins Belloc
Le Grand Dérangement

Sylvie Anne
Le Gantier de Jourgnac
La Maison du feuillardier

Sylvie Baron
Un été à Rochegonde
Les Ruchers de la colère
L'Auberge du pont de Tréboul
L'Héritière des Fajoux
Rendez-vous à Belinay
Terminus Garabit
Un coin de parapluie
Une Miss pas comme les autres
Des noces en or
Les petits meurtres du mardi

Jean-François Bazin
Les Raisins bleus
Le Clos des Monts-Luisants
Le Vin de Bonne-Espérance
Les Compagnons du grand flot
Le Maître de la lumière
Le Dernier Tonnelier

Sarah Bell
Le Chant des reines

Henriette Bernier
Le Baron des champs

Jean-Baptiste Bester
L'Homme de la Clarée
Plus près des anges
Les Amants de Sainte-Catherine
Meurtre au pont du Diable

Françoise Bourdon
Le Moulin des Sources
Le Mas des Tilleuls
La Grange de Rochebrune
Retour au pays bleu
Le Fils maudit
Les Sentiers de l'exil
Les roses sont éternelles
Le Maître du Castellar
Le Secret de Belle Épine
Pour oublier la nuit

Édouard Brasey
Les Lavandières de Brocéliande
Les Pardons de Locronan
La Sirène d'Ouessant
L'Affaire Cabre d'or
Le Domaine des oliviers
Les Fils du patriarche

Patrick Breuzé
Les Remèdes de nos campagnes
La Valse des nuages
L'Étoile immobile
Mon fils va venir me chercher
La Montagne pour refuge
Versant secret
Les Buveurs de ciel

Nathalie de Broc
La Vallée des ambitions
La Robe pourpre

Michel Caffier
Corne de brume
La Paille et l'Osier
Les Étincelles de l'espoir

Anne Courtillé
La Tentation d'Isabeau
Le Gaucher du diable
Les Damoiselles de Clermont

Annie Degroote
Les Racines du temps
D'infinies promesses

Jérôme Deliry
Une rivière trop tranquille
L'Héritage de Terrefondrée
La Maraude

Raphaël Delpard
L'Enfant sans étoile
Pour l'amour de ma terre
L'enfant qui parlait
avec les nuages
Le Courage de Louise

Alain Dubos
La Mémoire du vent
La Corne de Dieu
Le Dernier Combat du
Dr Cassagne

Élise Fischer
Les Noces de Marie-Victoire
Je jouerai encore pour nous
Villa Sourire
L'Étrange Destin de Marie
Le Jardin de Pétronille
Aux Deux Hirondelles
Les Femmes des terres salées
La Promesse du sel
Le Vin de Pâques
Marionnettes d'amour
Là où renaît l'espoir
Tous au théâtre

Emmanuelle Friedmann
Le Rêveur des Halles
La Dynastie des Chevallier

L'Orphelinat
La Faute des autres

Alain Gandy
Les Cousins de Saintonge

Gérard Georges
Une terre pour demain
Le Destin des Renardias
Le Bal des conscrits
Mademoiselle Clarisse
Anatole, fils de personne
La Mésangère

Georges-Patrick Gleize
La Fille de la fabrique
Pas plus tard que l'aurore
Le Serment des oliviers
Le Vent de la jeunesse
Quelques pas dans la neige
Les Noisetiers du bout du monde
Le Crépuscule des Justes
Même les pierres ont une histoire
La Montagne des autres
Coupe rase

Yves Hughes
Et meurent les marionnettes

Yves Jacob
Sous l'ombre des pommiers
Le Silence de Justine

Corinne Javelaud
L'Ombre de Rose-May
Les Petits-Papiers de Marie-Lou
L'Odyssée de Clarence

Guillemette de la Borie
La Dernière Héritière
Le Portrait disparu

Hélène Legrais
L'Ermitage du soleil
Les Héros perdus de Gabrielle
Les Ailes de la tramontane
La Guerre des cousins Buscail
Les montagnes chantaient
la liberté
Ceux du Château,
ceux du Moulin
Trois gouttes de sang grenat
Les Anges de Beau-Rivage
Le Bal des poupées
Le Front dans l'azur
Nous étions trois
Le Cabanon à l'étoile
L'Alchimiste de Sant-Vicens

Philippe Lemaire
Rue de la Côte-Chaude
L'Enfant des silences
L'Oiseau de passage
La Mélancolie du renard

Alfred Lenglet
Du poison dans les veines
Jeux mortels en hiver
Temps de haine
Cœurs de glace

Éric Le Nabour
Retour à Tinténiac
La Louve de Lorient
À l'ombre de nos larmes
La Frondeuse
Cécile et les Beaujour
Comme une aube fragile

Jean-Paul Malaval
L'Or des Borderies
Soleil d'octobre
Les Noces de soie
La Villa des térébinthes
Rendez-vous à Fontbelair
La Folie des Bassompierre
Chronique des Strenquel
La Bastide aux chagrins
Les Sœurs Querelle
Les Larmes de la pinède
La Belle Étrangère
Adélaïde au bord de la falaise
Les Gens de Combeval
La Souveraine en son domaine
Un si joli mariage
Rue de la Fontaine-Bleue
Un cœur solitaire dans une maison trop grande
Un été sous les tilleuls
La Vallée des eaux amères
L'Héritière des sables fauves

Antonin Malroux
La Promesse des lilas
La Cascade des loups
La Pierre marquée
L'Homme aux ciseaux d'argent
Les prés refleuriront
Fenêtre sur village
Marie des Adrets
L'Espoir de belles aurores
Le Pain de paille
Le Cœur de mon père
Le Charpentier du paradis
Un soleil pour chaque jour

Jean-Luc Mousset
L'Enfant des labours
Le Secret de Neige

Sophie Muffat-Méridol
L'Homme au bouquet

Brigite Piedfert
Deux grains de sucre, un soupçon de secret

Frédéric Pons
Les Pèlerins du diable

Agathe Portail
L'Année du gel
Piqûres de rappel
De la même veine

Nicole Provence
Le Secret d'Aiglantine

Joël Raguénes
La Maîtresse de Ker-Huella
La Dame de Roz Avel

La Sirène du port
Les Trois Saisons de la vie
L'Or du lin
Les Vies de Jeanne
Pêcheurs du bout du monde
Les Derniers Seigneurs de la mer
La Salamandre de Trévarez

Florence ROCHE
La Terre des Falgères
L'École du lac
La Réfugiée du domaine

Élisabeth SEGARD
Une certaine idée du paradis
Un futur presque parfait

Geneviève SENGER
La Maison Vogel
L'Enfant de la Cerisaie
La Dynastie des Weber
Les Jumeaux du val d'amour
La Promesse de Rose
Les Bellanger
La Dame des Genêts
L'Or de Salomé
La Terre originelle
Le Bonheur est au fond des vallées

Jean SICCARDI
La Source de saint Germain
Le Maître du diamant noir
L'Ivresse des anges
L'Auberge du gué
Gaston des vignes
La Chapelle des Templiers

Bernard SIMONAY
L'Or du Solognot
Le Marais des ombres
Meurtres d'outre-tombe

Jean-Michel THIBAUX
L'Olivier du diable
Le Maître des bastides
Le Rappel du tambour

Katia VALÈRE
Après la nuit vient l'aube

Brigitte VAREL
Le Secret des pierres

Louis-Olivier VITTÉ
La Guérisseuse de Peyreforte
Là où coule une rivière
Le Secret de Tire-Lune
La Statue engloutie
La Dame des vignes hautes
La Femme qui voulait voir la mer
Petit Jean

Colette VLÉRICK
L'Enfant sur le pont
Un air de liberté
La Nacre des abers
Dans la lumière de Pont-Aven
Rêves d'indiennes

Composition et mise en pages : Soft Office
Achevé d'imprimer en avril 2023
par Bussiere-CPI
pour le compte des éditions Calmann-Lévy
21, rue du Montparnasse 75006 Paris

Achevé d'imprimer en avril 2023
par CPI BUSSIÈRE (18200 Saint-Amand-Montrond)
pour le compte des Éditions Calmann-Lévy
21, rue du Montparnasse, 75006 Paris

PAPIER CERTIFIÉ

CALMANN LÉVY s'engage pour l'environnement en réduisant l'empreinte carbone de ses livres. Celle de cet exemplaire est de :
950 g éq. CO_2
Rendez-vous sur www.calmann-levy-durable.fr

N° d'éditeur : 6073194/01
N° d'imprimeur : 2071262
Dépôt légal : mai 2023
Imprimé en France.